2016年贵阳孔学堂课题招标研究项目"阳明后学郭子章文献整理与思想研究"(kxtyb201605)

阳明后学郭子章文献整理与思想研究

邱美琼 罗春兰 王小虎 著

中国社会科学出版社

图书在版编目（CIP）数据

阳明后学郭子章文献整理与思想研究 / 邱美琼，罗春兰，王小虎著. —北京：中国社会科学出版社，2024.4
ISBN 978-7-5227-2990-9

Ⅰ.①阳… Ⅱ.①邱…②罗…③王… Ⅲ.①郭子章—诗学观—研究 Ⅳ.①I207.22

中国国家版本馆 CIP 数据核字（2024）第 034002 号

出 版 人	赵剑英
责任编辑	刘 艳
责任校对	陈 晨
责任印制	戴 宽

出　　版	中国社会科学出版社
社　　址	北京鼓楼西大街甲 158 号
邮　　编	100720
网　　址	http://www.csspw.cn
发 行 部	010-84083685
门 市 部	010-84029450
经　　销	新华书店及其他书店
印刷装订	北京明恒达印务有限公司
版　　次	2024 年 4 月第 1 版
印　　次	2024 年 4 月第 1 次印刷
开　　本	710×1000　1/16
印　　张	13.25
插　　页	2
字　　数	213 千字
定　　价	79.00 元

凡购买中国社会科学出版社图书，如有质量问题请与本社营销中心联系调换
电话：010-84083683
版权所有　侵权必究

目　录

绪　论 / 1

第一章　郭子章方志文献研究 / 5
第一节　与时代的共震与耦合：郭子章热衷于修志的原因 / 6
第二节　纂辑与撰著杂糅：郭子章方志文献的纂修特点 / 10
第三节　白璧有瑕：郭子章纂修方志之弊 / 19
第四节　《黔记》中所见明代贵州的民族交融与认同 / 21
第五节　《黔记》中的人物传记 / 31

第二章　郭子章文学研究 / 43
第一节　著述宏富的文史大家 / 43
第二节　题材丰富之诗 / 45
第三节　经世致用之文 / 53
第四节　笔记小说 / 56

第三章　郭子章的诗学思想 / 60
第一节　郭子章诗学著作概述 / 60
第二节　《豫章诗话》的诗学思想 / 61
第三节　郭子章诗学思想形成的原因 / 71
第四节　《豫章诗话》的诗学作用 / 75
第五节　《豫章诗话》的地域意识与江西诗派的重新构建 / 79
第六节　《豫章诗话》的佛道意识 / 88

第四章　郭子章哲学思想研究　/ **101**

　　第一节　学问来源与师传　/ 101
　　第二节　格物说　/ 107
　　第三节　奢俭思想　/ 129
　　第四节　由儒入佛　/ 142

附录一　郭子章生平事迹　/ **156**

附录二　《四库全书总目》郭子章著述提要　/ **195**

参考文献　/ **200**

后　记　/ **207**

绪　　论

郭子章文献整理与思想研究是阳明学研究的重要组成部分。郭子章（1542—1618），字相奎，江西泰和（今泰和）人，明隆庆五年（1571）进士。曾与王时槐、胡直、邹元标等人讲学于吉安青原山、白鹭洲一带，因为常常处于青原山与螺山之间，因此自号青螺，又号蠙衣生。历任建宁府推官、潮州知府、四川提学、浙江参政、江西按察使、湖广及福建布政使等职。万历十九年（1591），播州（今贵州遵义）土司叛乱，郭子章奉调为贵州巡抚，参与指挥平定播州，因功擢升为兵部尚书，加太子少保。郭子章反对中国传统思想垄断，是最早援引"天子失官，学在四夷"之说为西学和西方人士正名的人。郭子章平播时"伐交"为上，治黔时积极推行中央政府的改土归流政策。其官之所至，勤政为民，积极办案，平定地方动乱，革除地方弊政。郭子章治黔十年，政绩卓异，有"黔中名宦之冠"的美誉。郭子章半生为官，著作数量亦丰，有《粤草》10卷、《蜀草》7卷、《晋草》9卷、《楚草》12卷、《家草》7卷、《黔草》21卷、《闽草》16卷、《浙草》16卷、《闽藩草》9卷、《养草》1卷、《苦草》6卷、《传草》34卷、《阿育王山志》10卷及其续志6卷、《豫章书》122卷、《豫章诗话》6卷、《黔记》60卷、《潮中杂记》12卷、《郡县释名》26卷等92种，数百卷之多。

郭子章作为明朝中后期政坛中的一个重要人物，在《明史》中竟然没有列传，从而导致学界对郭子章的关注不够，而关于郭子章的研究也是寥寥无几，更谈不上对其研究的全面性。从目前搜集到的资料来看，学界对郭子章的研究开始于20世纪90年代，但成果屈指可数。

目前，关于郭子章的研究主要集中在以下几个方面：

1. 生平行迹研究。这方面的内容仅见黄万机的《郭子章与平播战役》与张燕的《郭子章与晚明社会（1543—1618）》。《郭子章与平播战役》讲述了郭子章于平播战役中临危受命，最终平播成功，官至兵部尚书的事迹。《郭子章与晚明社会（1543—1618）》则以郭子章的成长历程、仕宦经历和个人思想等为脉络，探索了他所处的晚明社会的整体士大夫阶层的生存状态。

2. 哲学、经济思想的研究。这方面的内容有赵平略的《郭子章的格物观》与刘志丹的《明朝中后期崇奢思想探析——以陆楫、郭子章为例》。前者是对郭子章哲学思想的研究，文章认为，郭子章的格物观中和了王阳明和朱熹的格物观，又有其独特之处，即在平等的状态下，心身意知也应有所进步。后者主要探讨的是郭子章的经济思想，提出郭子章对崇奢的态度是提倡奢侈的同时又注意把握奢侈的尺度，这是在认真分析了奢俭的利弊之后认识到了适度崇奢对社会发展的促进作用。

3. 地理文献成就研究。这方面论文较多一点，主要有华林甫的《郭子章及其〈郡县释名〉述论》、陈其泰的《郭子章〈潮中杂记〉的文献价值》、唐庆红的《〈太洋洲萧候庙志〉及其史料价值》、覃娜娜的《从明代学田地租管窥贵州各地生计方式的差异——对〈黔记·学校志〉中相关史料的解读》、刘兴亮的《郭子章地理学著述成就述论》、吴倩华的《明末贵州巡抚郭子章与利玛窦世界地图研究》。《郭子章及其〈郡县释名〉述论》从历史地理文献价值方面充分肯定了郭子章《郡县释名》的史料价值以及在地理志和地名学史上的地位；《郭子章〈潮中杂记〉的文献价值》主要是通过介绍《潮中杂记》的内容来分析其文献价值的，认为《潮中杂记》是潮州文化史的创始之作，它提供了比较完备的晚明万历以前潮州文化的文献著述目录，详细记录了韩愈在潮事迹，有关韩文公的文物遗址及潮人对他的纪念，留下了潮州的文教、物产、风俗等项的珍贵记载；《从明代学田地租管窥贵州各地生计方式的差异——对〈黔记·学校志〉中相关史料的解读》一文主要是以郭子章《黔记·学校志》中有关学田的记载为基础，通过学田的分布、田租、作物等情况来反映当时贵州各地生态背景和生计方式的差异；《郭子章地理学著述成就述论》从仕宦经历与渊博学识、主要地理学著述及其地理学思想、人文地理学成就等方面详细论述了郭子章在地理学尤其是历史人文地理方面的成就；《明末贵州巡抚郭子章与利玛窦世界地图研究》中认为郭子章得到外国传教士利玛窦的世界地图后，为此地图撰序，序中不仅讲述了这一地图的意义和影响，而且传播了利玛窦的西方地理知识，包括地圆说等，在一定程度上促进了我国地理知识的进步。此外，郭宇昕的《明代江西宗族建设个案研究——以泰和郭氏宗族为例》则以郭子章在家乡江西泰和的宗族建设活动为线索，探讨了郭氏的宗族建设思想，认为以郭子章为代表的乡绅士大夫对宗族祭祀活动的改造和实践，进一步推动了民间宗族文化的发展。

另外，还有一些文章论及郭子章的《豫章诗话》，像曾文峰的《地域视角下的明代诗话文献考论》说《豫章诗话》有四大特色：一是由人言诗，主要是写豫章一地的诗人及诗歌作品；二是由景言诗，从江西的特色风景着眼，谈及名胜景点游览的诗人及其诗歌；三是由诗言法，郭子章在记录其他诗话对诗歌的批评的同时阐述了自己作诗的方法；四是兼言其他，如佛法、文章、书法等其他内容。张寅彭的《略论明清乡邦诗学中的"泛江西诗派"观》则在提到明代江西诗派观时把《豫章诗话》中郭子章所持的"江西诗派当以陶彭泽为祖，吕居仁作诗派（图），宗黄山谷，此就宋一时诗家言"的立场看作"泛江西诗派"观。

可以说，已有成果对本书研究有筚路蓝缕之功，但也毋庸讳言，无论是从量上还是从质上来看，大多显得失于薄弱、流于泛论，亟待进一步拓展、充实、深化与完善：

1. 已有研究多专注于郭子章的地理文献成就，而对他的生平事迹、哲学、经济思想仅偶有涉及，对其诗学思想、文学文献成就则未见研究成果。

2. 已有研究不仅数量很少，而且甚为零碎，不够全面与系统，几斑难窥全豹。

3. 已有研究多为泛论，研究深度有所欠缺，大多是一些扼要的介绍述评，对于郭子章的生平行述、哲学思想、文学文献成就、诗学思想以及其作为阳明后学有哪些承传、哪些创新，这些创新与他的经历、社会发展又有什么关联等问题，研究大多不够深入透彻，有的甚至根本没有涉及。

因此，本书有其独到的研究价值和意义：一是全面系统地整理郭子章所撰文献，深入探讨和评说其哲学、诗学思想，这本身就拓展了中国古代哲学、文学研究的空间维度,是极有意义的;二是郭子章著作丰富,广涉政治、经济、哲学、文学、地理等方面,将这些文献整理、展现出来,是对各门类文献的有益拓展与补充;三是细致而深入地考察和探讨郭子章的文学文献成就、地理文献成就,这有益于进一步拓展与深化我国古代的文学、地理学研究;四是郭子章哲学思想作为阳明学的一个有机组成部分,"郭子章哲学思想研究"论题的开展,填补了阳明学研究的空白,有助于阳明学研究的完整性、丰满性;五是郭子章诗学思想作为中国古典诗学的一个有机组成部分,"郭子章诗学思想研究"论题的开展,填补了中国古典诗学研究的空白,有助于中国古典诗学研究的完整性、丰满性。

第一章　郭子章方志文献研究

郭子章一生为官数十载，宦迹至于闽、越、粤、蜀、晋、楚、黔等地，所到之处皆随地著书，笔耕不辍，留下了丰富的文学著述，并编纂了大量的方志文献。自万历十三年（1585）《潮中杂记》问世至万历四十六年（1618）最后一部方志《太洋洲萧侯庙志》成书，33年间修志工作从未中断，不断有方志作品问世。郭子章莅潮期间编修了潮州地方志《潮中杂记》，此后又有《广豫章郡邑记》《豫章杂记》《广豫章灾祥志》《豫章大事记》四部志书问世。抚黔十年不仅是其政治生涯的高峰时段，也是其志书编修的繁盛时期。即使是在最艰难的平播之役期间仍醉心于志书编修，丘禾实就言"中丞自平播以来拮据戎马兵食间，宜无遗力，而游翰所染，辄至充栋"①。成书有《白下记》《吉志补》两部县志，《豫章书》《黔记》两部省志，《黔小志》一部特色专志。万历三十七年（1609），郭子章致仕之后，将更多的精力投注于志书编修，辑录成书《明州阿育王山志》《太洋洲萧侯庙志》。

相对于煌煌12种方志著述，目前学界对于郭子章方志文献研究的过少，且多集中在对《黔记》《潮州杂记》《太洋洲萧侯庙志》三部作品的探讨上。主要研究成果有陈其泰的《郭子章〈潮中杂记〉的文献价值》、王昭勇的《〈太洋洲萧侯庙志〉版本及其文献价值》、唐庆红的《〈太洋洲萧侯庙志〉及其史料价值》寥寥几篇，且多是对单部作品或作品中的某一部分的研究，刘兴亮的《郭子章地理学著述成就述论》虽然在论述郭子章的地理学著述时梳理了部分方志文献，但也只是笼统介绍郭子章

---

① 郭子章：《黔记》卷四十二，《北京图书馆古籍珍本丛刊》第43册，书目文献出版社1998年版，第5页。

各个方志文献的内容和价值，依然遗漏了不少方志文献。总之，从整体上观照郭子章方志文献的研究暂付阙如，本章于此意有所为。

第一节 与时代的共震与耦合：郭子章热衷于修志的原因

一 朝廷重视志书编修的时代背景

明朝对于志书修纂的重视主要表现在中央对《一统志》编修的重视上，而中央对《一统志》的编修反过来又促进了地方志编修的兴盛，使得全社会自上而下形成了一股浓厚的修志意识。此外，明朝政府还两次颁布《修志凡例》，以政府诏令的方式对方志编修进行规范，对方志的内容、方志材料的选取、方志的体例及类目的设置都进行了详细的规定。在《修志凡例》的指导下于天顺五年（1461）修成《大明一统志》。《修志凡例》的颁布和《大明一统志》的成书影响深远，以官方形式对志书的编修进行了规范，使志书修纂有例可循、有法可依，极大地促进了方志编修活动的进行，"据学者粗略统计，明代所修方志大概有一千四百多种，一万二千余卷"[①]，五成以上方志成书于嘉靖、万历两朝，这样一个修志高峰期的出现与朝廷对志书编修的大加倡导是分不开的。在朝廷的诏令下，各地积极修志，地方官员就当然的成为了修志的主力。志书的编修对于官员来说不仅仅是"功在当代，利在千秋"的事业，更是朝廷所倡导的政绩。郭子章的方志全部编修于万历时期，恰恰处于此一修志的高峰时段，如《潮中杂记》就成书于潮州知府任上，其校阅者有潮州府通判梁义卿及潮阳、揭阳、饶平、澄海、大埔、惠来、平远七县知县等人，参与编修的人员全是潮州地区的官员。又如郭子章抚黔期间修有《黔记》，该书由宋兴祖正，毕三才校，此二人也都是当时黔地的官员。

总的来说，由于明朝统治者对志书修纂的倡导，使得官员的修志意识浓厚。志书的编修不仅仅是响应朝廷的号令，官员更把修志作为一种政绩来看待是促使郭子章致力于志书编修的重大时代背景。

---

① 白寿彝：《中国通史》，上海人民出版社1989年版，第74页。

二 自身对志书社会功能的认同

方志历来就被人们认为具有"资治、教化、存史"的社会功能。郭子章对于方志编修的重视，都是在肯定方志社会功能的前提下展开的。

志书具有资治作用，但凡官员上任伊始多喜欢依托志书来了解当地的风土民情、社会状况、政治经济等资料，以便于自己开展工作。如《黔记》中郭子章就言：

> 贵州一线路外即苗穴，即苗即贼。不窥吾路，则窥吾民。故图疆域之远近，道里之险易，令守路者知其去来之踪。图城郭之广狭，民居之疏密，令守城者曲为平陂之防。庶于弭盗，少有裨乎，是吾作舆图之意。①

郭子章明确表明自己作《舆图志》的目的就是给守路者和守城者提供依据，希望有利于弭盗。又如其在《贡赋志》中关于黔地赋税不足说"予拮据六年，计无复之矣。后之司计者，尚慎之哉，尚慎之哉"②，面对黔地财政艰难的局面给后任者提出了告诫，并作《贡赋志》详载黔地土地、户口、赋税等资料，希望这些史料于后任者多有助益。郭子章宦海沉浮数十载，深知为官之不易，故他致力于方志编修就是希望志书可以给后任者为政提供借鉴和依据，是对志书资治作用认可的表现。

志书于推进教化方面也助力颇多。志书在推进教化方面表现最明显的就是志书类目的设置上，希望通过"章法戒，表功勋，旌贤能"③ 以达到一种惩恶扬善的目的。郭子章的方志文献无论是在类目的设置上，还是在内容选取上都希望通过志书旌表贤能，发挥一种模范的辐射作用，以期移风易俗，推行教化。如《潮中杂记》中就收录有郭子章上任伊始为整肃官吏、约法教民所颁布的《诸有司教》《府首领县佐各官教》

---

① 郭子章：《黔记》卷四，《北京图书馆古籍珍本丛刊》第43册，书目文献出版社1998年版，第47页。

② 郭子章：《黔记》卷十九，《北京图书馆古籍珍本丛刊》第43册，书目文献出版社1998年版，第378页。

③ 常璩在《华阳国志·序志》里道："夫书契有五善：达道义、章法戒、通古今、表功勋而后旌贤能。"

《校官教》《诸役教》教令十条，为"不恤一身之死，以任纲常之重"的潮州烈女设有《海滨列女传》，于《杨主簿梦》中也载录了城隍神亲缚盗贼的故事。《黔记》中也设有《乡贤列传》《孝子列传》《淑媛列传》《忠臣列传》。《豫章书》不但有《忠节列传》《孝义列传》《闺贞列传》，还单列有《窃据列传》《叛臣列传》。如《豫章闺贞列传序》就云：

> 人亦有言，慷慨杀身易，从容就死难，予谓未可轩轾也。一与之醮，终身不改，鼎镬在前，甘之如饴，此慷慨之苦也。风号月落，形影相吊，海水添漏，共滴长夜，此从容之苦也，其难一也。顾史书所载，死者十九，嫠者十一，何也，嫠犹称未亡人。①

又如《豫章叛臣列传序》中言：

> 叛臣贼子，何代无之。豫章为建业上游，奸臣借之以窥鼎，贼乱由之以入江，往往见史册。有封豫章而叛者，有宦豫章而叛者，有产豫章而叛者，有叛臣道豫章而残刈者，另为一传，以为世惩。庶几紫朱不杂，厕宄玉不集粲焉。②

郭子章在序言中高度赞扬了古代妇女的守节精神，而对叛臣则予以严厉的批判，认为其实乃"维垒之耻"。郭子章出于"以为世惩"的目的作《叛臣传》，出于褒扬"夫死守节者"作《闺贞传》，其试图于志书中惩恶扬善来推行教化的意图十分明显。郭子章现存的《潮中杂记》和《黔记》两部志书分别成书于潮州和贵州任上，两地都是盗贼频发、民风彪悍之地。贵州更是"汉夷错居，而夷倍徙焉"，风俗习惯迥异于中原地区。郭子章于这两部志书中希望通过修志来传播儒家思想，推进教化的倾向更为明显。

"志即史也，不备不该，不核不信"③，郭子章将方志等同于史书，

---

① 郭子章：《黔草》卷十八，《四库全书存目丛书》，齐鲁书社1997年版，第511页。
② 郭子章：《黔草》卷十八，《四库全书存目丛书》，齐鲁书社1997年版，第512页。
③ 郭子章：《潮中杂记》，香港潮州商会1993年影印万历刻本，第19页。

采用一种严谨的态度来编纂志书,确保了方志史料的可靠性。为了编修志书,郭子章广泛搜集资料,《潮中杂记》中就言"搜十邑之故""又搜之山穴残碑"。这些恰恰是方志存史的写照,搜集到的各邑碑文、典籍于保存乡邦文献意义重大。

三 自身的思想信仰

在郭子章众多的方志文献中,尚有《太洋洲萧侯庙志》和《明州阿育王山志》两部特色专志。这两部志书的编修缘由除具有其他志书的共性外,还源于郭子章自身的思想信仰。

郭子章对《明州阿育王山志》的编纂源于自身浓厚的佛教情结,其在自撰的《阿育王山志序》中写道:

> 余生平事佛率以名理取胜,多采诸最上乘门与吾灵台有所契合发明者,雅尚之。至于一切报应因果等说,皆置而弗问。中年宦辙四方,多更事故,凡有所求,屡著肪蠁。时虽或问,问未加详焉。殆万历庚子奉命讨播酋,以孤军冒重围。举家百口入于万死一生之地,恐畏百至。虽委身于国,听命于天,而未尝不有祷于三宝。祷即应,应即审,事非影响,加之与关侯通于梦寐。播酋授首,多赖神助。余于是不惟于报应之道加详,而于生平所尚名理益著。近奉旨归养,乃舍宅建忠孝寺,皆所以报国恩,答神贶,以彰至理之不诬也。吾儿孔延、孔太、孔陵皆与余同茹荼甘,昭格见闻,故于此道颇遵庭训。①

《太洋洲萧侯庙志》则是郭子章有感于水神萧公对他的帮助及萧侯之梦的灵验,特许诺给萧侯撰文,源于自身对水神的一种信仰。《传草》中载录言:

> 壬子,司马序蜀战功。有旨,川贵苗功一并序。于是司马始序山路二苗功,而晋子章兵部尚书。神之梦亦何灵邪,予同内子叩谢

---

① 郭子章:《明州阿育王山志》,《四库全书存目丛书》,齐鲁书社 1997 年版,第 386 页。

主恩。复谢神,许为文记之石。①

除此之外,促使他修志的原因还有地方士绅对他的影响。作为执掌一方的重要官员,地方士绅出于对他的尊敬抑或借其官员身份来从事修志活动也是存在的。如其在《潮中杂记》中有言:"予来潮二年余,四境稍敉定,郡乡先生请予续郡志。"②综上成因,郭子章热衷于修志也就可以理解了。这些因素相辅相成、相互联动,共同构筑了郭子章方志文献的繁盛景象。

第二节 纂辑与撰著杂糅:郭子章方志文献的纂修特点

我国当代著名方志学家朱士嘉曾将清代的方志流派归纳为纂辑派和撰著派③,这两派编纂方志的风格,早在明代郭子章的方志著述中,就已有所体现。

一 注重文献材料的搜集,广泛援引史料

重视档案与文献材料,是方志撰著派的一大特征。方志涉及的内容十分庞杂,所以历来方志的编写者都注重文献资料的搜集,郭子章于搜集资料方面倾注颇多。《潮中杂记》自序中说"搜十邑之故""又搜之山穴残碑"。《太洋洲萧侯庙志》也说到"撮集三侯灵异之迹,我明祀典之隆,豫章西蜀名公诗文之词,及萧李世系"④。《潮中杂记》中关于其广搜资料的记载则最为详细,如《潮中杂记》卷一《象纬解》为了厘清斗牛、婺女之辰次,明确其为吴越分星就援引诸多史料展开论述,其言:

潮,南越枝郡也。尝考南斗六星距西第三星去极一百五十九度,

---

① 郭子章:《传草》,《四库全书存目丛书》,齐鲁书社1997年版,第149页。
② 郭子章:《陆丞相墓辩》,《潮中杂记》,香港潮州商会1993年影印万历刻本,第269页。
③ 详见李泽主编《朱士嘉方志文集》,北京燕山出版社1991年版。
④ 郭子章:《传草》,《四库全书存目丛书》,齐鲁书社1997年版,第149页。

主南夷。牛六星近在河岸头,头上两角,腹少一脚。牛上三河鼓,鼓上三星,号曰"织女"。古雅云河鼓谓之"牵牛",《宋中兴天文志》女一名"婺女"。《左传》昭公十年有星出于婺女,杜预注:婺女为既嫁之女,织女为处女也。《史记·天官书》亦云:南斗为庙,牵牛为牺牲,其北河鼓,河鼓大星,上将左右,左右将婺女。《尔雅》释须女谓之"婺女"。由此观之,则斗牛女之辰次彰彰矣,而其为吴越之分星若联络而不可分者。①

郭子章于此论星纪分野问题上短短两百余字就征引了《宋中兴天文志》《左传》《史记·天官书》《尔雅》及杜预的注解诸多史料。通读《象纬解》一文可发现,全文还征引了黄佐《广东通志》《汉书》《周礼》《大明清类天文分野书》、李淳风《法象志》《大明一统志》《尚书》《春秋元命苞》诸书以及僧一行、费直、蔡邕等人的观点。同样论述星纪分野,《黔记》卷三《星野志》言"首列星野总图,次列六家之谱。又次载汉晋唐书及三志,诸家之说。而附以蠡测,作《星野志》"②,援引史料之功于此可见一斑。

郭子章为了编修志书广泛地搜集资料,资料涵盖了史书、碑刻、方志、诗文集、墓志铭、奏疏等诸方面。正史如《史记》《汉书》《左传》等,方志类如《大明一统志》《广东通志》《潮州府志》等,总计引书不下数十种。

二 史料互证与实地考察并重

大量的史料搜集,也为郭子章的考辨提供了依据。郭子章在《潮中杂记》自序中说"志即史也,不备不该,不核不信",其将志与史的地位等同,用严肃的态度去编纂志书,时时注重对史料的核对,考辨精神鲜明。如卷九《郡邑志补》中《揭阳史令》一则考证云:

> 按《史记》止云揭阳令定。《索引》曰定者,令之名也,未注

---

① 郭子章:《潮中杂记》卷一,香港潮州商会1993年影印万历刻本,第35页。
② 郭子章:《黔记》卷三,《北京图书馆古籍珍本丛刊》第43册,书目文献出版社,第40页。

史姓。《汉书》则云揭阳令史定。《索引》云安道侯属南阳,汉封史定邑也。《潮旧志》云揭阳令史定,闻汉兵至,自降,侯国名安道,误也。①

郭子章将《史记》《索引》《汉书》中关于揭阳令史定的资料互证,指出了潮旧志关于史定的错误记载。《陆丞相墓辨》一文中郭子章通过《宋史》《一统志》《厓山志》以及碑记等史料对潮州南澳陆秀夫墓进行了考辨,认为其并非陆秀夫埋骨之墓,只是后人出于对他的纪念而建的"招魂墓"。郭子章认为"世无不朽之骨,而有不死之灵。丞相灵在南澳,而母在南澳,孤愤幽忠随潮上下,神往神来,能不依依"②,于是重修墓时仍题"丞相墓"。郭子章的这些考证之作价值颇大,后清顺治年间吴颖所修《潮州府志》于郭子章考辨言论多有收录。

郭子章在方志中援引史料进行考证之举颇多,在其他志书中也同样特色鲜明,如《黔记》卷四十四《乡贤列传》指出了旧志将汉朝荆州刺史尹珍归属贵阳府乡贤之误,其考证云:

> 蠙衣生曰:予读汉史,许叔重博学经籍,马融常推敬之,时人曰:"五经无双许叔重。"应世叔读书五行俱下,追慕屈原,所著有《感骚》三十篇。尹道真崛起遐方,与许应游,其人可知已。范史以道真(尹珍,字道真)为牂柯人,《华阳国志》以道真为毋敛县人,毋敛故牂柯属地也。《一统志》置道真于播州,今播半属黔,故列之人物之首。旧志属之贵阳府乡贤,误矣。③

又如《黔记》卷三十三《宦贤列传》中在论述滇王庄豪时对其名为"庄豪"与"庄蹻"的争论就援引马端临的《文献通考》、张志淳的《园续录》、司马迁的《史记》、班固的《汉书》《云南通志》诸多史料进行相互论证。

---

① 郭子章:《潮中杂记》卷九,香港潮州商会1993年影印万历刻本,第247—248页。
② 郭子章:《潮中杂记》卷九,香港潮州商会1993年影印万历刻本,第274页。
③ 郭子章:《黔记》卷四十四,《北京图书馆古籍珍本丛刊》第43册,书目文献出版社1998年版,第849页。

郭子章除了应用史料互证以外，还特别注重实地考察。如《黔记》卷三十三《帝王事纪》中言建文帝"一日至贵州金筑长官司罗永庵，尝题诗壁间"，针对这样一条史料郭子章并没有妄下定论，而是证以自己的实地考察：

> 吾学编《雌伏亭丛记》俱载帝在金筑长官司罗永庵题诗壁间。予入黔令定番州守王应昌访其庵，在罗荣寨五里许有白云庵，即帝避难处也。岂误"荣"为"永"，误"寨"为"庵"邪？①

在实地考察金筑长官司后发现，该地在罗荣寨五里开外有白云庵，但却并没有罗永庵。对于史料与现实之间的不符，郭子章提出了误"荣"为"永"，误"寨"为"庵"的设想，但并没有妄下定论。郭子章广引史料，并证以自己的思辨，辅之以实地考察，考辨精神鲜明，为该书一大特色。

三 借鉴史书论赞方式加以议论，以抒己见，既述又作

郭子章在方志中往往以论赞的方式对事物加入一些自己的看法或进行点评，而非仅仅罗列资料，这一点在《黔记》和《潮中杂记》中表现得最为鲜明。《潮中杂记》于记事后多有"郭子章曰"一语，《黔记》中则是"蠙衣生曰"，这些地方多是郭子章发表议论之处。如《潮中杂记》卷二中所著录的《国初潮州归附》《海阳白鸟》《捕寇敕》《广东总兵驻扎潮州敕》《万历南澳敕》五篇敕命，郭子章于后都有"郭子章曰"一语，明确表达了自己对这些敕命的看法。如《广东总兵驻扎潮州敕》郭子章于后评论云：

> 国初总兵镇程乡矣，镇潮城矣。其后长乐复设伸威道矣，岂非以长乐与程平之间如边围盗贼之区乎，何其防之周也……何其防之疏也。癸未五月，程乡之变，虽曰其地多盗，亦人谋未臧使然。故

---

① 郭子章：《黔记》卷三十二，《北京图书馆古籍珍本丛刊》第43册，书目文献出版社1998年版，第660页。

盗平之后，子章请复参将援总兵旧镇程乡，为辞卒得所请。嗟乎，此谓病急则治其标也。援本求源，总兵不必复设，而广东巡抚当设之，惠潮伸威固应复设，而程乡诸县当割为梅州，则庶几山盗无复跳梁乎。①

在郭子章看来敕命广东总兵驻扎潮州于弭盗只是治标不治本，要想从根本上治理盗贼就应该设立广东巡抚，复设惠州、潮州的伸威营，将程乡诸县划归梅州管辖。其在《沿革考》中提及潮州多盗时也阐述了同样的治潮对策，其云："复惠州制府，复梅州，而潮割程平，惠割兴长，虔割长宁隶之。此二说者制潮之上策，俟后君子考镜焉。"②《万历南澳敕》郭子章则云"南澳设镇，最为得策"，赞赏朝廷驻兵南澳的举动，认为驻兵南澳有开垦屯田，打击内贼和倭寇，阻止乱民倭寇相勾结诸多好处。事实上广东总兵与南澳副总兵的设立所发挥的功效确如郭子章所说，可见郭子章于这些问题上颇有见解。《黔记》一书中郭子章多于"蠙衣生曰"一语后发表议论，此部分有数万字之多，点评文字远超《潮中杂记》。

郭子章方志文献不仅以"郭子章曰""蠙衣生曰"这种论赞的方式进行点评，在行文中议论风格也十分明显。如《潮中杂记》卷四中，郭子章在《韩公二祠沿革》《韩祠从祀》诸文中论述潮人对韩愈的纪念时，对韩祠中存在的不合理之处也发表了自己的看法。《韩公二祠沿革》中言：

睹公之貌，俨若浮屠，退而思之，窃不谓然。土偶桃偶，载在国策，金人法轮，梦自汉明。故土木形骸，佛之余也。公一生精力酷排二氏，至其殁而徂豆，乃桃木其形，金碧其貌，袭佛之迹。受世供养，此必非公所欲也。③

《韩祠从祀》一文则对韩祠中从祀乡贤名宦的做法提出了质疑，郭

---

① 郭子章：《潮中杂记》卷二，香港潮州商会1993年影印万历刻本，第66页。
② 郭子章：《潮中杂记》卷一，香港潮州商会1993年影印万历刻本，第45—46页。
③ 郭子章：《潮中杂记》卷四，香港潮州商会1993年影印万历刻本，第96页。

第一章 郭子章方志文献研究

子章言：

> 《韩祠录》载正祠祀韩公，配以天水赵公。祠之南东室祀名宦唐常怀德、常衮以下三十九人，祠之南西室祀乡贤南齐程旼以下二十五人。夫祀公而配以天水，天水与公同时，且曾序公文，犹之可也。名宦乡贤俱应在文庙，奈何祀于公侧，而况程公常公皆公先进乎，今俱撤之为是。但韩山祠至今犹以陈公尧佐配，陈公在潮建祠祀韩者耳，今背面若弟子，恐亦非所安也，似当并撤。①

在郭子章看来名宦乡贤应该祀于文庙之中，且程旼、常怀德诸人还是韩愈的前辈，出现在韩祠中颇为不妥，应当撤掉。而韩山祠中至今仍从祀陈尧佐亦为不妥，应当并撤。

除此之外，诸如《象纬解》《海滨列女传》《韩江韩山韩木》等文字中都夹杂着许多郭子章的议论，不限于"述"，也有于"作"，我们于此可见郭子章独到的见解，也可以更好地解读文本以及把握郭子章的思想。

四 遵从《修志凡例》，突出地域特色

《修志凡例》的颁行及《大明一统志》的问世对有明一代修志活动影响巨大，以官方的形式规范化了志书的编修，使得地方志编修有例可循。考察郭子章所编修的志书可以发现，其志书多遵从《修志凡例》的要求，以《大明一统志》为模本。主要表现在以下两个方面：

其一，在志书类目的设置上，遵从《修志凡例》。永乐十六年《纂修志书凡例》下设建制沿革、分野、疆域、城池等21个类目。郭子章在志书编修时充分遵从《修志凡例》，于类目设置上完备、合理。以《黔记》为例，志书下设《大事记》《星野志》《舆图志》《山水志》《贡赋志》《学校志》《公署志》《邮传志》《方外列传》《灾祥志》《艺文志》等，关乎宦迹、人物的有《宦贤列传》《忠臣列传》《孝子列传》《淑媛列传》等，在类目设置上涵盖了修志凡例所要求的所有类目。

郭子章所编修的志书虽严格遵循《修志凡例》的要求，以《大明一

---

① 郭子章：《潮中杂记》卷四，香港潮州商会1993年影印万历刻本，第99页。

统志》为蓝本，但其会根据各地的实际情况作出调整，突出了各地的地域特点。如《潮中杂记》中因惠潮备受贼寇侵扰，所以特设《国朝平寇考》一目载录潮州地区平寇始末，并且于志书中收录了大量与军事有关的文移。又如《黔记》中因黔地"汉夷交错，而夷倍徙焉"的复杂情形，于志书中设有《宣慰列传》《故宣慰列传》《土司土官世传》《诸夷》《古今西南夷总论》诸卷，这是其他志书所没有的。这些卷目于贵州地区各宣慰事迹，土司土官官位的世袭情况，西南各少数民族的风俗习惯、社会组织载录详细，在志书编修中因地制宜突出了地方特色。

其二，在内容的编写上，一依《修志凡例》。《修志凡例》不仅规定了志书的类目，而且对各类目的内容编写也有明确的规定。如对于疆域一目的编写，永乐十六年《纂修志书凡例》规定：

> 在郡之上下左右，四方所抵界分若干里，广若干，袤若干。四至叙临县界府地名若干里。八到，叙到邻近府州县治若干里……①

郭子章于志书中对类目的编写恪守《修志凡例》的要求，以《黔记》中贵阳府前二卫关于疆域的叙述为例：

> 贵阳府贵前二卫共倚省城，其疆域东抵龙里卫界五十里，西抵平坝卫界一百五十里，南抵广西泗城州界二百里，北抵四川遵义府界五十里……②

五 体例结构完备，体裁多样

郭子章的方志文献在类目的设置和志书内容的编排上遵从《修志凡例》的要求，有规范固定的文字表述方式。在志书体例结构上灵活应用平目体、纲目体、辑录体等志书体例，各志书包含凡例、目录、序跋、图、表、志、传、修纂姓氏等结构形式。总的来说，其方志文献体例结构完整，各志体裁应用不一。各志体例结构统计见下表：

---

① 明永乐十六年《纂修志书凡例》。
② 郭子章：《黔记》卷四，《北京图书馆古籍珍本丛刊》第43册，书目文献出版社1998年版，第55页。

郭子章方志体例结构表

书名	平目体	辑录体	纪传体	凡例	序	跋后序	纂修姓氏	图	目录
《潮中杂记》	√				√		√		√
《广豫章郡邑记》					√			√	
《豫章大事记》		√							
《广豫章灾祥志》	√				√				
《豫章杂记》									
《白下记》		√			√		√		
《吉志补》	√				√				
《豫章书》		√	√	√	√		√		
《黔小志》									
《黔记》		√			√		√	√	√
《明州阿育王山志》		√							
《太洋洲萧侯庙志》		√			√		√	√	√

因郭子章部分方志文献亡佚较早，所以表中部分方志体例结构信息统计有空缺。但从上表已知的关于郭子章方志文献的体例结构统计来看，郭子章的方志文献于平目体、纪传体、辑录体都有采用。平目体志书将志书内容分为若干类，各类互不统摄，志书内容清晰明了，如《潮中杂记》。纪传体志书将志书内容总以纪、传、表、志、图诸个部分，各类下再分细目，以纲统目，志书结构层级清晰。如《豫章书》分为大记20卷，表10卷，志28卷，列传66卷，事记2卷，在编纂体例上有意地模仿纪传体史书来编纂。又如《太洋洲萧侯庙志》言"撮集三侯灵异之迹，我明祀典之隆，豫章西蜀名公诗文之词，及萧李世系，析为上下两集"①，采用辑录体的形式将与太洋洲萧侯庙有关的资料汇为一书。

郭子章的方志文献除了序跋、目录、凡例等结构形式进一步完善外，在方志中运用图、表、传、纪诸种体裁来编写志书也更加普遍。例如《黔记》全书60卷，其中包括大事记2卷、志25卷、表5卷、纪1卷、列传26卷、夷论2卷。列传下又分宦贤、迁客、寓贤、乡贤、忠臣、孝子、隐逸、淑媛、方外、宣慰诸多类目。《豫章书》《白下记》等志书在

---

① 郭子章：《传草》，《四库全书存目丛书》，齐鲁书社1997年版，第149页。

体例上同样分为大事记、传、志、表、图诸个部分。采用纪传体，合理应用图、表、志、传、纪诸种体裁使得方志各类目便于统摄，丰富了方志的内容，促进了方志的发展。郭子章对于不同规模的志书采用不同的方志体例，灵活地运用记、传、志、图、表等体裁，在结构内容上多有创新和发展，足见郭子章修志水平之高。

郭子章除从宏观上力求志书的体例结构完善外，在志书内部体例的细节方面做得也十分出色，集中体现在各类目的小序、注释上。以《潮中杂记》为例，该书是为了补录前志之不足而作，全书只有12卷，所以其在内容和类目的划分上相较于一部完整的志书略为简单。《潮中杂记》书前列有郭子章的自序和各卷目录，以及书籍的校阅名单。校阅姓氏自潮州府通判靖州梁义卿以下，还依次列有潮州府下辖潮阳等八县知县及其他官员十三人。书中卷一《象纬解》《沿革考》，卷六、卷七《艺文志》，卷九《海滨列女传》，卷十《国朝平寇考》，卷十二《物产志》都有小序，交代写作的缘由。

如《象纬解》小序云：

> 予读黄文裕公《广东通志》巖悉具备，而独缺于分野，毋亦以天道远而叵测乎。顾三才之故，即一郡不可不备也，作《潮州象纬解》。①

又如《沿革考》小序云：

> 予读《三阳志》，其所叙沿革颇有依据，而惜其不详于周秦之间。予族大父春震《嘉靖志》又略于宋元之际，黄文裕《图经》是时平普诸县未邑也。予并采而芟润之，作《沿革考》。②

从中可知郭子章因黄佐《广东通志》缺于分野，《三阳志》及郭春震《潮州郡志》于沿革稍略，故分别作《象纬解》和《沿革考》。通过

---

① 郭子章：《潮中杂记》卷一，香港潮州商会1993年影印万历刻本，第32页。
② 郭子章：《潮中杂记》卷一，香港潮州商会1993年影印万历刻本，第39—40页。

各卷的小序,可以更好地了解郭子章的修志思想,对于各卷的内容也更容易把握。

郭子章的方志在内容的著录上也有自己的特色,志书中郭子章多以小字对认为需要注释的内容加以标明。如《艺文志》著录条目:

《潮州图经》二卷,宋知州事邛州常祎撰,今亡。
《三阳志》七卷,元人著,今无刻本,郑布政旻家藏有抄本。
《重建大忠祠记》,祠祀文丞相。①

《艺文志》中郭子章对于已经亡佚的书目和碑目,于后都有注明,对于稀见的书目也都记载了藏本、抄本所在,对于部分需要解释的书目和碑目于后还用小字加以注释。这样我们就可以知道《秦汉图记》其实是《西京杂记》和《三辅黄图》二书合刻而成的,大忠祠祭祀的是文天祥等诸多不易得知的内容。郭子章的这种做法,可以让后人更容易了解志书的内容。

第三节 白璧有瑕:郭子章纂修方志之弊

一 体例与类目不当

体例与类目是衡量一部方志好坏的重要标准,但郭子章志书在体例与类目的安排上存在不少偏颇之处。通过对郭子章方志文献体例的统计我们可以发现,《潮中杂记》《广豫章灾祥志》《吉志补》为平目体志书,《明州阿育王山志》《太洋洲萧侯庙志》为辑录体志书,《豫章大事记》《白下记》《豫章书》《黔记》为纪传体志书。郭子章方志文献中《黔记》为60卷,《豫章书》为120卷,志书中类目就不下数十个,略显芜杂。

如《黔记》下分有大事记、星野志、舆图志、山水志、灾祥志、群祀志、止榷志、艺文志、学校志、职官志、贡赋志、邮传志、公署志等数十个类目,各类目之间互不统摄,志书结构不是特别清晰。纵观明代,

---

① 郭子章:《潮中杂记》卷九,香港潮州商会1993年影印万历刻本,第197页。

纲目体志书已经成为了志书编修的重要体例，郭子章方志文献编修的蓝本《大明一统志》就采用了纲目体，纲目体志书将志书分为若干大类，大类下再细分小类，以纲统目，志书结构趋于合理。在纲目体成为方志编修首选的明代，郭子章却大量采用平目体、纪传体、辑录体的体例来编修志书，志书体例选择较同时代而言比较滞后。此外，《明州阿育王山志》《太洋洲萧侯庙志》两部辑录体志书只是抄录前代旧文，自身于志书上并无多大创见，这样一种修志方式价值不是很高。

再者，郭子章的方志文献在类目的设置上也有不妥的地方，如《潮中杂记》中卷一有《沿革考》《郡县释名》，志书中设有《艺文志》《物产志》《国朝平寇考》，但卷九中却又单列《郡邑志补》。且《郡邑志补》中更是收录有《陆丞相墓辩》《放生石》《程江诗》等诗文，东海龙虾、文贝、锦蛇三条物产，"海阳四侯""揭阳史定""梅州异僧"等人物传记资料，"嘉禾""甘露""星坠为石"等天文异象，《程乡贼变》等平寇活动记载，收录的内容不可不谓芜杂。其实《郡邑志补》或可归入卷一《沿革考》《郡县释名》之后，或可将诗文归入《艺文志》，将物产归入卷十二《物产志》，将《程乡贼变》平寇一文归入《国朝平寇考》。若依此法，志书也不至于如此杂乱而无归属。

二 过于偏重人物与诗文的记载

郭子章的方志文献或以人物传记，或以人物表的形式对人物事迹详加载录，人物入志成为了其志书必不可少的内容，且名目繁多，所占比例相当之大。《白下记》全书不过 40 卷，但其中载录乡贤事迹的就列有名硕传、大臣传、理学传、忠臣传、孝友传、儒林传、文苑传、栖逸传、义惠传、寓士传，载录宦绩的列有帝王传、宦贤传、死事传。此外，还收录有方外传、荐辟表、科贡表。《吉志补》全书 25 卷，除星土志补、艺文志补、科第志补三部分外，余下的皆是补录人物传记。《豫章书》全书 126 卷，其中人物传记就有 66 卷之多，占全书半数以上。又如《黔记》全书 60 卷，其中包含有帝王事纪 1 卷，人物表 5 卷，人物列传 26 卷，关乎人物事迹的篇幅达 32 卷之多。通过对郭子章方志文献的研究可以发现，其大多数志书中人物记载的篇幅都在半数以上，严重压缩了志书其他内容的篇幅，整体的内容结构有所失衡。

再者，滥收诗文的现象在郭子章的志书中也表现得较为明显。《黔记》一书设有艺文志一目，但其所收录的诗文也往往可散于志书的叙述之后，以一种附录的形式存在。《舆图志》《公署志》后就收有重修城池或公署的记文，如于平越府后就全文收录了翰林院检讨王毓宗所撰《平越府修城记》；《山水志》后收有游记和咏赞的诗歌；人物列传中于人物记载后也往往会附录诗文，如《宦贤列传》中于镇远知府黄希英后就收录有其自作的《傂㠓亭》一诗。这种广收诗文的做法在其他志书中亦是较为鲜明的。

郭子章一生编修有12部方志文献，涉及赣、粤、黔、浙四省多地，既有一省之省志，也有一地之府县志，还有关于山川物产、庙宇的特色专志。虽存在体例与类目不当，过于偏重人物与诗文的记载等弊病，但总的来说这些志书于山川形胜、建制沿革、经济军事、风俗物产等方面载录详尽，这些资料远比史书记载的广泛和详细，可与史书互补互证，具有重大的史料价值，是研究地方史的重要乡邦文献。

第四节 《黔记》中所见明代贵州的民族交融与认同

作为"一方之书"的方志，记载了一方的历史地理、政治经济、科教文化、物产风俗、山川形胜等诸多内容，为我们保存了了解、考察一方地域的各方面情况的重要资料。明代贵州的地方志有郭子章的《黔记》，共60卷，分别记载了贵州的大事、星野、舆图、山水、灾祥、止榷、艺文、学校、职官、贡赋、兵戎、邮传、乡贤、土官、诸夷等内容，书中所载兼及当地少数民族风俗与生活状况，这些内容在一定程度上反映着贵州少数民族与汉族移民间的双向交流碰撞、进而交融认同的过程，这对考察民族文化的融合、促进民族文化建设有着积极的推动作用。

一 《黔记》对明代贵州民族的记载

明代早期，贵州尚未建省，民族多属四川、云南两省，其总属古称"西南夷"。郭子章《黔记》卷六十"古今西南夷总论"即载录了《两汉书》《东汉书》《唐史》《宋史》等史书对相关各民族的记载,以溯民族源流。正如他所说:"贵州故非行省,合楚之黔、蜀之播、滇之南境而为省也。其实古今胥称西南夷。汉以前详迁、固、范氏,唐以后详《宋史》脱脱氏,今悉载之以备参考。"① 其中,《宋史》所载,承前所述,而更为翔实:"西南诸夷,汉牂柯郡地。武帝元鼎六年,定西南夷,置牂柯郡。唐置费、珍、庄、琰、播、郎、牂夷等州。其地北距充州百五十里,东距辰州二千四百里,南距交州一千五百里,西距昆明九百里。无城郭,散居村落。土热,多霖雨,稻粟皆再熟。无徭役,将战征乃屯聚。刻木为契。其法:劫盗者,偿其主三倍;杀人者,出牛马三十头与其家以赎死。病疾无医药,但击铜鼓、铜沙锣以祀神。风俗与东谢蛮同。隋大业末,首领谢龙羽据其地,胜兵数万人。唐末,王建据西川,由是不通中国。后唐天成二年,牂柯清州刺史宋朝化等一百五十人来朝。其后孟知祥据西川,复不通朝贡。"② 将汉唐以来贵州民族的有关情况予以载录,随后是宋代以来情况的详细记录。这些,保存了贵州民族分布、源起与发展、民族识别等方面的重要资料。

郭子章还在《黔记》"诸夷"的总论里对明代贵州少数民族的分布有一个概括性的叙说,其云:

> 贵州本夷地,一路诸城外,四顾皆苗夷,而种类不同,自贵阳而东者苗为夥,而铜苗九股为悍,其次曰犵狫,曰猡猺,曰八番子,曰土人,曰峒人,曰蛮人,曰冉家蛮,曰杨保,皆黔东夷属也。自贵阳而西者,罗罗为夥,而黑罗为悍,其次曰宋家,曰蔡家,曰仲家,曰龙家,曰㹻人,曰白罗,皆黔西夷属也。诸苗夷有囷峒而无城郭,有头目而无君长,专事斗杀,何知仁义,语言不通,风俗各别。③

在这里,郭子章以贵阳为地理中心,按区域将贵州少数民族进行划分,很大限度地反映出贵州当时大致的民族分布状况。接着,郭子章按照总论提到的各贵州少数民族苗人、罗罗、犵狫、猡猺、仲家、宋家、

---

① 郭子章著,赵平略点校:《黔记》,西南交通大学出版社2016年版,第1172页。
② 郭子章著,赵平略点校:《黔记》,西南交通大学出版社2016年版,第1177页。
③ 郭子章著,赵平略点校:《黔记》,西南交通大学出版社2016年版,第1163页。

龙家、四龙家、土人、蛮人、峒人、杨保、僰人等①，一一介绍其源流、生活状况、风俗习惯等，反映出贵州民族众多、文化多样的基本特点。

《黔记》"诸夷"卷后附江进之（江盈科）《黔中杂诗》十首则是对明代贵州民族的诗性描述。如其三：

> 群峰莽亘插天遥，旅魄都从一望销。
> 蛮语兼传红犵猪，土风渐入紫姜苗。
> 耕山到处皆凭火，出户无人不佩刀。
> 一自播兵蹂躏后，几家茅屋入萧条。②

诗中"蛮语"指当地各少数民族的语言，错杂（"兼传"）在各种不同民族语言中。"红犵猪"为仡佬族的一支，明代典籍中有时也兼指操罗泊河次方言的苗族。在贵州的古代典籍中，通常将仡佬族分为红犵猪、花犵猪、打牙犵猪、披袍犵猪、剪发犵猪等几个支系，这些支系和我们现在的民族识别有所不同，其中既涉及仡佬族，也涉及部分苗族的支系，下文的"紫姜苗"也是指这一支系的苗族，他们的风俗习惯和当地各民族的风俗习惯（"土风"）混杂在一起。诗作道明了当时贵州民族的语言、风俗及空间分布情况。

《黔中杂诗》其四云：

> 地理相传属夜郎，千峰万壑凑为乡。
> 杂居獞种兼猺种，赶集牛场与兔场。
> 洞女肤妍工刺锦，蛮姬发短不成妆。
> 鱼盐便是珍奇味，那得侯鲭比尚方。③

诗歌描述了贵州特有的地理特征（"千峰万壑"），又说此地杂居着

---

① 贵州的少数民族称呼非常多，远不止郭子章此处所列。早在20世纪40年代调查时，仅在"苗族"名下就有60种称呼，在"夷族"名下有63种称呼。1953年第一次人口普查时，贵州登记汇总的民族名称有80多种。
② 郭子章著，赵平略点校：《黔记》，西南交通大学出版社2016年版，第1170页。
③ 郭子章著，赵平略点校：《黔记》，西南交通大学出版社2016年版，第1170页。

瑶族、羌族、壮族、侗族、仡佬族等，他们的服饰特征非常鲜明，其食、住、行等也很具独特性。全诗充分展现了贵州少数民族结构的丰富复杂性与繁复多元性。

《黔记》的其他一些记载中，也往往提到多民族杂居的状况，例如："战国，楚顷襄王遣将庄蹻，略地黔中，黔之名始此。嗣后，汉夷杂居，分合靡常，或郡或邑，名以代殊。"① "人性淳朴，地杂百夷（旧治环城百里皆苗巢穴）。其俗勤俭，尚儒重信（《旧志》）。"② 等等。

民族交融的前提是民族接触，这是一种横向的文化变迁过程。黔地各民族的大杂居、小聚居的杂居特点为各民族之间的交往和交融提供了前提条件，各民族间只有在各方面进行交流，才能互相学习，取长补短，缩小差距，走向共同发展与繁荣。

二 贵州少数民族与汉族文化的交融与认同

明代，由于朝廷意识到贵州实际所处的"襟川带粤，枕楚距滇"的重要战略地位，因此确定的战略方针是先安贵州，后取云南。而由平定云南和固守边疆的需要，朝廷在贵州派重兵驻守，设置卫所，实施军屯。按照明制，一人在军，必须全家同往，若无妻室，予以婚配，这样又成倍地扩大了军户的数量。

明代的屯田，在军屯之外，还有民屯和商屯。民屯主要是"移民就宽乡"，由国家组织人口稠密地区农民向地广人稀的边疆地区（宽乡）流动，这样，既可以解决"狭乡"地带人多地少的矛盾，还可以增加开发边疆地区的劳动力，最终可以达到民族融合、巩固西南边陲的目的。商屯则是朝廷实施"盐引开中"政策，吸引大量商人来到贵州经商。商人们要么运送粮食来贵州换取盐引③，要么招募农民到贵州开垦荒地，将收获的粮食交给各卫所作军粮以换得相应的盐引，从而在产盐地区换取食盐销售获利。

---

① 郭子章著，赵平略点校：《黔记》，西南交通大学出版社2016年版，第157页。
② 郭子章著，赵平略点校：《黔记》，西南交通大学出版社2016年版，第179页。
③ 明代，商人合法贩盐必须先向政府取得"盐引"。每引1号，分前后2卷，盖印后从中间分成2份，后卷给商人的，叫"引纸"——盐引；前卷存根叫"引根"。商人凭盐引到盐场支盐，又到指定销盐区卖盐。

第一章 郭子章方志文献研究

此外，还有不少汉族流官。明代实行异地任官制度，"洪武间，定南北更调之制，南人官北，北人官南。其后官制渐定，自学官外，不得官本省，亦不限南北也"①。这些官吏任满即迁至他处，或升或调，然后朝廷又派遣其他官吏前来，这些人就成为了一个流动的移民群体。

明代的贵州，随着军事移民、政治移民、商业移民的不断涌入，外来人口比重逐渐增大，不仅使贵州人口的民族成分发生了改变，也使贵州少数民族在很多方面受到汉族移民的影响。

郭子章《黔记》记贵阳军民府风俗云："俗尚朴实，敦礼教（郡人多自中州迁来，服食、器用、节序、礼义，一如中土）。士秀而文，民勤而务本（俱《旧志》）。多著忠廉之称，渐渍文明之化，易兵戎为城郭，变刁斗为桑麻（《程番旧志》）。属夷种类不一，风俗亦异。"②记贵州宣慰使司风俗云："悃朴少华（《旧志》，本司隶籍人民，多来自中州，风声气习，一如中华）。文教丕振，风气和平。冬不祁寒，夏无盛暑。集场贸易，以十二支所肖为场。附郭兔、猴、鼠、马四场。土著诸夷，俗尚各异。"③记赤水卫风俗云："讼简盗稀（《旧志》，官军皆中州人，俗尚敦厚）。生计萧条（《旧志》，箐深土瘠，刀耕火种）。中州礼俗（《一统志》：语言清楚，筵席尚洁，衣冠常效中州）。环境皆夷（有黑罗罗，俗与水西同）。"④这些地方，以前是"生计萧条""箐深土瘠，刀耕火种"，处于极度落后状况中，后由于上文所述的大量移民，诸如官吏、文人、商人的不断迁入，这些人利用自身特殊的社会地位和文化的优势，大力发展教育，革除旧弊陋俗，为当地民族经济文化的不断发展注入新的活力。同时，为了便于生活、文化交流和对外商业经营，当地的民众也自觉自愿学习汉语，学习汉文化，既提高了少数民族的文化素质，又使一些地方的民族风俗逐步发生了变化，即"渐渍文明之化"，在服饰、饮食、器用、节序乃至礼义上都学习中原，因此，"文教丕振，风气和平"。

当时贵州民族的交往交融现象，其他史志也有记载。如《贵州通

---

① 张廷玉等：《明史》，中华书局1974年版，第1716页。
② 郭子章著，赵平略点校：《黔记》，西南交通大学出版社2016年版，第172页。
③ 郭子章著，赵平略点校：《黔记》，西南交通大学出版社2016年版，第175页。
④ 郭子章著，赵平略点校：《黔记》，西南交通大学出版社2016年版，第183页。

志·土民志》引明《嘉靖图经》云：

> 新添卫之仲家，男女衣皆青黑衣。以十二月为岁首。通汉人文字。……清平卫之仲家，以字为姓，衣服与汉人同，言语稍异，婚姻用媒妁，树桑供蚕，男知读书，女务纺织，以十一月为岁首。永宁州属顶营长官司所部皆仲家，与汉人友善，呼为同年，性勤奋，善艺木棉，岁取崖峰之蜡贸易。①
>
> 播州杨氏氏族也，其族属曰佯犷。（见上）一曰杨黄。杨黄通汉语，衣服亦近于汉人。②

不仅是仲家、佯犷，其他族也是如此，他们在与汉族的交往过程中，"与汉人友善"，并且学习汉语，运用汉语，服饰上也仿效汉族，并且思想行为上也学习汉族，努力读书，参加各级科考，达到从外到内的各方面交融。

各民族的长期交错杂处，相互适应，取长补短，相互融合，便形成民族交融。但这种交融是一个长期的、缓慢的复杂过程。这对于交通闭塞的贵州来说更为明显。郭子章《黔记》如实记载了这一状况。如记镇宁州风俗云："夷汉杂居，风俗各异（《一统志》）。茹毛饮血，日久渐更；务学力耕，颇循汉礼（《续志》）。"③ 记安南卫风俗云："土俗犹存，桴鼓流寓，浸有华风，俭陋质朴，勤于耕稼（《一统志》）。"④ 记镇远府风俗云："习俗质野，服用俭约（《一统志》）。风气渐开，人文丕振，游宦者安之（《旧志》）。"⑤ 记石阡府风俗云："淳庞朴茂，不离古习，服嗜婚丧，悉慕华风（见《郡志》）。土著夷民，其俗各异，涵濡日久，渐拟中州（《新志》）。"⑥ 记铜仁府风俗云："郡居辰常上游，舟楫往来，

---

① 贵州省文史研究馆点校：《贵州通志 土司土民志》，贵州人民出版社2008年版，第173页。
② 贵州省文史研究馆点校：《贵州通志 土司土民志》，贵州人民出版社2008年版，第183页。
③ 郭子章著，赵平略点校：《黔记》，西南交通大学出版社2016年版，第179页。
④ 郭子章著，赵平略点校：《黔记》，西南交通大学出版社2016年版，第180页。
⑤ 郭子章著，赵平略点校：《黔记》，西南交通大学出版社2016年版，第191页。
⑥ 郭子章著，赵平略点校：《黔记》，西南交通大学出版社2016年版，第198页。

商贾互集，渐比中州（《旧志》）。力本右文，士多向学（佥事阴子淑《记》）。郡属各司，夷汉杂居。有土人、犵狫、苗人，种类不同，习俗各尚，迨今渐被华风，洒然变易（《续志》）。"① 这之中，"日久渐更""浸有华风""风气渐开""涵濡日久，渐拟中州""渐比中州""渐被华风"等都说明了民族交融的渐进性、长期性。而当地各民族在保持自身传统文化的基础上或多或少地、有选择地汲取其他民族的部分文化因子，接续地推动了黔地各民族间的不断融合。

同样地，汉族文化也不同程度地受到少数民族文化的影响，但这方面的记载并不多见，其原因是多方面的。一是因为汉族文化是相对先进的文化，各少数民族接受其影响表现显著，其接受少数民族文化影响却不明显；二是记载者多为汉族，囿于身份局限，乐于看到与记载的多是当地少数民族接受外来传入汉族文化影响的状况。事实上，汉族移民长期与其他少数民族生活在一起，在本土众多民族文化的层层包围下，不可能"独善其身"，其文化、生活也不可避免地受到少数民族的影响。甚至有汉族移民在本地落地生根，成为少数民族的一支。如贵阳郊外以布依族为主的镇山村的《班李氏族谱》就溯源其族说：

> 昔我始祖仁宇，居于江西吉安府庐陵县大鱼塘李家村，出身科第，官至协镇。明万历间，南方扰攘，明朝调北征南，遂以军务入黔，领数千兵于安顺等府驻扎。及黔中平服，乃迁居于石板哨。……遂入赘班始祖太之门，不数年，生二子，以长房属李，次房属班。②

其他也有很多族谱称其祖上来自湖北孝感、江苏南京等地的，而播州的杨、罗、令狐、成、赵、犹、娄、梁、韦、谢诸姓则都宣称自己来自山西太原。③

从历史上来看，秦汉以来就有汉族人因为各种方式或身份进入贵州，但因为人数少、规模小，所以比较分散、影响力也弱，最后大部分就随乡入俗，融入到少数民族的文化中甚至成为少数民族的一部分。明代则

---

① 郭子章著，赵平略点校：《黔记》，西南交通大学出版社2016年版，第199—200页。
② 《班李氏族谱》，清宣统元年（1909）。
③ 郑珍、莫友芝：《遵义府志》，四川出版集团、巴蜀书社2013年版，第610页。

完全不同,汉族人大规模地以军屯、民屯和商屯的方式进入贵州,落籍贵州,所以更多的是以较为先进的文化身份来影响贵州的少数民族文化。

尽管可能有强有弱,有多有少,但我们可以看出,各民族的交流与影响并不是单向的"同化",而是多元双向的互动。

三 贵州少数民族与汉族文化交融中的包容性

民族交融并非消除各民族之间的差异,而是在尊重民族差异的基础上不断增强民族间的共同性,在兼容并包、求同存异的基础上共谋繁荣。换言之,民族间的交融,并不意味着取代,而是有融合,有去除,也有保留,呈现出多姿多彩的文化样态。

有不少民族风俗,在汉族文化的强烈冲击下,仅去除部分陋习,而具有自己民族特色的依然保持不变。《黔记》记载普安州风俗云:"士业诗书,农勤稼穑,尚文重信,甲第云仍,夷性倔强,累世为婚,摘髭裹髻。"[1] 普安州居住着罗罗等民族,他们有着非常特异的文化,对于此,《贵州图经新志》卷十普安州《风俗》记载更为详细:

> 《旧志》,土酋号十二营长,部落有罗罗、仲家、仡僚、僰人……其罗罗则有黑、白之异,黑者为贵而白者为贱云。
>
> 累世为婚。《旧志》,夷人之类不一,男女未婚配者,父母不禁其出入,任其自相会集,歌谑情合者为婚,多有累世为婚者。然男家常以为男家,女家常以为女家。成婚之日,妇见舅姑不拜,惟侧立于前,以水器进盥漱水为礼。与酒则立饮之。近年渐染华夏之习,稍变其陋而近于礼矣。
>
> 摘髭裹髻。《旧志》,罗罗摘去髭不欲蔽唇以为美观。妇女束发于顶为高髻,缠以青带,别用布一方,或白或缁,四角缀带以裹之,仍以幔毡竹笠加于上,出遇官长则除笠悬之于臂以为敬。食生啽酒。《旧志》,夷俗常用大麦、苦荞、蓖稗酿酒,临饮则以温水沃糟,用藤及竹为筒,宾主环坐递相啽饮。仍喜食生,以鸡豕鲜肉斫碎和以蒜泥草果食之,宴会无此以为不敬。

---

[1] 郭子章著,赵平略点校:《黔记》,西南交通大学出版社2016年版,第181页。

火炬二节。《州志》，夷人每岁以冬夏二季月之二十四日为火把节，屠豕宰牛以祭其先，小儿各持火喧戏于市，如上元岁除然。①

郭子章《黔记》也记载了贵州其他地区独具特色的文化。如记思州府风俗："民性刚悍，外痴内黠。刻木为契（土人各据溪谷，久者自称洞主、寨长。假货要约，则刻木为契）。鸡卜瓦卦（有病不用医药，惟事鸡卜瓦卦，以占吉凶）。夷风丕变（自昔椎髻跣足，言语侏儷。本朝声教渐染，既久，夷风丕变）。祭鬼弭灾（俱《一统志》）。"②思南府风俗："蛮獠杂居，言语各异（《寰宇记》，风俗同黔中。地在荒徼外，蛮獠杂居，言语各异）。汉民尚朴（《元志》：汉民尚朴，婚娶、礼义、服饰体制与中州多同）。信巫屏医，击鼓迎客（同上。蛮有猲獽、犵狫、木狫、猫猺数种。疾病则信巫屏医，专事祭鬼。客至则击鼓以迎。山箐险恶，则芟林布种。俗谓之刀耕火种）。务本力稼（《郡志》：夷旗渐被德化，俗效中华，务本力稼）。唱歌耕种（《府志》）。"③

贵州民族以"刻木为契"的契约方式，重巫卜的"鸡卜瓦卦""祭鬼弭灾""信巫屏医"，以及充满艺术趣味的"击鼓迎客""唱歌耕种"，作为古老的习俗，民族文化的印记，依然保存在各民族的生活中，焕发出独有的文化光彩。

当然，也有记载汉族人"坚守"自己文化特色，不为少数民族文化所改变的。如《黔记》记载记贵阳军民府风俗云："俗尚朴实，敦礼教（郡人多自中州迁来，服食、器用、节序、礼义，一如中土）。"④记贵州宣慰使司风俗云："悃朴少华（《旧志》，本司隶籍人民，多来自中州，风声气习，一如中华）。"⑤ 毕节卫风俗云："境多乌罗，狡悍趋利，斗狠健讼（《旧志》）。中州徙居者，冠婚丧祭，不混夷俗（《一统志》）。人多勤俭，文风武略可观。"⑥ 记载新添卫风俗云："俗尚俭朴（《一统

---

① 沈庠修、赵瓒等：《贵州图经新志》卷十，文渊阁影印《四库全书》本。
② 郭子章著，赵平略点校：《黔记》，西南交通大学出版社2016年版，第193页。
③ 郭子章著，赵平略点校：《黔记》，西南交通大学出版社2016年版，第195页。
④ 郭子章著，赵平略点校：《黔记》，西南交通大学出版社2016年版，第172页。
⑤ 郭子章著，赵平略点校：《黔记》，西南交通大学出版社2016年版，第175页。
⑥ 郭子章著，赵平略点校：《黔记》，西南交通大学出版社2016年版，第182页。

志》)。附郭旧人迁自中州,多读书尚礼,男女有别(《旧志》)。"① 这种"一如中土""一如中华""不混夷俗"事实上只是相对而言的,可能是相对于部分习俗,也可能是一定的时间区间内,因此,"坚守"也是相对的。也正是因为如此,各种习俗共存,使中华民族文化更加多姿多彩,异彩纷呈。

我们可以看到,在这里多种多样的民族文化传统、风俗习惯共生共存,自由发展,这充分体现了各民族文化的包容性。这种民族文化的多元化,不仅使我们人类的眼界更加开阔,增加了对其他民族文化的包容性,也通过不同文化的共生共存,丰富了中华民族乃至世界民族文化的色彩与内涵。

四 明代贵州民族交融与认同的意义

可以说,庄蹻入滇和秦开五尺道,揭开了汉族进入贵州的序幕;汉武帝时期的"开西南夷"则使汉族人成批进入贵州。以后,汉族人不断移入,但数量还是不多,分散各地,慢慢地变俗易服,逐渐和少数民族融合,甚至变成少数民族的一支。明代是贵州各少数民族交融与发展的重要阶段,随着明政府行省、土司、卫所的设置以及大量汉族移民的迁入,各民族的交流与融合盛况空前,并被文献记录逐渐形成稳定的社会记忆。

这些记载与描述,并没有单纯地强调各民族之间"我者"与"他者"的区别,更多地反映了融涵着地域与各民族内、外之间的差异与认同,反映了明代汉族文化与贵州各少数民族文化之间的区分与涵化。这种交融与涵化,正如社会科学研究委员会(The U. S. Social Science Research Council)发表的《涵化:探索性的阐释》一文所说,是"两个或多个独立的文化体系相接触所产生的文化变迁。这种文化变迁可以是直接的文化传播的结果;也可以由非文化因素所引起,如由文化接触而产生的生态或人口方面的变化;它可以是随着对外部特征和模式的接受而出现的内部调适,也可以是对传统生活方式的反适应"②。

---

① 郭子章著,赵平略点校:《黔记》,西南交通大学出版社2016年版,第185页。
② The Social Science Research Council, Acculturation, *An Exploratory Formulation*, American Anthropologist, 1954 (56): 973 – 1002.

我国研究者林彦虎也提出：

> 民族文化认同不仅是静态的内化过程，而且是动态的自觉实践过程，是主体对族内主体文化、族际主体文化以及中华民族主体文化认可和接纳后，并自觉外化于实践的过程。……既内含着对本民族族内文化的认同，也包含着在交往过程中对其它一些民族的文化认同，更包含对中华民族共同体的认同。①

中国是一个大国，民族众多，各民族间从民族交往到民族交流，再到民族交融，是民族关系不断提升和深化的过程，是中华民族有机团结的一个过程，探索这一过程，可以更好地了解各民族的文化特色，了解中华民族凝聚力形成的重要因素，助力当代民族文化建设。

第五节 《黔记》中的人物传记

"古来方志半人物"，人物是方志记述的重要内容。历代纂修史志，都会把人物传记作为一项浩大的工程加以重视。早在两汉时期，方志就专门增加了"记人"这种体例；到了南宋时期，"述地""记人"两种方志体例汇合起来，成为一种新的体例；元明清时期，方志数量增多，内容完备，人物传记也越来越被人们重视，成为方志中一个不可缺少的组成部分。著名史学家章学诚先生认为，方志中的人物传记有着重要的作用，其《永清县志政略序例》云：

> 列传包罗钜细，品藻人物，有类从如族，有分部如井；变化不拘，《易》之象也；敷道陈谟，《书》之质也；抑扬咏叹，《诗》之旨也；繁曲委折，《礼》之伦也；比事属辞，《春秋》之本义也。具人伦之鉴，尽事物之理，怀千古之志，撷经传之腴，发为文章，不可方物。故马、班之才，不尽于本纪表志，而尽于列传也。②

---

① 林彦虎：《论民族文化认同的价值共识建构的双重动力》，《新疆大学学报》（哲学人文社会科学版）2018年第3期。

② 章学诚著，叶瑛校注：《文史通义校注》，中华书局2014年版，第693页。

在章学诚看来，方志中的人物传记不仅体现出撰写者记叙描摹、曲尽事理的才能，还能够"具人伦之鉴，尽事物之理，怀千古之志"，发挥重要的社会教化功用。

郭子章《黔记》60 卷，其中关于人物记载的多达 31 卷，占全书半数以上。其中人物表 5 卷、人物列传 26 卷，自卷三十三至卷五十八皆为人物列传。郭子章《黔记》中的人物传记，既具有一般方志中人物传记的特征，也有自身独具的特色。

一　载录人物以黔籍为主，客籍为辅

章学诚《答甄秀才论修志第二书》云：

> 国史取材邑志，人物尤属紧要。盖典章法令，国有会典，官有案牍，其事由上而下，故天下通同，即或偶有遗脱，不患无从考证。至于人物一流，自非位望通显，太常议谥，史臣立传，则姓名无由达乎京师。其幽独之士，贞淑之女，幸邀旌奖；按厥档册，直不啻花名卯册耳。必待下诏纂修，开馆投牒，然后得核。故其事由下而上，邑志不详备，则日后何由而证也？[①]

从保存史料的角度来说，典章法令都有官方记载，而人物方面则除了位通望显之人，其余是很难载入史册的。因此，"人物"是方志中最为重要的内容，这是"国史"无法替代的一项独具的功能。

方志传记人物为生不立传，主要遵循以本籍为主，以对本地有重要贡献或重大影响的客籍人物为辅的原则。方志的人物传记特别注重挖掘人物生平活动与当地的关系，详记人物在当地活动的言行，对当地的贡献或影响，略去与国史雷同的记载，补充国史记载的不足，丰富人物的内容。特别是，人物在当地活动的言行，属于自己家乡的风俗民情、音容笑貌，当地民众熟悉，感觉亲切，易于理解与记忆。这样记载人物，既可避免方志与国史争载人物之嫌，又使人物资料更加丰富生动，补充国史的不足，同时也彰显当地的人杰与地灵。

---

① 章学诚著，叶瑛校注：《文史通义校注》，中华书局 2014 年版，第 756 页。

郭子章《黔记》中，人物传记设有宦贤、迁客、寓贤、乡贤、忠臣、孝子、栖逸、淑媛、方外、宣慰、故宣慰、土司土官等诸多门类，人物事迹都是与黔地有关联的，或仕于黔地，或隐于黔地，或本就黔地之人。

其中，载录黔籍人物的有：《乡贤列传》《忠孝列传》《孝子列传》《栖逸列传》《淑媛列传》《方外列传》《宣慰列传》《故宣慰列传》等。

《乡贤列传》6卷，下分名卿、理学、文苑、武勋四类载录黔地乡贤，诸如名卿尹珍、谢恕、赵国珍、张谏、黄绂，理学孙应鳌、李渭、周瑛、朱谦、王训、孟震，文苑邵元善、周文化、刘汝楫，武勋张任、王通、郭贵、杨仁、石邦宪、安大朝等；《忠孝列传》《孝子列传》收录贵州地区忠孝杰出的楷模，诸如忠臣吴得、井孚、姚余、李盘、顾勇、孟杲、丁实、王信，孝子汪恕、赵启、姚之典、盛全、王璠、王儒等；《栖逸列传》专载隐士，诸如王璘、吴济、李彬、杨时荣、朱绘、朱芳、王佐等；《淑媛列传》载录贞洁烈女，诸如玄渍、宜娘、脱脱真、杨淑人、陈恭人、赵氏、石氏、蔡氏、胡氏等；《方外列传》2卷，一卷收录唐宋至明释道两家，如陈致虚、林春、性良、悦禅、刘明德、雪轩、白云僧、如登等，另一卷为寺观资料，如大兴寺、永祥寺、大道观、西山寺、通化寺等。《宣慰列传》《故宣慰列传》记载贵州历代土司，诸如宣慰安氏之济火、阿佩、普露、普贵、阿画、蔼翠、安贵荣、同知安氏，宣慰宋氏之宋景阳、宋万明、宋永高、宋阿重、宋钦、宋诚、宋斌、宋昂（弟昱）、宋炫，故宣慰思南田氏之思国公田祐恭、田仁厚（子弘正）、田仁智（子琛，族人田茂安、子宗鼎），播州杨氏之杨端、杨璨（子价，价子文）、杨邦宪、杨赛因不花（子嘉贞）、杨铿、杨升、杨辉等；《土司土官世传》论述贵州土官职位世袭情况，诸如贵阳军民府属土司、定番州属土司、新贵县土官、思南府属土司、石阡府属土司、黎平府属土司、思州府属土司、镇远府属土司、铜仁府属土司、都匀府属土司、普安州属土司、永宁州属土司、镇宁州属土司、安顺州属土司、龙里卫属土司、新添卫属土司、平越卫属土司、清平卫属土司等。

载录客籍人物的有：《宦贤列传》《迁客列传》《寓贤列传》。

《宦贤列传》8卷，收录自楚汉至明代黔地政绩卓著的官员。郭子章认为黔地自楚汉时期张官置吏以来，仁贤辈出。他说：

论战伐则武侯亮、威侯毅、光禄国杰、颖国友德、镇远成;论勋业则程襄毅信、邓襄敏廷瓒、邹庄简文盛、梁端肃才、张襄惠岳、席文襄书;论理学则徐庄裕问、徐波石樾、蒋道林信、冯纬川成能;论文章则田叔和、吴明卿。论节烈则张知州怀德、间方伯钲、杨廉使最、胡知府信;论循良则彭方伯韶、孙黎平宗鲁、周镇远瑛。皆表表著见于徼外,为西南夷所畏者。①

郭子章认为,在黔地,仁贤忠良者众多,在作战方面有诸葛亮、刘国杰、傅友德、顾成等;在功业方面有程信、邓廷瓒、邹文盛、梁才、张岳、席书等;在理学方面有徐问、徐樾、蒋信、冯成能等;在文章方面有田叔和、吴明卿等;在节义刚正方面有张怀德、间钲、杨最、胡信等;在奉公守法方面有彭韶、孙宗鲁、周瑛等。他们都是超拔卓异、闻名塞外之人。《迁客列传》1卷,记载贬谪到贵州的士人,诸如李白、王昌龄、刘禹锡、程敦厚、刘清、李瑞、李文祥、王纯、王守仁、杨慎、刘养直、邹元标等。《寓贤列传》1卷,记载在黔寓居过的知名人士,诸如冉璀(弟璞)、乔坚、孔文、张伯裕、沈勖、陈迪、王观、冯侃、汪溥、廖驹、孙铎、陆珠、李新、徐云从等。

《黔记》载录人物,黔籍还是客籍区分较为清楚,除设立门类予以区分外,对有些可能有所混同的,郭子章还在一些卷首序中予以说明。如《栖逸列传》序云:

栖逸与寓贤、迁客异。迁客即通籍于朝,或以言事,或以诖误,而谪遐方。如李太白、王伯安、张子仪、邹尔瞻之类,其赐环归衮者多也。寓贤者东西南北之人寄寓此方,或迁徙尺籍而非得过于朝者也。若栖逸者,生于黔,长于黔。不求闻达,膏肓泉石,视寓贤更遁世,顾不数数见。此仲尼所以序逸民,士安所以传高士与。②

将栖逸与寓贤、迁客三类人物区分明晰,认为栖逸人物为"生于黔,

---

① 郭子章著,赵平略点校:《黔记》,西南交通大学出版社2016年版,第743页。
② 郭子章著,赵平略点校:《黔记》,西南交通大学出版社2016年版,第1055页。

长于黔"之人，他们不求闻达，爱好山水，较之寓贤类人物更为遁世，也更为少见。

《黔记》中所收录的列传虽名公巨卿，但只是"载黔事，不及其他"①，较以往旧志更为详细，更有史法。如贵州土司，其制始于元，发展于明，《黔记》专门设立《宣慰》《故宣慰》《土司土官》三传，非常真实有效地反映了当时贵州的实际情况。

二 广泛引证文献资料，考据精核

历代方志中的人物传记，往往是在参据旧志资料的基础上，广泛深入田野中采访搜集事迹，并对所得资料加以搜遗访逸而写成的。因此，传记人物资料的搜集是一个漫长且复杂的过程，其所涉及的范围亦是极为广泛的。

郭子章《黔记》中的人物传记资料来源按其形态来划分，大致有文字资料、实物资料、口传资料三类。

文字资料是指以文字记录形式存在的各种正史、方志、家谱中的人物传记资料，以及史书中的各种表志，如职官表、选举表等，另外有金石、艺文类中的墓志、碑铭、传诔、去思录等。文字资料是郭子章《黔记》中的人物传记重要来源之一。如《宦贤列传》中在论述滇王庄豪时对其名为"庄豪"与"庄蹻"的争论时，郭子章就援引司马迁《史记》、班固《汉书》、范晔《后汉书》、马端临《文献通考》、张志淳《南园续录》（现已亡佚）及《云南通志》《异物志》《韵书》等多种史料进行相互论证。其他部分用到的史志材料还有《一统志》《黔通志》《黎平志》《蜀志》《闽志》《粤大记》，以及唐《地理志》《皇明典故纪闻》等，所涉非常广泛。

这些文字资料的周密搜罗，对黔地历史文献的搜集、整理与研究有着非同寻常的文献学意义；同时郭子章对所搜集的这些资料作了翔实收录，在保存与传播了黔地地方史料的同时，亦为后世学者了解和研究黔地地域文献提供了重要的文献依据。

实物资料是真实存在的历史遗痕，它主要包括城池、宫殿、祠堂、

---

① 郭子章著，赵平略点校：《黔记》，西南交通大学出版社2016年版，第839页。

关隘等留存的或完整或不完整的历史遗址，还有生产工具、战争武器、器皿服饰、印章绘画等历史遗物，以及墓葬、碑刻等。这些实物都是撰写人物传记所必需的第一手资料，既可以弥补文字资料的不足，使人物传记更加丰富充实，同时，又比文字资料更加接近事物的本来面貌。因此在说明问题时，实物资料比文字资料更为可靠、更具有说服力，因而也就更有价值。

郭子章《黔记·宦贤列传》就以其墓葬史迹加以证实。其"忠武侯诸葛亮"条云："诸葛公于黔事仅仅矣。今会城藏甲岩，毕节七星关，乌撒插枪岩，黎平诸葛营，皆云故迹。所在谨祀之，何其入人深也？济济火者，不史见，据黔志与安氏碑云云。"[1]"隆平侯张信"条云："予过平越，平越人言隆平侯张信母墓，仙人张三丰阡也。予登焉，墓不甚耸，龙虎甚匀。一溪绕前，卫城在溪外，如玉环带，信公侯坟也。"[2]等等。

郭子章《黔记》中大量的实物资料记载，不仅反映了他在方志人物传记撰写过程中注重实地勘察、科学严谨的精神；更重要的是，这些记载，真实而详细地反映出这些实物资料在当时的状态，为后世相关研究提供了最真实详尽的第一手资料，在保存史料方面有着积极的贡献。

口传资料是没有见于文字记载的资料，例如民间传说、歌谣谚语、遗闻逸事、人物访问记录等都属于此类材料。这一类资料在郭子章《黔记》的人物传记中也占有相当的分量。如其记载参政王重光笃："予闻王之先有王叟者，与其妪力田作苦，家赢担石之储。有穷措大者夜穿叟埔，叟觉，以戒妪，是偷儿也。扼其吭而烛之，曰：'嘻，君故某斋之长，而亦偷儿也。'夫妇甚怜惜之。耳语曰：'勉旃，勉旃，吾两人终不敢暴君之短。'因出黄粱与之庾，而世卒无有知者。"[3]

这类有关人物的口传资料，以其曲折有趣的叙述、生动形象的语言，极大地丰富了方志的内容；同时，众多记载互为印证，增强了方志史料的可信度及其流传价值。

广泛的文献资料的获得，也为郭子章的考辨提供了依据。郭子章在

---

[1] 郭子章著，赵平略点校：《黔记》，西南交通大学出版社2016年版，第749页。
[2] 郭子章著，赵平略点校：《黔记》，西南交通大学出版社2016年版，第783页。
[3] 郭子章著，赵平略点校：《黔记》，西南交通大学出版社2016年版，第879页。

《潮中杂记》自序中曾说"志即史也，不备不该，不核不信"①，认为志与史的地位等同，因此，郭子章能够用严肃的态度去编纂志书，时时注重对史料的核对，考辨精神鲜明。

如记"副都御史蒋琳"云："题名碑蒋中丞琳升礼部侍郎，列卿年表礼侍无蒋公名，贵州巡抚表有怨仇构死一语，碑似可疑。考琳父骥革除庚辰进士，宣德五年为礼右侍郎，岂碑误以为琳邪？"②提出题名碑中称蒋琳曾升礼部侍郎的记载有误，可能是其父曾为礼右侍郎，题名碑误以为是蒋琳。记"荆州刺史尹珍"又云："予读汉史，许叔重博学经籍，马融常推敬之，时人曰：五经无双许叔重。应世叔读书五行俱下，追慕屈原，所著有《感骚》三十篇。尹道真崛起遐方，与许、应游，其人可知已。范史以道真为牂柯人，《华阳国志》以道真为毋敛县人，毋敛，故牂柯属地也。《一统志》置道真于播州，今播州半属黔，故列之人物之首。旧志属之贵阳府乡贤，误矣。"③指出了旧志将汉朝荆州刺史尹珍归属贵阳府乡贤的错误之举。

郭子章《黔记》中的人物传记资料，从时间上来说，上起于先秦，下止于明代；从空间上来讲，资料搜集以黔地为中心，向西南扩展至人物活动的相关省份；从资料的内容来看，以史书典籍、政书典志、专著笔记、文学集本等为主，旁及杂史轶闻、乡言俚语；有形实物与无形传说相结合，可考史料与纷纭众说相补益，古与今对照，远与近勾连，采摭繁富，考据精核。

三 论赞以品评人物，发抒感慨

史书中发论形成的论赞体式，作为史学的一种特殊形式在先秦的文献中已有存在。此后撰写的二十四正史中除《元史》外均有论赞，只是在命名方式及写作体例方面有所差异。刘知几《史通·论赞》云：

《春秋左氏传》每有发论，假君子以称之。二传云公羊子、谷

---

① 郭子章撰，周修东辑校：《郭子章涉潮诗文辑录》，暨南大学出版社2016年版，第10页。
② 郭子章著，赵平略点校：《黔记》，西南交通大学出版社2016年版，第794页。
③ 郭子章著，赵平略点校：《黔记》，西南交通大学出版社2016年版，第968页。

梁子,《史记》云太史公。既而班固曰赞,荀悦曰论,东观曰序,谢承曰诠,陈寿曰评,王隐曰议,何法盛曰述,扬雄曰撰,刘昞曰奏,袁宏、裴子野自显姓名,皇甫谧、葛洪列其所号。史官所撰,通称史臣。其名虽殊,其义一揆。必取便于时者,则总归论赞焉。①

刘知几阐释了自《春秋左氏传》以来的史书发论形式,提出其由"君子曰"到"太史公曰""赞曰"进而有"论曰""评曰""诠曰"等多种不同的形式,但是"其名虽殊,其义一揆",因而他把这些出现于史书的发论之言辞统称为"论赞"。这些"论赞",使得史学家在叙述历史史实之外,有抒发己见评论历史人物的独立空间。

地方志则不同,它记载人物传记旨在旌表乡贤,增光桑梓,一般来说,因此志书传体多有褒无贬,隐恶扬善。钱大昕《跋新安志》云:"盖郡县之志与国史不同,国史美恶兼书,志则有褒无贬,所以存忠厚也。"② 这既是方志记载人物的特征,也成为方志的先天缺陷,即无法进行人物评价。

郭子章《黔记》中的人物传记也和地方志一样旌表乡贤,但同时借鉴史书论赞的方式,以"蠙衣生曰"来加以议论或点评,达到对人物褒赞的强化记发抒感慨的效果。

在品评人物方面,有褒赞贤臣、循吏、烈士美节的,如记"牂柯太守张亮则"云:"《华阳国志》赞云,超类拔萃,实惟世信。元修敦重,威惠实亮。刘以老马垂清,张以卧虎畅威,总之,皆牂柯二千石之良也。吴霸、陈立,不得专擅西京矣。"③ 褒赞贤臣张亮则"卧虎畅威";记"安陆侯吴复"云:"吴黔国定普定,卒于盘江,冲冒矢石,体无完肤,所谓以身殉国,非邪? 至于艾妾自经,以殉黔国。忠臣烈妇,萃于一门。主臣夫妇亡遗恨矣。"④ 褒赞吴复一门忠臣烈妇;记"提学副使徐樾"云:"王待制谥忠文,吴尚书谥忠节。徐方伯讲明圣学,何愧于文? 见危授命,何歉于节? 而不得与二忠并祀者,国初怜死事之意多,晚近不

---

① 刘知几撰,浦起龙释:《史通通释》,上海古籍出版社1978年版,第81页。
② 刘知几撰,浦起龙释:《史通通释》,上海古籍出版社1978年版,第79页。
③ 郭子章著,赵平略点校:《黔记》,西南交通大学出版社2016年版,第749页。
④ 郭子章著,赵平略点校:《黔记》,西南交通大学出版社2016年版,第773页。

怜也。如以辱国论，张许文谢宁得荣乎？人臣捐一身以报国，而犹责之备。如王槐野谓徐子当摄魂受遣。呜呼，死生之际，谭何容易。"① 褒赞徐樾见危授命，身以报国；等等。

也有推崇拥有淡泊名利、气节高尚的君子的，如记"副都御史徐庄裕公问"云："徐尚书潜心学问，立志师圣贤而草芥名利，神明衾枕，发为声歌，俨然一邵尧夫、陈公甫也。予取其诗读之，如云：'吾道无隐显，慎修无古今。莫云暗漏地，不有神斯临。'即慎独之旨也。如云：'客感多乖违，忿怨易留止。窒尔多欲心，忘怒从此始。'即不迁不贰之学也。如云：'从观物外心，淡薄终可持。茅茨亦不恶，脱粟亦不饥。'即疏食饮水之风也。呜呼，可谓明道君子矣。"② 推崇徐问潜心学问、草芥名利；记"龙场驿丞王文成公守仁"又云："龙场之谪，天假手于瑾玉王公于成者。公始以文章气节自负，至黔始悟良知，以养圣胎，龙场其陈蔡也。豫章乙卯之乱，繇公而救，龙场其隆中也。黔人未知学，公与龙场生问答，后嗣是孙山甫、马内江、李湜之蔚然兴起为理学名儒，龙场其缁帷杏坛也。至谪于黔者，幸公自宽；官于黔者，依公为仪。其有功于黔，岂曰柳永韩潮已哉？"③ 推崇王阳明的文章气节，认为他贬于贵州，却不颓废，反而兴起理学，有功于黔。

其"佥都御史江东之"条更是突破其"载黔事，不及其他"之例，附邹元标所写《江公传》《书〈江中丞传〉后》，并云："予又惧夫后世不睹中丞之全也，因友人邹尔瞻寄所著中丞传并刻于后，庶几后世读《黔记》者，知中丞黔政。读尔瞻传者，知中丞大节。呜呼，备矣！予在楚与中丞藩臬同官，比承乏黔，与中丞先后同官，乃中丞赉志以坳，而予不能一伸白也。诚愧之矣！诚愧之矣！"④ 佥都御史江东之，在黔任职期间不仅购置官田，积资济贫，帮助寒士们锐意向学，并且取"科甲挺秀、人才辈出"之寓意，开始创建贵阳文化象征的甲秀楼，使南明河畔，成为人文荟萃之地，"黔人称贤"，获"抚者必以东之为首"之美誉。郭子章这段文字极力称颂江东之之大节，表达仰慕之意。

---

① 郭子章著，赵平略点校：《黔记》，西南交通大学出版社2016年版，第878—879页。
② 郭子章著，赵平略点校：《黔记》，西南交通大学出版社2016年版，第814—815页。
③ 郭子章著，赵平略点校：《黔记》，西南交通大学出版社2016年版，第950页。
④ 郭子章著，赵平略点校：《黔记》，西南交通大学出版社2016年版，第839—840页。

在发抒感慨方面，有表达政见的，如记"总督兵部尚书侯瓒"条后云："甚矣，兵之不易言也。古人发兵，头须为白。岂徒白头，抑且呕心。侯尚书卒于普定，张惠安卒于沅州，岂非所谓鞠躬尽瘁，死而后已者乎？近者播州之役，张监军栋、杨监军寅秋、吴总戎广俱以贼平病殁。嗟乎，是苦也，惟同尝胆者知之耳。敌破臣亡，谁暇计人苦乐哉？"[1] 通过人物事迹，感慨"兵不易言"，道出用兵中敌我虚实相谋、纵横捭阖、策谋定计的种种复杂；记"右副都御史汪珊"又云："凯口之乱，失之陈余姚，定于汪贵池。然阿向毕竟不得正法，汪犹陈也，而安骄矣。凯口之安危，阿向之生死，公家不得与而制于夷，则无奈黔贫何。令黔能自养兵三万，奚藉于夷哉？"[2] 认为贵州的凯口之乱，在于"黔贫"，即财政拮据，出兵时给养困难，士兵们无法饿着肚子打仗，包含着对强军必先富国军事思想的思考。

在感慨人生方面，其"进士邹元标"条云："阳明之学成于龙场，尔瞻之学定于都匀。岂非造次颠沛之久，其仁始熟。而苦劳困饥，空乏拂乱之会，真足以增益不能邪？"[3] 通过"阳明之学成于龙场，尔瞻之学定于都匀"的事实，感叹人生必经"苦劳困饥，空乏拂乱"，才能在苦难中磨炼成长，在困穷中崛起成就大业。

以上论赞，郭子章或评价人物，或发表政见，或感慨人生。在抒发感情之时，也和司马迁一样情感饱满，但很少大段的文字抒情，而是以"哀哉""呜呼""嗟乎"等简单的感叹词抒情，表现出更为理性、客观的态度，对于个人情感的好恶尽量做到有意识的控制，以不影响史志的客观真实性。

四 征引诗文，丰富与印证人物事迹

征引又叫引用或引证。从语言的角度看，它和比喻、排比、拟人等均为修辞的方式。志书中的征引或引用，是指引用他人的话语入志。在志书的编纂中，征引是一种编纂常用方式，并成为史志编纂的传统。明永乐十六年颁布的《纂修志书凡例》就提及引用他人语言文字的示例，

---

[1] 郭子章著，赵平略点校：《黔记》，西南交通大学出版社2016年版，第793页。
[2] 郭子章著，赵平略点校：《黔记》，西南交通大学出版社2016年版，第818页。
[3] 郭子章著，赵平略点校：《黔记》，西南交通大学出版社2016年版，第959页。

其云:"形势,论其山川雄险。如诸葛亮论'钟山龙盘,石城虎踞'之类。"① 以历史上诸葛亮的评语来描述金陵(今南京)地理形势。历朝历代的旧志中,征引诗文、碑记、文书等来记述编纂对象,是非常普遍的,这也可以增强志书的可信度和历史资料的可靠性。如明代吴道新纂辑的《浮山志》征引的御制、碑记、塔铭、赞、引、说、序、记、书、启、艺文等多达6卷(全志共10卷)。

郭子章在撰写人物传记时,也常常用到引用,并且是与人物有关的诗文。主要目的,一是在于通过诗文来印证人物事件的真实性;二是将诗文融于人物事迹的叙述中,丰富人物事迹。

前者如:记"左都督杨文"引明高皇帝《赐都督金事杨文征南诗》:"大将南征胆气豪,腰悬秋水吕虔刀。雷鸣甲胄乾坤静,风动旌旗日月高。世上麒麟元有种,穴中蝼蚁竟何逃?大标铜柱归来日,庭院春深听伯劳。"② 记"景川侯曹震"引杨升庵《读景川曹侯开河碑》:"将军玉剑塞尘清,余力犹将水土平。象马边隅开贡道,蛟龙窟宅奠夷庚。史家底事遗经略,郡乘何曾纪姓名。幸有琳琅播金薤,可无萍藻荐芳馨?"③ 记"兵部尚书程襄毅公信"附程信《月潭寺》诗:"水正澄兮月正晴,波光月影两相平。波因月色光偏洁,月藉波光色更明。形自无前元一气,名从有后别双清。东坡暂驻三军节,聊向源头一濯缨。"④ 等等。

后者如:记"龙场驿臣王文成公守忍",在叙述中引用了王守仁的奏疏及《吊屈平辞》《何陋轩记》《与龙场生问答》《与安宣慰》诸文,非常丰富。

郭子章有时对传记中引用的诗文还进行解说,印证人物事迹。如记"龙标尉王昌龄"云:

> 王昌龄,字少伯,江宁人。开元十五年进士,补秘书郎,中宏辞科,迁汜水尉,天宝中贬龙标尉。李白《寄龙标》诗有"我寄愁心与明月,随风直到夜郎西"之句。昌龄后以世乱还乡,为刺史闾

---

① 王琛督修,吴宗器等编纂:《莘县志》卷首,明正德十年刊。
② 郭子章著,赵平略点校:《黔记》,西南交通大学出版社2016年版,第776页。
③ 郭子章著,赵平略点校:《黔记》,西南交通大学出版社2016年版,第778页。
④ 郭子章著,赵平略点校:《黔记》,西南交通大学出版社2016年版,第796页。

丘晓所害。昌龄工诗，绪密而思清。后张镐按兵，晓后期当诛，辞以亲老。镐曰："王昌龄之亲，谁其养之？"晓语塞。
　　蟫衣生曰：唐《地理志》：贞观五年置夜郎县。天授二年，分夜郎置渭溪县，属沅州。长安四年改为业州，天宝元年改龙标郡。王昌龄为龙标尉，盖今沅州。诗云"夜郎西"者，唐夜郎县属沅州也。《黎平志》载：龙里长官司在府城北八十里，故龙标县地。司治有龙标岩，则龙标在今黎平境矣。故《通志》《郡志》俱有王昌龄传。①

不仅说明王昌龄"龙标尉"职位的情况，还引用李白《寄龙标》诗，解说其中"夜郎西"属地情况，使读者对王昌龄"龙标尉"的职位及贬地有深入清晰的了解。

郭子章撰写人物传记时征引诗文，一方面，人物事迹另一角度的再现，丰富了志书的记述手法，增强了志书资料的信度，同时也使志书的表达富有文采，增强了志书的可读性；另一方面，郭子章征引诗文时，一般都全文引用，因此也具有了地方文学史料的价值。

综上所述，郭子章《黔记》撰录的人物传记，不拘旧例、各具特点，既有对传统编纂体例的传承相袭之处，又体现出在正统编纂体例基础上的创新之处，体现了郭子章对于方志人物传记撰写的思考与探索，也为后世方志人物传记的撰写提供了路径与模式。

---

① 郭子章著，赵平略点校：《黔记》，西南交通大学出版社2016年版，第938—939页。

第二章 郭子章文学研究

时任宰辅王家屏《答郭青螺抚台》曾称赞郭子章"事理敷畅,文藻烂然"。他每到一处,必有作品问世。这些作品,体现出郭子章突出的文学成就。

第一节 著述宏富的文史大家

郭子章的一生,不但政绩突出,而且勤于读书,学问渊博,且笔耕不辍,"著述几于汗牛"①。《明实录》称其"文章,勋业亦烂然可观矣"。据其《蠙衣生传草》卷十六《著述总目》所作统计,其著作内集共一百九十卷,外集共五百九十卷。《四库全书》中存目有二十一种,二百九十六卷。而据清光绪七年(1881)郭子仁统计,彼时郭子章的著述尚有92种。这些著作涉及哲学、军事、文学、历史、法律、经济等多方面,内容极为广泛。

本章主要探讨他的文学成就,因此将他的文学作品集进行简单的概述。郭子章每到一处,除有编述之外,尚有诗文创作,后辑为专集,并多以任处作为集名。概有:

1. 《燕草》四卷,隆庆三年(1569)四月完稿,该书收录了郭子章恩贡入京,赶考时的应试文章,但当时并未刊刻出版。直到万历四十四年(1616),已届晚年的郭子章才在友人邹尔瞻"此板当留,以传子孙"②的劝告下,正式将其刻印。其中,涉及《四书》的应试文章合编

---

① 谢旻等:《江西通志》卷七九,文渊阁影印《四库全书》本。
② 郭子章:《传草》卷十五,《四库全书存目丛书》,齐鲁书社1997年版,第211页。

为二卷，由朱维京作序。涉及《易经》的应试文章合编为二卷，由建安黄应槐作序。

2.《闽前草》六卷，于隆庆辛末年成书，该书收录了郭子章在福建建宁司理所作的文章，之所以称"前"，是以别于后《闽藩草》。

3.《留草》十卷，万历三年（1575）六月，郭子章任南京工部虞衡清吏司主事所作，前后任职六年。明代实行两京制，明永乐十九年（1421）明成祖北迁，以北京为京师，恢复南京之名，作为留都，因而将其在南京的述作集称为《留草》。

4.《粤草》十四卷，成书于万历十三年（1585），收录了郭子章于万历十年至十四年（1582—1586）入蜀前所撰的序记、传铭、行状、祭文、策论、考辨、公移和杂著等文章，共计103篇。保存了关于万历年间潮州社会生产活动和明代潮州海防、经济等有价值的史料。该书由兵部侍郎许孚远、门人吴子玉分别作序。

5.《蜀草》十四卷，万历十三年（1585）至万历十七年（1589）所作，郭子章在四川任学政期间所作文章均收入其中，全书有序、记、碑铭、策论等，该书由大学士陈于陛作序。

6.《浙草》十六卷，万历十七年（1589）八月编就，郭子章任两浙参政时所作。序云："其下笔则古师心□格邕。气随地布景，因物赋形。外亡窘象，内亡乏思。似缓而严，似疏而密，似正而奇，似离而合。"①该书由刘文卿、著名戏曲家屠隆作序。

7.《晋草》十卷，万历二十年至万历二十一年（1592—1593）任山西按察使时所作。赋二篇，诗三十篇，漕论八篇，志叙杂体若干篇，文章"工而典，哀而思，直而有文，其风木之悲，苞桑之虑，意独至矣"②，所收文中涉及较为丰富的山西地区的风土人情，太原门人黄延绶序。

8.《楚草》十三卷，万历二十一年至万历二十三年（1593—1595），郭子章由晋皋迁湖广藩司右丞所作，方道行，温陵门人苏浚为之作序。

9.《闽藩草》九卷，万历二十三年（1595）郭子章任福建左布政使

---

① 郭子章：《传草》卷十五，《四库全书存目丛书》，齐鲁书社1997年版，第212页。
② 郭子章：《传草》卷十五，《四库全书存目丛书》，齐鲁书社1997年版，第213页。

至万历二十六年（1598）。该书由进士翁仲益、建溪门人魏浚、丰城门人李景春作序。

10.《家草》八卷，万历二十六年（1598）正月，郭子章由福建布政使入觐，归而乞休时所作。南昌太史刘曰宁、广陵徐来仪作序。

11.《黔草》三十七卷，是郭子章在贵州任巡抚期间所作，其中一半是他的平播奏疏，另一半是杂文。丰城徐即登、贵州丘禾实作序。

12.《养草》七卷，郭子章自黔归养所作，故名养草。

13.《苫草》六卷，该书是郭子章在父亲去世后为父亲守孝时的著述总汇。书名中的"苫"即古代居丧时，孝子睡的草垫子。

14.《疾慧编》上下两卷，万历三十三年（1605）七月完稿，"编中首悟脩止敬，次剖君子中庸又次敷格物本末之"①。

15.《传草》二十四卷，万历四十一年（1613），年七十而作，老而传也，名为传草，自序。

16.《六语》三十卷，万历戊申冬月所作，（其中《谚语》七卷、《隐语》二卷、《谐语》七卷、《谣语》七卷、《讥语》一卷和《谶语》六卷），多为寓言、笔记、小说、小品等作品，采杂诸书为之，每一语自序之，共六序，门人顾照、张养正刻于金陵，《四库全书总目》存目。

第二节　题材丰富之诗

郭子章之诗风，如《养一斋诗话》所云：

> 明初诗人郭子章者，名不甚著，而五律独得唐人法外之意。如《送孙良玉》云："送君江上去，山路雨初晴。落日平淮树，春潮带皖城。酒因今日醉，人是故乡情。莫说王孙怨，芳洲绿树生。"《岁暮》云："寒月出在户，江城雁独飞。愁人不能寐，乡泪忽沾衣。丘陇十年别，星霜两鬓稀。为言丛桂老，岁暮憺忘归。"《寄陈检校》云："遥想紫薇省，郎官直禁楼。琼花天上去，清夜忆扬州。

---

① 郭子章：《疾慧编》，《传草》卷十五，《四库全书存目丛书》，齐鲁书社1997年版，第219页。

二十四桥月，玉箫吹两头。秋风挂帆席，几度大梁游。"此三诗句句字字无非唐人声息，而又不从刻意摹仿而来，书之以为五律之楷。①

而郭子章一生阅历丰富，创作力旺盛，其诗涵盖了几乎所有古诗的创作题材。这些诗作全方位展现了彼时彼地的自然风光、世情百态以及诗人的心路历程，内容丰厚，表现范围广泛。其大略者，或可归纳为说理诗、山水诗、军旅诗、怀乡诗、交游诗五类。

一　理佛兼容说理诗

郭子章26岁来到求仁书院，拜胡直为师。胡直则是师从王阳明的嫡再传弟子欧阳德、罗洪先，从其师承关系来看，郭子章的思想旨归与王学及江右王门有极大关系。诚如郭子章在《先师胡庐山先生行状》中所言：

> 德、靖间，余姚王阳明先生倡道虔台，一时担簦受学者云集，而吾吉尤甚。吾吉竞讲良知之学，而欧、邹二文庄公尤著。阳明先生殁吉水，罗文恭公私淑其教，晚益尊信，乃吾师胡庐山先生实师欧、罗二公。繇余姚溯元公明道语以上契孔孟尧舜之传，于是斯道大明，若有所归。②

这段话处处透露出王学之兴盛以及郭子章对其师胡直的敬仰。正德三年（1508）王阳明被贬谪到贵州龙场，在此期间他悟道讲学，兴学黔中，开办书院。郭子章在任贵州巡抚时，曾到王阳明讲学的龙场参观，有感而发，作了许多怀念王阳明先生的诗，如《恭谒王阳明先生祠》《谒龙场阳明先生祠次前韵》等。

> 邮亭两脚暗江村，水涨溪山失故痕。偶向宾阳寻古砌，宁须承露俯层轩。凤皇千仞声逾劲，碧玉连城色自温。两字良知真口诀，瓣香祠下已忘言。③

---

① 郭绍虞编选：《清诗话续编》，上海古籍出版社1983年版，第2092页。
② 郭子章：《粤草》卷六，《四库全书存目丛书》，齐鲁书社1997年版，第550页。
③ 郭子章：《黔草》卷十五，《四库全书存目丛书》，齐鲁书社1997年版，第480页。

"良知"自是致敬王阳明先生,而"瓣香祠下已忘言"则是铭记五柳陶渊明。

郭子章的思想中还有佛教的成分。这一方面是因为当时佛教复兴,另一方面是因为其师胡直曾从邓鲁学禅,这不免会对郭子章有一定的影响。他的很多作品也有佛家思想的因素:

> 谁凿圆通小洞天,香龛万叠雍青莲。
> 金姿幻吐空中碧,草盖倒垂镜裏玄。①
>
> 座拥诸天横色界,坛开万象居瑶宫。
> 知超幻劫尘无杂,纵使丹青尽未工。②
>
> 八百余年狼穴净,三千世界佛堂。③

从诗中的"香龛""色界""瑶宫""三千世界"可以看出,诗人除了朝廷官员、军队统帅的另一身份和性格。

在诗《三岩山》中作者不由展开自己的想象:

> 三寺庄严倒壁悬,诸峰回合绕青莲。
> 松号石峡龙吟雨,茶煮玉泉鹤避烟。
> 洞口穿云寻鬼谷,江头渡月问僧船。
> 青神已下王乔屐,慈姥相随说又玄。④

诗中的"青莲"即此指山岩中的佛寺。诗人一览三岩佛寺庄严,峰峦交错,烟云松鹤,步入幽邃莫测的"穿云洞"中时,联想着"鬼谷先生"所隐居的地方,出山在"山月楼"头,又与寺僧们交谈月夜船渡的情况。返回住地,脱下鞋子,躺在床上,犹在思索"慈姥夫人"的

---

① 郭子章:《黔草》卷十五,《四库全书存目丛书》,齐鲁书社1997年版,第14页。
② 郭子章:《黔草》卷十五,《四库全书存目丛书》,齐鲁书社1997年版,第15页。
③ 郭子章:《黔草》卷十五,《四库全书存目丛书》,齐鲁书社1997年版,第63页。
④ 郭世桑修纂:《青神县志》卷四十八,光绪三年(1877)刊本。

玄妙故事。

二　意境开阔山水诗

在近四十年的为官生涯中，郭子章历任福建建宁府推官、南京工部主事、广东潮洲知府、四川按察司提学副使、浙江右参政、山西按察司按察使、湖广右布政使、福建左布政使、都察院右副都御史巡抚贵州等职位，走过祖国的大好河山，留下了许多写景的名篇。究其原因有二：一是郭子章一生雅好山水，山水之乐可以说是其人生一乐趣；二是郭子章一生经历丰富，足迹踏遍大江南北，为其创作山水诗积累了丰富的素材。这些诗作完整地记录了郭子章的行迹和心迹变化，有助于我们了解当时当地的风土人情，且其本身大多秀逸可观，具有极高的史料价值和艺术价值。如《浮玉池》《过天然洞》《武山十四咏》等。他以大气磅礴的诗笔，将幽美的西南胜景呈现在读者面前，如《贵阳十二景》中所描绘的景色：

灵泉映月

灵泉莹澈一泓深，入夜常招皎月临。
直抱冰壶浮净域，倒涵玉宇浸空林。
山光朗度归猿影，桂魄香薰浴鹤心。
独对姮娥诗兴胜，旋呼桑落酒频斟。

鳌矶浮玉

楗石为鳌障急湍，明河潋滟镜中看。
波涛不怕龙门险，砥柱偏连狻岭寒。
俯弄山光窥睥睨，直吞云影吐琅玕。
芳亭夹岸风尘隔，锁钥地灵紫翠蟠。

龙井秋阴

曾闻龙井似龙湫，梧叶风生井千秋。
石窦泻来冰鉴莹，银瓶汲出雪花浮。
寒生玉液千家润，光吐丹砂万树稠。

试问西湖名似者,清泠得共此中莹。①

此外还有《霞山仙洞》《东山雄镇》《藏甲遗踪》《犀潭澄碧》《狮峰将台》《圣水流云》《红桥春涨》《铜鼓留爱》《南崿峥嵘》共十二首,均为郭子章在任贵州巡抚时所见所感。诗人着力刻画大自然中的雄伟景象,力求表现一组明朗、清晰的图画。读者在诗人景色的描写下,仿佛身临其境。如《霞山仙洞》:

山腰古洞说仙来,洞口楼霞石径开。
媚日疑从丹窍吐,衬云似带赤城回。
岩披锦色朝成幄,图挟金光暮洗台。
几度登临携满袖,窥人猿鹤谩相猜。

诗人从大处着笔,霞光从洞口处射入,"丹灶":道教人士炼丹药之灶。"赤城":传说中的仙境,使太阳、白云的出现带有神秘之感,给人无限的想象。郭子章一生为官,后又平播,可谓政绩通达,其写景诗往往意境开阔,自然冲淡,毫无颓废委靡之感。

三 平播凯歌军旅诗

郭子章于万历二十七年(1599)六月,到达贵阳赴任处理平播事宜,写下不少军旅诗。如《静黎洞》《初抵黔阳纪事四首》《秋日阅城示将吏二首》《太平宴罢追述西事十首》《送杨义叔平播还西昌》,这些诗作有的描述战争过程和场景、有的记叙行军艰难和沿途见闻、有的展现将士们奋勇杀敌的决心和斗志、有的展现贵州之地的风土人情,极大地丰富了军旅诗的题材和范围。

郭子章平播立下大功,自有一种庭臣大吏,踌躇满志之感,他在诗中多次提到诸葛亮,既有专门为其题诗,如《题武侯祠》,也在诗句中多次提到其人:

---

① 郭子章:《黔草》卷十五,《四库全书存目丛书》,齐鲁书社1997年版,第466页。

元老临戎富壮犹,云中忽睹陨旄头。
七擒孟获天威在,况是渡泸五月秋。①

诗人以诸葛亮自诩,以"狼穴净""全黔太平"为喜悦,诗风开朗、平实,多少带有些颂赞、志贺的色彩。贵州神奇秀丽的自然风光,并不是将他引向出世,而是更加焕发了他建功立业的激情。如在诗中表现作者豪情,动员广大将士的《誓诸将士》:

百万天兵拥羽林,云旗猎口马骎骎。
投鞭可断乌江险,卷甲可虞虎穴深。
月照亏弧张义胆,星摇剑锷壮雄心。
朝廷不吝悬金赏,七纵谁将孟获擒。②

郭子章在平定播州时,乘风骋云,运筹帷幄,驱军之前作下这首诗,雄武之师,必捣虎穴,弓张剑动,必擒敌首,诗中充满了必胜信心与浩荡之气。

还有作品表达平播胜利的喜悦之情,如《平播凯歌十首》《播平志喜四首》等。郭子章身为军队统帅,在诗中多次表现他关注民生、济世兴邦,希望国家安定、百姓安居乐业的愿望。如《播平过慈姥石》:

六月王师克播城,千年遗寇一朝清。
且兰浮竹船犹系,白日乌江犬不惊。
买犊渐消戎士战,放牛即散野人耕。
路旁慈姥如相老,为视全黔永太平。③

"播平":此指平定播州宣慰司杨应龙叛乱,此诗当作于平乱之时。"慈姥石"在播州境内。六月即是指万历二十八年(1600)六月。王师,原谓仁义之师,此指讨伐杨应龙之明军。诗中"路旁慈姥如相老,为视

---

① 郭子章:《黔草》卷十五,《四库全书存目丛书》,齐鲁书社1997年版,第468页。
② 郭子章:《黔草》卷十五,《四库全书存目丛书》,齐鲁书社1997年版,第468页。
③ 郭子章:《黔草》卷十五,《四库全书存目丛书》,齐鲁书社1997年版,第477页。

全黔永太平"更是表达诗人希望早日平播，天下太平。

四 归梦绕乡怀亲诗

郭子章为官多年，长期游宦在外，难免思念家乡亲人。诗人的诗作中有许多怀念家乡的诗。这些诗，感情真挚，表达了对家庭亲人深厚的感情。尤其以《春日忆家十首》为主要代表：

> 五载频看燕子飞，今年戊巳又相依。
> 故园檐下呢喃语，却唤黔人久不归。
>
> 春风昨夜太相欺，吹落园花压柳枝。
> 栗里徐亭依旧在，残云片片下堦墀。
>
> 春光春鸟浴春江，春酒斟来碧玉缸。
> 忽忆庭前春昼永，倚门白发正双双。①

这是其忆家组诗前三首，第一首以诗人家人的角度，作者想象家人对自己的思念，"却唤黔人久不归"正说明了家人与自己心心相印。第二首是作者身在贵州，想到家里"徐亭依旧在"，不免心里有些惆怅。第三首是诗人看到"春光""春鸟""春江"，想到自己的妻子，万千思念。

在诗《䤄隍夜宿》：

> 产水驿前回，䤄隍路已开。
> 海云随浪卷，竹月破窗来。
> 猿鹤时相狎，鳄鲸不用猜。
> 秋声飘岭树，归梦绕乡台。②

"路已开"指归路显现在面前。"猜"即是恐惧，猜疑。这是作者离

---

① 郭子章：《黔草》卷十五，《四库全书存目丛书》，齐鲁书社1997年版，第476页。
② 何葆玉：《丰顺诗艺录》，中山大学出版社1998年版，第5页。

开潮州归家时所作,表现他离开潮州这种充斥着猿鹤、鳄鲸南方之地,归心似箭的心情。"归梦绕乡台"更是表现出诗人对亲人的思念。

五 感怀故旧交游诗

郭子章一生宦迹四海,通过整理其诗文,可以看到,其一生结交了数百名人物。这些诗大多以亲人朋友、同僚老乡的赴职、荣升、致仕、生日、逝世等为创作素材,有迎送别离之诗、有次韵唱和之诗、有挽悼之诗等。如《赠李太易山人》《挽李霖寰太师二首》《龙洲雅会诗四首》《挽张中丞名川二首》《赠刘克省医生》等。

郭子章与邹元标,杨寅秋、李维桢、王心岫等都为多年好友。其中杨寅秋(1547—1601),字义叔,号临皋,居于江西泰和,他与郭子章自幼相识,后来又一起在贵州从事平播大业,"某与友人杨以菽具年十有三,杨太仆义叔年十有一,龙少参杨年十有四,杨副使廷蕴年二十有一,冯侯邑政稍暇,命题课文,手画绩之,刮磨之,求其工而后已。某五人者惟以菽夭,四人后先成进士。播之役某与义叔共筹破贼"①。杨寅秋兼任贵州督军期间,郭子章曾写诗《送杨廉访使义叔督军征播》一首,诗云:

黔南羽檄正纷纭,帝遣法星鑠野纷。
亲领庙谟宣九伐,直严旗鼓肃三军。
指挥文武龙骧在,呼吸风云雁阵分。
伫看夜郎争解辨,汉庭奏凯策元勋。②

郭子章写此诗,不仅仅是给军队鼓舞士气,更是寄语好友,希望杨寅秋能够尽快凯旋。播平之后,郭子章大喜,遂作《杨监军义叔平播还黔》,送给杨寅秋:

捧檄西来伐鬼方,长缨矢缚夜郎王。

---

① 郭孔延:《资德大夫兵部尚书郭公青螺年谱》,《北京图书馆珍本年谱丛刊》第52册,北京图书馆出版社1998年版,第500页。
② 郭子章:《黔草》卷十五,《四库全书存目丛书》,齐鲁书社1997年版,第466页。

菅披榛棘千山雾，威慴尫踽六月霜。

京观筑成牂水赤，灵旗捲罢阵云黄。

何缘中立逢韩愈，籍甚平淮报未央。①

不幸的是，由于长期为平播之事奔劳，加之思念家中母亲，以致积劳成疾，最终，杨寅秋病逝于贵州。郭子章听闻噩耗，痛心疾首，亲自撰写《明故通议大夫贵州监军按察使杨公墓志铭》，历陈杨寅秋种种事迹，而后又以《祭杨义叔观察文》，深切表达哀恸之情。

第三节 经世致用之文

郭子章一生笔耕不辍，在仕宦之余，凡登临、宴集、感遇，无不作记或作诗。"所著或题诠名胜，或扬基先达，或标振风纪。卒业其文，气势峍峛瀺湍，足以媵领巨防敌；才力之长输弥博，足以陆泽凤城苞；体型之沉寂矜重，足与潮穴昆井镇；结构之踔绝权奇，足与伏犀擎雷门；情采物色之丰蔚庵蔼，足与浣花扶荔丽。文贝无一侈，谿险不能逾。其文气之锋，发一子长、明允之气；采色之侠，佳一长卿之色。体之雅醇。体之雅醇，不啻昌黎之正，而注然勃然超其天孱者焉。"② 郭子章之文，大致包括序跋、碑铭、碑记、策论、奏疏、公移等类别。

一 序跋

郭子章所编文集中的序跋往往能探源举要。如应他人之请而作的序，如过芜湖，王之楫等请撰《芜湖王氏族谱序》，还有应兄子祯众友人所索的《赠舒伯献上春官序》。序中往往有学术性的论断，如《荔枝亭稿序》，评价友人康用光"其词远宗魏唐，而近范珠林"；读康用光之诗，常有"提如意舞，鹿鸣鹤和，恍若有解，惠风时畅"之感③。也有聚会送别时，表示惜别、祝愿与劝勉之意的赠序，如《赠何学闵郡丞还郁林

---

① 郭子章：《黔草》卷十五，《四库全书存目丛书》，齐鲁书社1997年版，第469页。
② 郭子章：《传草》卷十五，《四库全书存目丛书》，齐鲁书社1997年版，第211页。
③ 郭子章：《粤草》卷一，《四库全书存目丛书》，齐鲁书社1997年版，第494页。

序》；陈经翰得代还海南，先生作《赠陈忠甫还海南序》等。还有一些祝寿的赠序，为宗祖母曾孺人六十寿诞，先生撰《宗祖母曾孺人六十序》祝寿，会伯父龙洲于四月年届七十，先生撰《世父龙洲翁七十序》为祝寿等。

二　碑铭

郭子章所记之碑铭，大都如实记叙死者的生平，往往选择主人公生前的典型事例进行刻画，以此来表现人物性情，或言其事功，或忠君，或利民，以小见大，感情真挚，哀婉动人。如《诰封彭母萧太夫人墓志铭》《吾友康高先生墓碑》等。在《赠奉政大夫何公墓志铭》中，讲述了郭子章守潮之时，与何大夫学闵共事三年，得乡民爱戴之事，"辛丑，以疾乞休，章四上，闵两台坚不令公去，而友人田公时方督学，恳言之两台，公始得去。去之日，古父老遮道雍留之如英父老，至有泣下者。嗟嗟！公何以得此两邑人若是勤哉？"①

三　碑记

郭子章碑记既有为某一建筑或风景而作，也有专门为人物所作的传记。在叙述某一建筑或风景时，往往对游览过程或对山水进行详细描写，求真写实，朴素自然，如《重修贵州钟鼓楼记》《愿丰亭记》《海丰县新开杨桃岭路记》等。在《平远县开河新记》中，作者在开头，详细叙述了开凿平邑新河的原因、开凿经过，以及开凿过后的情景，"一切货贿，俱从船载。虔、汀商贾，络绎凑合。平城不路而民雍于衢，不海而盐溢于釜，不野而谷周于廪……民力逸而国用饶，则河之为利博也"②。写作人物传记时，往往能抓住主要事件，通过细节描写，突出人物的性格特征。如《刘母方太淑人传》：

> 嘉靖末，倭讧江南，庐、凤以北，征良家子弟为守，推将军将之。将军以淑人固，不欲轻试行间。淑人曰："女将种，不以此时驰

---

① 郭子章：《粤草》卷五，《四库全书存目丛书》，齐鲁书社1997年版，第539页。
② 郭子章：《粤草》卷四，《四库全书存目丛书》，齐鲁书社1997年版，第533页。

鸷犯矢刃，报国二百年巨恩，而以老妇故，甘牛竖马洗，沾沾儿女子语乎？"将军感泣受任。自是防倭虏，夷矿盗，制九溪洞蛮，净闽粤海盗，皆淑人指画焉。①

描写细致生动，可见淑人深明大义，影响将军一生。

四　策论

策是策问，论是议论。郭子章之策通透明理，他一生为官，得官民爱戴，所在任地，制定条例，其策论往往能根据当时当地的情况，提出问题，如《法制》《保甲》《钱法》《弭盗》等，规模宏大，思虑周全。每一个论题都是横说竖说、穷尽其理、不留余地。郭子章之论内容广泛，议论精到。有对诗书、史书的评论，如《易论》《诗论》《春秋论》等，有对先前古代的人物论，如《观蔡论》《赵盾论》《子贡论》《四君论》等，论中人物作者或是表达惋惜，或是表达赞赏。先生广征博引，有理有据，如在《宽严论》中，郭子章认为"宽者博大之谓也，严者细密之谓也。宽者愈推横则愈闳肆。故可以治大不可以治小。严者愈敛愈精微，故可以治小不可以治大"②。文章结构严谨、层次分明，文势从容而安排有度。

五　奏疏

奏疏是臣子向皇帝陈述意见或说明，如《宋史·虞策传》："入为吏部尚书，奏疏徽宗，请均节财用。"郭子章一生为官，深得皇上信任与欣赏，文采斐然或有原因之一，人称其"文章五色夺目，竞濯锦之丝；恩宠九重被体，羡金鱼之袭"③。其奏疏陈述其事，观点鲜明，言辞恳切。如《催方面官到任疏》文中提到"国家设官以替政。无分远近，人臣随地以服官，何择美恶"④。郭子章认为，既然得皇帝信任，就应该兢兢业业，唯天子之命，报朝廷之恩。在《请再增兵饷疏》《初奏捷疏》

---

① 郭子章：《粤草》卷六，《四库全书存目丛书》，齐鲁书社1997年版，第560页。
② 郭子章：《蜀草》卷六，《四库全书存目丛书》，齐鲁书社1997年版，第663页。
③ 周修东辑校：《郭子章涉潮诗文辑录》，暨南大学出版社2016年版，第108页。
④ 郭子章：《黔草》卷一，《四库全书存目丛书》，齐鲁书社1997年版，第13页。

《再奏捷疏》《播平奏报军饷疏》等奏中，郭子章详细讲述播州形势，以及用兵、平播的情况。郭子章在潮为官时，制定条例，严加管理恶民，得到当地乡民肯定："青螺郭先生，学孔子之道，则自筮仕，一奉高皇帝甲令，及守潮，三十一章尽贯行之……推其至诚，训词隽永，无不洒然改容易虑者，化行俗善，弊祛利兴，先生政德遍十邑矣。"[1]

六　公移

郭子章公移中的文章大都是他在当地为官之时所作的教令，关于教化、防守等。如郭子章在潮州任职两三年来，查府县见监狱囚，俱无月粮，间问曲处，以广东全省仅岭东惠潮二府未给囚粮，故特上《囚粮议》。任间，尝以赣南阻塞汀盐，汀盐皆系潮产，郭子章据潮商王佃等所告，作《开盐路议》，呈请照旧疏通。郭子章曾以四方俱旱，粤中偶雨而稍解灾情，然救荒之策至为亟须，因撰《请捄荒议》。先生为官一生，尽职尽责，实地走访，了解当地实情，深得民心，他开通河道，使江流"上达黄平，下通镇远"，开办学校，因地制宜。其所作公移，尽可看作郭子章为官之心血。

第四节　笔记小说

笔记小说的分类，《四库全书总目提要》说："迹其流别，凡有三派：其一叙录杂事，其一记录异闻，其一缀辑琐语也。"[2] 郭子章的笔记小说多集中在《六语》中，《六语》三十卷，其中包括《谚语》七卷、《隐语》二卷、《谐语》七卷、《谣语》七卷、《讥语》一卷和《谶语》六卷，每语皆有自序，共六序。这里面包括笔记、小说、寓言、小品等，值得注意的是，《六语》在选录明代及以前的笔记小说集中的素材时，除了内容辑录原文外，又在原来文本基础上加以简单的改编，从而有意识地参与到编撰过程中来。

作为明代的笔记小说之一，其所记内容驳杂，涉及逸闻掌故、人情

---

[1] 周修东辑校：《郭子章涉潮诗文辑录》，暨南大学出版社2016年版，第106页。
[2] 永瑢等编：《四库全书总目》，中华书局1965年版，第1182页。

世态、诗评文论、醉谈笑语等。所涉及的人物为数众多,他们的社会地位、职业身份各不相同,有文人隐士、封建官僚、普通市民,说话艺人等,而且这些故事文本中出现的人物上自夏商、下至明代,时间跨度很大。这其中的某些故事各有来源、各有所本,而其整体语言则都显得通俗晓畅,文义浅近易懂。因此,简单地将《六语》归为笑话集或者小品集是不太妥当的,而应当将其划为笔记小说集的范畴,总体来说还是有一定的文化意义的。

一　史料价值

《六语》作为一部汇编性质的笔记小说集,其中的许多故事来自《史记》《三国志》《汉书》等。如记录前汉时期的故事:

> 武帝少时,东武侯母常养帝,帝壮时,号之曰"大乳母"。乳母家子孙奴从者横暴长安中,当道掣顿人车马,夺人衣服,闻与中不忍致之法。有司请徙乳母家室,处之于边,奏可。乳母当入至上前,面见辞。乳母先见郭舍人,为下泣。舍人曰:"即人见辞去,疾步数还顾。"乳母如其言,谢去,疾步数还顾。郭舍人疾言骂之曰:"咄!老女子何不疾行!陛下已壮矣,宁尚须女乳而活耶?尚何还顾!"于是人主怜焉悲之,乃下诏止无徙乳母,罚谪谮之者。①

此故事在《史记》和《太平广记》中都有记载。在《谐语》卷一中,记录了晏子巧对的故事,晏子使楚最早载于《晏子春秋》。郭子章抱着"批龙鳞于谈笑,息蜗争于顷刻"②的心愿,将这一历史故事略加敷演改造,期以谐语的形式而达到"悟主解纷"的目的。作者将晏子对答的巧妙机智,楚王发言的弄巧成拙,形成鲜明对比,既搞笑又让人有所悟。还有《唐实录》《李德裕明皇十七事》等,都记载了许多的小故事,保存了大量极具可信度的故事旧闻,这无疑是补史的重要资料来源。

---

① 郭子章:《谐语》卷一,《四库全书存目丛书》,齐鲁书社1997年版,第9页。
② 郭子章:《谐语》序,《四库全书存目丛书》,齐鲁书社1997年版,第2页。

二 社会功用

郭子章笔记小说中的故事还可惩恶劝善，可供教化，以歌颂、讽刺之用，如：

> 贫家无阔藁荐，与其露足，宁且露手，君观吾侪，有顷刻离笔砚者乎？至于困睡，指犹似笔也。小儿子不晓事，人问："每夜何所盖？"辄答云："盖藁荐。"嫌其太陋，挞而戒之曰："后者有问者，但云被盖。"一日，出见客，而荐草挂须上，儿从后呼曰："且除面上被。"所谓"作伪心劳日拙"者也。①

作者以漫画的笔法，刻画了一个死要面子却又最终败露穷相的贫者形象，他百般地在外人面前掩盖穷相，没有被子夜里睡觉露手却说成睡觉可不离笔砚，明为盖草席却教孩子对外说是盖棉被子，然而越是掩盖反而越会暴露，最后胡子上挂了一根席草来见客人，穷相暴露无遗。这则故事对社会上那些装腔作势、虚荣、爱面子的人以辛辣的讽刺，越是想百般地伪装自己，掩人耳目，就越益显露，故事结尾的"作伪心劳日拙"一句，点出了告诫的意义。

> 申渐高南唐优人。建国初，军储未实，征敛无艺，久旱祷雨无应。上一日举觞苑中，谓宰臣曰："近京三五十里外皆报雨足，独京中无雨，何也？"诸相未对，渐高进曰："雨惧抽税，不肯入城。"上悟，即日下诏，停一切额外之征，信宿间膏雨随足。②

申渐高，五代南唐名人，是三孔笛乐师，善吹三孔笛。他生性诙谐幽默而又深明大义。京中有雨无雨，本是自然问题，在"诸相未对"的情况下，只有申渐高敢借题发挥，替老百姓说出苦衷。两相比较，申渐高的品行，要比"诸相"还高。由此来看，它不但保存了丰富的历史、

---

① 郭子章：《谐语》卷五，《四库全书存目丛书》，齐鲁书社1997年版，第121页。
② 郭子章：《谐语》卷四，《四库全书存目丛书》，齐鲁书社1997年版，第102页。

文学方面难得的资料,而且使人们在品赏其内容的同时,受到一定的教育和启示。

笔记小说历来不被正统的评论家重视,自然,郭子章的这些作品之前也少有人关注。《四库全书总目》中四库馆臣对它们的评价不高,认为他的笔记小说以取材论,"皆耳目习见,殊罕异闻,且多引《玉海》、《太平广记》,辗转裨贩,割裂失真"[1],这是对郭子章所编类书《黔类》中载引的笔记小说故事之评,未免失当。毕竟,类书之特点即是"旁征博引"。又谓其小说"采杂诸书为之,颇足以资谈柄。而所录明代近事,往往猥杂。盖嗜博之过,失于剪裁",这些论断不无道理,然若细究其内容,也当有不少可取之处,至少,"颇足以资谈柄"[2]。

---

[1] 永瑢等编:《四库全书总目》,中华书局1965年版,第1171页。
[2] 永瑢等编:《四库全书总目》,中华书局1965年版,第1235页。

第三章　郭子章的诗学思想

郭子章一生久在官场，理政有治绩，还勤于著述，每任职一处，均有专集，并以任职地为集名，创作成果丰硕。他的著作涉及面十分广泛，哲学、政治、经济、军事、历律、历史、地理、工艺、文学等，应有尽有。他的有关诗学方面的思想观念主要体现在《豫章诗话》《续豫章诗话》及相关论述中。以下考察其诗学著作基本情况、诗学思想，以及强烈的地域意识、佛道意识等。

第一节　郭子章诗学著作概述

郭子章《豫章诗话》，据卷首张鼎思万历三十年（1602）序，书成于郭子章贵州巡抚任上。郭子章撰成即寄张鼎思，万历三十年由莆田吴献台刊行。全书近400则，上起汉初，下至明代中叶，记述或评论江西及与江西有关的诗人诗事，属区域性诗话著作。书中排列大抵以时间先后为序：卷一为上古传闻、魏晋南北朝诗人诗作及历代吟咏庐山、孤山之诗；卷二多记唐五代诗事；卷三至卷五多记宋诗，其中卷四主要录黄庭坚及其族人诗作，并逐一记述江西诗派诸人事迹，卷五兼及元人；卷六专记明人诗事诗作。《豫章诗话》汇集了与江西有关的大量地方诗史资料，是关于江西诗学的首次大规模的汇编。其中卷六作者自己整理的一手资料尤为珍贵，对研究江西诗学具有重大意义。

郭子章《豫章诗话》，除了在明清时期有六卷刻本，在清代还有手抄本流传，以及《续豫章诗话》十二卷本的记载。

著录《豫章诗话》抄本和刻本的情况如下：

徐𤊹等《徐氏家藏书目》："郭青螺《豫章诗话》六卷。"

丁仁《八千卷楼书目》："《豫章诗话》六卷，明郭子章撰抄本。"

丁丙《善本书室藏书志》："《豫章诗话》六卷旧抄本，许周生藏书，泰和郭子章相奎著。"

王圻《续文献通考》："郭子章《豫章诗话》六卷。"

嵇璜、刘墉等《续通志》："《豫章诗话》六卷，明郭子章撰。"

以下书目著录《豫章诗话》和《续豫章诗话》的情况：

祁承㸁《澹生堂藏书目》："《豫章诗话》六卷三册，郭子章，《续豫章诗话》十二卷四册十二卷，《澹生堂余苑》本。"

《千顷堂书目》："郭子章《豫章诗话》六卷，又《续豫章诗话》十二卷。"

《明史》："郭子章《豫章诗话》六卷，又《续豫章诗话》十二卷。"

《续豫章诗话》今不见，则已佚失。

据杜泽逊《四库存目标注》所载，修《四库全书》时，《豫章诗话》的进呈本有两种：一种是"《江西巡抚海第二次呈送书目》：《豫章诗话》四本"[1]；另一种是"《两淮商人马裕家呈送书目》：《豫章诗话》六卷，明郭子章，二本"[2]。《豫章诗话》刻本流传并不广泛，后以抄本形式流传。至今明刻本、明抄本及抄本都保存得较好。

台湾"中央图书馆"收藏明万历三十年吴献台刻本。1973年台北广文书局以及《存目丛书》都据此影印。国家图书馆存明万历刻本，一册，存卷四至卷六。江西省图书馆藏明抄本，一函四册，每卷卷首均题"泰和郭子章相奎父著、莆田吴献台启衮父校、长洲张鼎思睿父同校"题识，卷首有张鼎思序。南京图书馆藏清钞本六卷二册，有丁丙跋。

民国八年（1919）胡思敬据明钞吴献台刊六卷本付梓，辑入《豫章丛书》，并作校勘及跋文。

第二节 《豫章诗话》的诗学思想

一般认为，《豫章诗话》最大的不足之处是理论不足。如王琦珍在

---

[1] 杜泽逊：《四库存目标注》，上海古籍出版社2007年版，第3621页。
[2] 杜泽逊：《四库存目标注》，上海古籍出版社2007年版，第3621页。

《豫章诗话》"点校说明"中说:"全书重在记异事、正讹误,而于诗歌艺术本身,则评论甚少,因而显得理论价值明显不足。这些都影响了《豫章诗话》的价值。"① 应该说这一点是存在的,但郭子章对诗歌并非不评论,而是评论比较简要,在录存的众多诗歌诗事中被淹没了。郭子章《豫章诗话》的诗学观主要体现在重视儒家诗教传统、重视作家的品德修养、注重炼字炼句、倡导"自然冲淡"的文学风格等方面。

一 重视儒家诗教传统

中国的儒家政治文化特别重视诗教传统。"诗教"一词,初见于儒家经典《礼记·经解》篇,所谓"温柔敦厚,《诗》教也"②。其基本观点是强调文艺应该为而且可以为国家的政治教化服务,甚至能够有效地为人的修身养性甚至达致道德完善而服务。因此,所谓"诗教",不过是以诗歌(文艺)形式来对人进行教化的约称,是一种特殊方式的对人民的文化德治教育活动。

一直以来,诗歌创作重视诗教,诗教所主,则是温柔敦厚,不以理胜人,不以气矜人,但务以情感人。郭子章论诗也特别重视儒家诗教传统,他通过宋人评价曾巩"不能诗",明确提出:"诗非嘲风弄月之谓也,取其有关风教而已。子固诗如《过介甫归偶成》:'结交谓无嫌,忠告期有补。直道讵非难?尽言竟多迕。知者尚复然,悠悠谁可语?'敦友义也。如《渔父》诗:'智士旁观当局迷,沧浪钓叟出陈诗。江头风怒掀渔屋,底事全家醉不知?'喻大隐也。"③ 中国诗歌从原始的只字片语,经诗经楚辞、唐诗宋词、元曲,甚至到近代的新诗,不论形式发生怎样的变化,它的思想本质始终没有背离中华传统文化,它不是只有贫乏的唱和风云月露之象,而是有"兴观群怨"的社会功能。

郭子章也认为,诗歌具有社会作用,它能感发情志,观风俗之盛衰,批评苛责执政者之失,更为重要的是可以以诗会友,借此与志同道合者互相切磋,提高修养,也可谓起到诗歌的"风教"作用了。《毛诗序》云:"风,风也,教也,风以动之,教以化之。……先王以是经夫妇,

---

① 郭子章撰,王琦珍点校,傅义审订:《豫章诗话》,江西教育出版社2007年版,第6页。
② 孔颖达撰,郑玄注:《十三经注疏》,上海古籍出版社1990年版,第843页。
③ 郭子章:《豫章诗话》,《全明诗话》本,齐鲁书社2005年版,第2307页。

成孝敬，厚人伦，美教化，移风俗。"① "风"的重要功能是"化"，因为成功的政教不是通过强行灌输来改变人民，而是"潜移默化"。所谓"化"，就是让人们在不知不觉中被感化而向善，即孟子"民日迁善而不知为之者"（《孟子·尽心上》）之义，教化是渗透在生活中的，不是一朝一夕之事，不能指望在一夜之间改变它。作者对人伦道德，忠君爱国，也甚为称赞，在《豫章诗话》记载庐陵人颜伯玮，国难发生，送子出城，因此不能尽子职，而甚为悲痛；战事失利，无以报国，颜虽死无憾，终自刎。对此尹文和赞曰：

> 忠孝二端，天经人纪。烈烈颜侯，尹沛百里。坚守孤城，俟死无二。力屈援绝，诗以言志。衣冠自经，子亦刎死。父为忠臣，子为孝子。文山之乡，鲁公之裔。惟忠惟孝，照耀青史。②

儒家思想主张"仁爱""礼孝""忠君"，作者对颜伯玮行事做法持肯定态度，也就意味着在诗歌理论中重视儒家传统理论，重视诗歌的教化社会作用。

《豫章诗话》记载郭子章故友杨寅弼为铭其墓，略曰："嗟嗟！君良已矣，所可不朽腐者，独文与诗。予尝次第其诗读之，益又足悲矣。读其诗则若游意于殷汤之乡，而逍遥于旷垠之野，又何其不怨也！"仁义之士从小受到礼教传统的耳濡目染，君臣之忠，父子之恩，兄弟之义，都是他们的"牵绊"，兴发所想无不受此影响，可悲可叹！除此之外，作者还提到：

> 《吹剑录》载宋范文正守饶，喜妓，籍一小鬟。既去，以诗《寄魏介》曰："庆朔堂前花自栽，便移官去未曾开。年年长有别离恨，已托春风斡当来。"介买送公。考《青箱杂记》曰："王衍曰：'情之所钟，正在我辈。'以范公而不能免。慧远曰：'顺境如磁石，遇针不觉合而为一处。'无情之物尚尔，况我终日在情里做活计耶！

---

① 方玉润撰，李先耕点校：《诗经原始》，中华书局1986年版，第43页。
② 郭子章：《豫章诗话》，《全明诗话》本，齐鲁书社2005年版，第2338页。

张衡作《定情赋》，蔡邕作《静情赋》，渊明作《闲情赋》。盖尤物能移人，情荡则难返，故防闲之。"①

郭子章上述所言，表明他虽然重视诗教，但也并不否认"情"，汉代以来，诗歌吟咏情性的特质逐渐被重视，作者往往有感而发，语言则最动人，诗歌的字字珠玑，像泉涧，像春雨，涤荡心灵，怡情养性，以情动人，至情至真。儒家的传统诗教思想影响郭子章一生，在他看来，诗歌的美在于重视人格美，追求的是诗歌的社会功能，诗歌抒发情致，恰是诗歌美的展现。

二 重视作家的品德修养

《毛诗序》云"诗者，志之所之也，在心为志，发言为诗"②，《荀子·乐论》云"夫乐者，乐也，人情之所必不免也"③，上述语句，都表达了诗歌是由作家创造的思想，作家是文学生活的主体，他把自己对世间万物的独特审美通过语言呈现给读者，品性高雅的作家，通常在文风上也崇尚雅正，摒弃浮华，符合平淡蕴藉的诗教传统，对此，郭子章甚为重视。

明代，诗庄词媚，已成定式。诗歌是反映现实，表现自身人格、理想、抱负的文字载体，诗歌与生活是相通的，而郭子章也注意到这点，并且认识到作诗与生活紧密联系的重要性。《豫章诗话》云：

> 六一公虽在朝，而不忘山林。《下直》诗："宫柳街槐绿未齐，春云不解宿云低。轻寒漠漠侵驼褐，小雨班班作燕泥。报国无功嗟已老，归田有约一何稽。终当自驾柴车去，独结茆庐颍水西。"《早朝感事》诗："疏星牢落晓光微，残月苍龙阙角西。玉勒当门隋仗入，牙牌立殿报班齐。羽仪虽接鵷兼鹭，野性终存鹿与麑。笑杀汝阴长处士，十年骑马听朝鸡。"一旦"野性终存鹿与麑"，士大夫立

---

① 郭子章：《豫章诗话》，《全明诗话》本，齐鲁书社2005年版，第2285页。
② 方玉润撰，李先耕点校：《诗经原始》，中华书局1986年版，第45页。
③ 安继民注译：《荀子》，中州古籍出版社2006年版，第332页。

第三章　郭子章的诗学思想

朝何可无此风味。①

宋周必大言"后来士大夫多以不仕为旷达"②，欧阳修在朝为官，有乐以天下、忧以天下的胸襟与气度，他纵情山水，追求与民同乐，有更多的机会观察民风民俗，因此，诗歌写实记事信手拈来，语言透彻、洒脱，从心所欲，浑然天成。

关于作诗，作者还充分认识到了"为诗之气"的重要性，诗人的人生轨迹能够通过他自己的"诗气"表现出来。作者要保持乐观、旷达之气，这样自己的人生才会精彩而快乐。青莲居士，一生豪放不羁，仗剑去国，辞亲远游，不拘礼教，宦海沉浮，仍能乐观豁朗，使得诗歌创作笔法多端，达到随性任之而变幻莫测、摇曳多姿的神奇境界。郭子章高洁傲岸，打破固有模式，飘逸潇洒，似颇有谪仙人之气。他转引朋友之语来论证此观点：

> 凡人诗文，心志在此，福泽亦在此。孟东野诗云："食荠肠亦苦，强歌声无欢。出门如有碍，谁云天地宽。"所以东野一生贫困。邵康节亦贫儒也，则云："心安身自安，身安室自宽。心与身俱安，何事能相干。谁谓一身小，其安若泰山。谁谓一室小，宽如天地间。"康节虽贫，其心事海阔天高，所以明高千古。闻道与不闻道，其差别至此。③

孟郊、邵雍皆属胸襟透脱之人，东野怀才不遇，抱负不得施展，遂放迹林泉间，徘徊诗赋，虽然屡试不第、仕途艰辛，但仍坚持批判浇薄时风，是君子之才；尧夫读书不辞劳苦，游行天下，斗志昂扬，一生学易悟道，也谓至情洒脱。作者敬重如此等人，与肤浅庸俗之辈大抵不同，那般的坚贞不屈，英勇无畏。

对友人，郭子章也不只是富贵时吟诗作乐，患难时更能真情相待。卷六详尽地介绍了郭子章自己与友人的一些事迹，郭子章好友邹元标论

---

① 郭子章：《豫章诗话》，《全明诗话》本，齐鲁书社2005年版，第2268页。
② 周必大：《二老堂诗话》，《历代诗话》本，中华书局1981年版，第668页。
③ 郭子章：《黔草》，《四库全书存目丛书》，齐鲁书社1997年版，第403页。

万、刘、尹三相，得罪被贬，又论张江陵公，再次得罪被贬，郭子章认为："汝愚以庶吉士，雨瞻以进士，其茂年筮仕同，其英声直气同，其远谪同，足称'二邹'矣。顾都匀赐环，石城长逝，即云有命。而予读汝愚辞朝诗，与尔瞻赴谪诗，又若有为之识者。"① 言语中流露出坚定的友谊余音，令人慨叹。

除此之外，作者还标举了众多有节之士，德行过人，备善之至。其中有性格刚峻的饶节，曾为丞相布的门客，后与丞相不和，便弃去，陈师道曰"江西胜士与长吟，后来不忧身陆沉。谓德操也"②；有以德行称的易延庆，长慈顺，为母植栗，薛映作诗颂以扬孝感，受赞述褒美，称为纯孝先生；有终生清直的杨成斋，清洁高文，趾美克肖。他们都品性高尚，修养兼备，诗歌语妙格高，皆为大盛之作，翰墨甚佳。

三 注重炼字的审美特征

古人作诗，常常出现"吟安一个字，捻断数茎须"③的意境。作者认为作诗要注重"炼字"，诗句中一字俱是诗歌内在的机杼意脉，行事需批郤导窾，鞭辟入里，若类作诗之法。诗，俨若世家阀阅，要求端庄雅正，尤不易作，清方苞所言"学者潜心于此，可知修辞之要"④，语微不同，便能让诗歌达到朴赡可喜的效果，因此，文人墨客炼字造语，甚是要紧，炼字之为，翕然成风。一字之差，往往会影响全诗的意旨效果，好的语言灵动曼妙，往往能令人见微知著。

郭子章举例道：

> 郑谷幼有名誉，司空图见而奇之，因拊其背曰："当为一代风骚主。"僧齐己携《早梅诗》诣之，谷为改"数枝开"作"一枝开"。齐己不觉下拜，以为一字师。⑤

郑谷清才旷逸，不乐仕进，专以吟咏自适，篇咏之间，风骚可摭，

---

① 郭子章：《豫章诗话》，《全明诗话》本，齐鲁书社2005年版，第2356页。
② 郭子章：《豫章诗话》，《全明诗话》本，齐鲁书社2005年版，第2315页。
③ 屈兴国等：《古典诗论集要》，齐鲁书社1991年版，第52页。
④ 武海军：《选本批评与桐城派文论构建》，《求是学刊》2016年第1期，第129页。
⑤ 郭子章：《豫章诗话》，《全明诗话》本，齐鲁书社2005年版，第2277页。

而在此诗作中,"数枝"不能表现出早意来,"一枝"恰为独到,作者以清丽的语言,将梅花的傲寒品德、素艳韵致尽显,并使这首诗脍炙人口,流传百世,别有一种风流。宋欧阳修《六一诗话》也称赞:

> 余为序其诗为宛陵集,而今人但谓之"梅都官诗"一言之谑,厚遂果然,斯可叹也![1]
>
> 据《唐才子传》记载:齐己携诗卷来袁谒谷,《早梅》云:"前村深雪里,昨夜数枝开。"谷曰:"善则善矣,一字未安,数枝非早也,未若一枝佳。"己不觉投拜,曰:"我一字师也。"[2]

一字点窜,风骨奇秀,颇有孟嘉落帽之风。
《豫章诗话》还提到:

> 黄词云:"断送一生唯有,破除万事无过。"盖韩诗有云:"断送一生唯有酒,破除万事无过酒。"才去一字,遂为切对,语益峻。又云:"杯行到手更留残,不道月明人散。"谓思相离之忧,则不得不尽,而俗士改为留连,遂使两句相失。正如论诗云"一方明月可中庭"可不如满也。[3]

删除"酒"字,作得奇巧,颇有以俗为雅的韵致,表现作者疏放旷达的情怀,光彩顿生。在诗歌创作中作者认为要把"炼字"当成一种自觉的艺术追求,多花精力于此,踵事增华,以使诗歌作品情蕴更加浑融一体。

"炼字"对于诗歌创作很重要,作者同时也注意到了作诗"炼句"的重要性。如何"炼句"?郭子章认为作诗要重视每句诗歌的实际出处,要有深度。对此,他说道:

> 用事琢句,妙在言其用,不言其名,惟荆公、东坡、山谷知之。

---

[1] 欧阳修:《六一诗话》,《历代诗话》本,中华书局1981年版,第266页。
[2] 辛文房著,张小燕校点:《唐才子传》,北京联合出版社2017年版,第136页。
[3] 郭子章:《豫章诗话》,《全明诗话》本,齐鲁书社2005年版,第2310页。

荆公云："含风鸭绿粼粼起，弄日鹅黄袅袅垂。"山谷云："管城子无食肉相，孔方兄有绝交书。"荆公又云："膜成白雪桑重绿，割尽黄云稻正青。"①

此外关于句法问题，作者还提出了"改地名以合句法"的主张，并举古人诗歌加以证实：

> 如大孤山旁有女儿港，小孤山对岸有彭浪矶。韩子苍诗："小姑已嫁彭郎去，大姑长随女儿住。"四者之中所不改者，女儿港耳。蜀大散关有喜欢铺。东坡《入赣》诗："山忆喜欢催远梦，地名皇恐泣孤臣。"自下而上，第一滩在万安县前，名黄公滩。坡乃更为皇恐，以对欢喜。②

诸如此类句法繁多，折句、蹉对，运笔自如，诗句章法，持论甚高，自立规模。

四 倡导"自然冲淡"的文学风格

郭子章的"江西诗派当以陶彭泽为祖"③观点的提出，在很大程度上是认为黄庭坚这一江西诗派之宗在诗歌风格上欣赏陶氏，并以陶氏的自然冲淡之美为美。这一美学思想其实也是郭子章所追求的审美观。

司空图《二十四诗品》云：

> 自然，俯拾即是，不取诸邻。俱道适往，著手成春。如逢花开，如瞻岁新。真与不夺，强得易贫。幽人空山，过雨采蘋。薄言情悟，悠悠天钧。④

也论道：

---

① 郭子章：《豫章诗话》，《全明诗话》本，齐鲁书社2005年版，第2291页。
② 郭子章：《豫章诗话》，《全明诗话》本，齐鲁书社2005年版，第2329页。
③ 郭子章：《豫章诗话》，《全明诗话》本，齐鲁书社2005年版，第2262页。
④ 司空图：《二十四诗品》，《历代诗话》本，中华书局1981年版，第40页。

第三章　郭子章的诗学思想

冲淡，素处以默，妙机其微。饮之太和，独鹤与飞。犹之惠风，荏苒在衣。阅音修篁，美曰载归。遇之匪深，即之愈希。脱有形似，握手已帷。①

中国诗歌历史长河中，或蹈偶然之名，或袭散见之语，"自然""冲淡"一直为圣人名贤所倡，后才之学受到启迪沾溉，纷纷效仿。郭子章亦不脱俗，诗法自然，抒发情性，风格冲淡，曲尽其妙。学者大多认为黄庭坚学杜甫，却很少提及他与陶渊明的渊源。其实早在黄庭坚十六岁时，其所著《山谷外集》中的《溪上吟》篇的序文中便表达了他对陶渊明的欣赏：

春山鸟啼，新雨天霁。汀草怒长，竹筱交阴。黄子观渔于塘下，寻春于小桃源。从以奚童稚子畦丁三四辈。茶鼎酒瓢，渊明诗编，虽不命戒，未尝不取诸左右。临沧波，拂白石。咏渊明诗数篇。清风为我吹衣，好鸟为我劝饮。当其潆然，无所拘系而依依规矩准绳之间，自有佳处。乃知白莲社中人不达渊明诗意者多矣。过酒肆则饮亦无量也，然未始甚醉。盖其所寓与毕卓刘伶辈同，而自谓所得与二子异，人亦殊不能知之也。酒酣得纸，书之为《溪上吟》。②

黄庭坚友人晁补之在《书黄鲁直题高求父扬清亭诗后》中写道："鲁直于治心养气，能为人所不为，故用于读书，为文字，致思高远，亦似其为人。陶渊明泊然物外，故其语言多物外意，而世之学渊明者处喧为淡，例作一种不工无味之辞，曰，吾似渊明，其质非也。"③ 这也说明了黄庭坚在精神上与陶渊明是颇为契合的，皆行为迥于世人，超脱尘俗，追求静寂恬淡的世界，创作出的诗作处处流露出雅洁之气、淡泊之风。

梁朝钟嵘《诗品》评价陶渊明云：

---

① 司空图：《二十四诗品》，《历代诗话》本，中华书局1981年版，第38页。
② 黄庭坚：《山谷外集诗注》，影印文渊阁《四库全书》本。
③ 晁补之：《鸡肋集》，影印文渊阁《四库全书》本。

其源出于应璩，又协左思风力。文体省净，殆无长语。笃意真古，辞兴婉惬。每观其文，想其人德。世叹其质直。至如"欢言醉春酒""日暮天无云"。风华清靡，岂直为田家语邪？古今隐逸诗人之宗也。①

南宋洪迈《容斋随笔》也云：

陶渊明高简闲靖，为晋、宋第一辈人。②

陶潜作诗沉酣应璩，揽采左思，辞气纷纭，语意雅正，文畅酣适，他的诗歌沉浸浓郁，措辞温雅质朴，有自然之致，郭子章的诗歌理论中有陶潜自然冲淡之风，对诗人的傲然正气也颇为敬重。《豫章诗话》中记载：

东坡尝论渊明谈理之诗有三，一曰"采菊东篱下，悠然见南山"；二曰"啸傲东轩下，聊复得此生"；三曰"客养千金躯，临化消其实"，以为皆知道之言。予谓：渊明《荣木之序》，亦自言曰："日月推迁，已复有夏，总角闻道，白首无成。"则渊明亦以闻道自任矣。而叶梦得乃执《形影相赠》之诗，谓"渊明未能尽了"，何也？③

东篱采菊，南山悠然，情致清丽；长啸南轩，此生余闲，超然独骛；诗人朴拙直率，平淡无华，至性真情，众莫能及。陶渊明自幼修习儒家经典，爱逸然，爱田园，有志向，不同流俗，宦游四方，超凡脱俗的性格渐成，佳作甚繁，用语浅近自然，意致绵密。从之前语可见，郭子章竭力倡求陶渊明自然冲淡思想，尤加审谨，崇敬之情，溢于言表。

---

① 钟嵘：《诗品》，《历代诗话》本，中华书局1981年版，第13页。
② 洪迈：《容斋随笔》，春风文艺出版社2015年版，第74页。
③ 郭子章：《黔草》，《四库全书存目丛书》，齐鲁书社1997年版，第2263页。

第三节 郭子章诗学思想形成的原因

郭子章出生在明代中后期,其诗学思想的形成与自身的成长经历,诗歌文学的发展以及当时的心学思想、佛道意识的渗透密切相关。

一 自身的成长经历

郭子章自小在儒家思想的熏陶下长大。他11岁时,祖父便传授他儒家经典,之后又被送入堂兄郭子祯授业的学校就读。勤奋加之聪慧,郭子章19岁便已通晓经义,且开始授业他人。同时,郭子章思想中儒家思想的根深蒂固也与他的师辈关系密切相关。郭子章27岁拜胡直为师,胡直教导郭子章:

> 圣学始于求仁,而求仁要在无欲,语学至于无欲,克伐怨欲不行不得为仁,有所恐惧,忧患忿愤,好乐则心不在,有所未无不行,未尽无何以名仁。孟子论,养心在寡欲,养浩然之气在无害,故曰无适无莫君子也,无意无必无固无我圣人也,无声无臭天也,至于无则道心微。[①]

郭子章从隆庆六年(1572)任建宁府推官,到万历三十七年(1609)告老还乡,在将近四十年的仕途为官生涯中,恪尽职守,兢兢业业,深谙孔孟之道,以仁义治理事务、教化百姓,深受人民爱戴。为官多年,官场的尔虞我诈,黎民百姓的生灵涂炭,更让他坚定仁义信念。郭子章从师胡直,而胡直在其师欧阳德的影响下,"仁"学观念根深蒂固,因此郭子章耳濡目染,从小就有庇佑天下万物的心境,在诗学思想上也格外重视儒家诗教。

他不仅重视儒家思想,宦海多年游历四方,也注重交友,其交友范围不仅仅局限于政治人物,特别是名噪一时的"东林党人",还包括晚

[①] 郭孔延:《资德大夫兵部尚书郭公青螺年谱》,北京图书馆出版社1998年版,第504—505页。

明"阳明学派"的著名学者、布衣隐士,甚至于远自西方而来的传教士,他们都德才兼备,素为博学,遍览九经,有古循吏之风。纵观郭子章的一生,与他交往密切的就是友人邹元标,二人一同随师胡直学习诗书礼仪,有深厚的友谊,"子章才本天授,识卓人群。尝与王塘南湖,庐山邹南皋讲学于青原、白鹭之间,主于倡明正学"①。在与友人的唱酬赋和中,作者重视自身的品德修养,他深知"惟仁者,有生生之心,故见人为善若己有之,而未尝有作好意,故能好人;见人有恶若瘵厥躬,而未尝有作恶意,故能恶人,世之作好作恶多为好恶累,未可谓能好恶也"②。有仁义之心,便能行仁义之事,世间互为因果,善意终能得到好报。

二 诗歌文学的鼎盛发展

万历年间,由于当时的经济、政治、哲学思潮对于文学的影响,文学创作中复古派与反复古派展开了激烈的斗争,文学解放思潮冲击文坛,创作繁荣,不仅数量多,而且取材也比较丰富,正统的诗文理论也发生了明显的变化。郭子章出生的江西,以黄庭坚为首的江西诗派,集末附载诗文数篇,聊以备体,大抵研炼深稳,而自有高秀之韵。

纵观明代文学,虽然已经开始衰微,出现倒退现象,但在诗文领域内,仍有不少表现社会现实的作品,或揭露社会弊病,或粉饰太平,或歌功颂德,或宣扬教化,或消遣享乐,浇风莫竞,文教大行,不少诗篇若麻姑掷米,笔画遒劲,不似妇人。生而逢其时的"台阁体",虽充溢着应制和颂圣之作,但格调雅丽雍容。沈德潜、周准所编《明诗别裁集》卷三曾说:"永乐以还,尚台阁体,诸大老倡之,众人靡然和之,相习成风。"③主张诗学汉唐复古主张的"茶陵诗派",以为"今之为诗者,能轶宋窥唐,已为极致,两汉之体,已不复讲"④,平铺稳布,在百家争鸣的文学思潮中谋得一隅之地。

宦患成灾,奸臣当道的时期,涌现了前后七子、于谦等不为名利所

---

① 郭桂:《冠朝郭氏续谱》卷十一,道光十六年刊本。
② 陈永革:《欧阳德集》,凤凰出版社2007年版,第302页。
③ 沈德潜、周准编:《明诗别裁集》,上海古籍出版社2009年版,第59页。
④ 李东阳:《镜川先生诗集序》,《怀麓堂集》卷二十八,《四库全书存目丛书》本。

扰,关心国家命运的进步诗人,他们纵驰不羁,不苟求进,尚气磊落,人所称道,为世所赏,一时文学之花竞相绽放,光彩熠人。《豫章诗话》成书于作者任职贵州巡抚期间,受风云变幻的文学思潮影响,诗歌成就显著,诗法谨严,注重炼字,语法高度宏阔,气力宽余。

江西,人杰地灵,郭子章出生在这样一个思想碰撞的地域,不免会受到影响。浩瀚历史长河中,江西诗歌文学发展可谓鼎盛备至,出现了众多优秀的文人,晏殊、欧阳修、曾巩、王安石、黄庭坚、杨万里、姜夔等文学巨擘开宗立派、引领潮流,使江西诗歌空前繁荣。《豫章诗话》特别在卷四记载了三十余位以黄鲁直为代表的江西诗派诗人,语意飘逸的诗句、倜傥风流的事迹,书中记载:

> 刘后村云:黄鲁直曾粹百家句律之长,究极历代体制之变,蒐猎奇书,穿穴异闻,作为古律,自成一家,虽之字半句不轻出,遂为本朝诗家宗祖。①

黄庭坚作为江西诗派的代表人物,出现众多奇崛尚理之作,他用乐天语作《黔南诗》,点铁成金,讲究格韵音律,诗气颇盛,郭子章极力称赞黄庭坚诗妙于天下,援笔立成,词笔绝高,独领风骚。

郭子章不仅重视江西诗派,辑录广博,考订精审,论断独到,诗话中也体现浓厚的乡土自豪情结。其中提到:

> 王荆公《咏韩信》曰:"贫贱侵陵富贵骄,功名无复在刍荛。将军北面师降虏,此事人间久寄寥。"《论曹参》曰:"束发山河百战功,白头富贵亦成空。华堂不着新歌舞,却要区区一老翁。"二诗意却甚正,然其当国也,偏执己见。凡诸君子之论,一切指为流俗,曾不如韩信之师李左车,曹参之师盖公,又何也。②

郭子章信奉"不没其实,善恶明",战事未平之时,富贵荣华又如

---

① 郭子章:《豫章诗话》,《全明诗话》本,齐鲁书社2005年版,第2311页。
② 郭子章:《豫章诗话》,《全明诗话》本,齐鲁书社2005年版,第2288页。

何，皆是一场空，区区老翁又如何，身先士卒仍英勇无畏，尚有廉颇老矣，意气风发，饶有遗外世俗，气节相高的韵味。

三 心学、佛道意识的渗透

《四库全书总目》说："万历以后，心学横流，儒风大坏，不再以稽古为事。"① 郭子章师承王阳明再传弟子胡直，对"格物致知"论，与大多学者一样，有自己独到的见解，他同意王阳明"心身意知天下国家皆物也"的观点，但认为不是"格物"之"物"，郭子章不同意朱子今日格一物、明日格一物的支离，但认为朱子所说"明德为本，则明明德为格，格物者格物之本，而末自举"，故曰此谓知本，此谓知之至也。正是对"格物致知"最准确的阐说，郭子章认为格物就是明明德。② 郭子章受心学影响，他的处事方式，皆以善为本，重视品性修养，追求人生的真谛，在其《豫章诗话》中也有记载：

> 陆九渊，字子静，宋干道中登第。吕东莱识其文于数千人中，谓曰："一见高文，知其为江西陆子静也。"居贵溪之象山，教授生徒数十百人。初读书，至宇宙字曰："宇宙事，即己分内事。宇宙便是吾心，吾心便是宇宙。"与晦庵同饯东莱于鹅湖，作诗云："涓流积至沧海水，拳石崇成泰华岑。简易功夫终久大，支离事业竟浮沉。"卒谥文安。明赵东山访赞曰："儒者曰其学似禅，佛道曰我法亡是。超然独契本心，以俟圣人百世。"③

可见心学思想在他心中的重要性。

郭子章不仅受心学影响，还极度信奉佛教。明中叶以来，统治者一方面骄奢淫逸，浪费无度，另一方面又求仙问道，信奉佛教，社会上佛道之风盛极一时，佛理顿悟，道法自然，讲求空灵，重视平淡，考究蕴藉，这不能不影响作者的诗学思想形成。《豫章诗话》中记载了众多佛僧的故实，列举云云。

---

① 永瑢等：《四库全书总目》，卷一百二十三，影印文渊阁《四库全书》本。
② 赵平略：《郭子章的格物观》，《贵阳学院学报》2010年第1期。
③ 郭子章：《豫章诗话》，《全明诗话》本，齐鲁书社2005年版，第2294页。

郭子章论道：

　　至诚禅师，泰和人，少师事神秀禅师于玉泉寺。神秀一日谓其徒曰："吾闻南宗深悟上乘，吾不如也。且吾师无祖亲付衣钵，岂徒然哉？"师闻此语，即往曹溪参请南宗，示偈云："一切无心自心戒，一切无碍自性慧。不增不退自金刚，身去身来本三昧。"师闻偈，遂誓依归南宗，即六祖也。予过曹溪，礼六祖像，取衣钵玩之。衣似今褐衣，钵则既碎，而傅以漆胶者，皆唐垂拱中所赐物也。至诚事六祖，当是唐人。同时有真寂禅师，安福人，亦师六祖，住青原山靖居寺。①

　　郭子章曾大力提倡修建佛寺，崇尚佛教，在对待佛教的态度上，他与友人邹元标志同道合，顺从"三教合一"的趋势，邹元标曾在《愿学集》中提到："十年不到龙华寺，归卧山寺旧草亭。笑予漂泊西南久，消得楞严几卷经。"邹勤读佛家经典，见解通达，郭子章裨补缺漏，所得甚多。

　　郭子章诗学创作贴近现实，抒发真实情性，反对无病呻吟和奇僻怪涩，追求平淡自然，或多或少受到心学思想、佛道意识的渗透。

第四节　《豫章诗话》的诗学作用

　　丰子恺读《随雷锋诗话》后说："那体裁，短短的，不相连络的一段一段的，最宜于给病人看，力乏时不妨少看几段；续看时不必记牢前文；随手翻开，随便看哪一节，它总是提起了精神告诉你一首诗，一种欣赏，一番批评，一件韵事，或者一段艺术论。"②《豫章诗话》时望方重，意趣颇丰，采撷繁复，故于明代号为名作，影响深远。其中表现在辑录名人事迹，考究历史所不能无；点评诗人作诗特点，亦能熔铸变化，自名一家；提供作诗之法，扩大诗歌功能。

---

① 郭子章：《豫章诗话》，《全明诗话》本，齐鲁书社2005年版，第2273—2274页。
② 丰子恺：《缘缘堂随笔集》，文化艺术出版社1999年版，第150页。

一 记人叙事，考察历史风貌

人们常说："（陈寅恪）开辟了以诗证史、以史释诗，诗史互证的治学途径。""真正把它作为一种方法运用到文史研究中，并取得开创性成就的，却是陈寅恪。"① 事实上，历史上很多诗学著作都有着以诗证史的功用。郭子章《豫章诗话》记载了多位诗人、士人以及佛僧的故实，也是很好的历史考察史料。

《豫章诗话》卷四中记载了曾巩、黄庶、黄庭坚、汪革、杨符等近四十位江西诗派的诗人，如：

> 分宁黄庶，字亚夫，工诗。如"书对圣贤为客主，竹兼风雨似咸韶"。又如《怪石》诗："山鬼水怪著薛荔，天禄辟邪眠莓苔。钩帘坐对心语口，曾见汉家池馆来。"皆奇崛。子庭坚，尝手书其《宿赵屯》一诗，刻于星子湾，跋云："先君平生刻意于诗。"与子美"吾祖冠古"之评何异？亚夫真黄氏之审言矣！子大临、庭坚、叔达。②

可见江西诗派的奇崛特点无谬，并且江西诗派确以杜甫为诗宗，作诗有法度，点铁成金。

书中不仅介绍了诗人，卷一还描绘了众多的风土万物，尤为江西，成为后人研究江西风土人情的珍贵资料。澄江之上，以江山广远、景物清华为名的快阁，山谷为此题诗，情切深挚；庐山之西的紫霄峰，极深险；云雾蒙蒙的庐山，钟灵毓秀，石壁诗题，最是切合。

二 评论诗人诗作，研究诗歌创作

郭子章的诗学观在袭古中有新变，于新变中有继承，在明代诗坛上产生重大影响。《豫章诗话》所录有淹蹇之士，也有出幽升高之人，所论多中肯之言，书中搜集精善，盖汰取精华，终多取焉，今观所论，终

---

① 吴定宇：《学人魂——陈寅恪传》，上海文艺出版社1996年版，第171页。
② 郭子章：《豫章诗话》，《全明诗话》本，齐鲁书社2005年版，第2308页。

第三章　郭子章的诗学思想

得人生之理。

作者对历朝历代的诗人诗作多有评论，如：

> 鄱阳姜夔，字尧章，号白石。萧东夫识之于年少客游，以其兄子妻之。石湖范至能尤爱其诗，杨诚斋亦爱之，赏其《岁除舟行十绝》，以为有："裁云缝月之妙思，敲金戛玉之奇声。"夔颇解音律，进乐书免解不第而卒。词亦工，有《白石道人集》三卷，诗云："夜暗归云绕柁牙，江涵星影雁团沙。行人怅望苏台柳，曾与吴王扫落花。"杨诚斋喜诵之，尝以诗《送朝天续集归诚斋》云："翰墨场中老斫轮，直能一笔扫千军。年年花月无虚日，处处江山怕见君。箭在的中非尔力，风行水上自成文。先生只可三千首，回首江东日暮云。"①

姜夔诗风，反俗为雅，下字运意，力求醇雅，范成大称其"翰墨人品皆似晋宋之雅士"。他善音律，曾上书论雅乐，进《大乐议》一卷，《琴瑟考古图》一卷，因与太常议不合而罢。庆元五年（1199），复上《圣送饶歌鼓吹》十四首，诏免解，与试礼部，不第，遂以布衣终身。姜夔虽一生困踬场屋，然胸襟洒脱，凡所创作，类多精悭，精于音律，能自制曲。他作为江湖诗派的前辈，对刘克壮、戴复古等人产生了重要影响。

此外，评论庐陵罗大经《提钓台》"句不甚工，议论甚正"②，论述褒贬确实，不失本真。对于聂昌，在绛州遇害于绛驿在壁间题的血书"星流一箭五星摧，电掣双眸两闭开。车马践时头似粉，乌鸢啄处骨如灰。父兄有感空垂泪，子弟无知不举哀。回首临川归未得，冥中空望乡台"说"时以为聂之精魂作"③，字里行间透露出愤怨遗憾，不禁落泪动容，英风义气，凛然飞动，作者评论可谓妙在言其用。书中还借言他人语评论诗人之作，例如张浮休评王介甫诗如"空中之音，相中之色，欲有执着而曾不可得"，黄鲁直谓"荆公之诗，莫年方妙，然格高而体下"④。此

---

① 郭子章：《豫章诗话》，《全明诗话》本，齐鲁书社2005年版，第2322页。
② 郭子章：《豫章诗话》，《全明诗话》本，齐鲁书社2005年版，第2326页。
③ 郭子章：《豫章诗话》，《全明诗话》本，齐鲁书社2005年版，第2326页。
④ 郭子章：《豫章诗话》，《全明诗话》本，齐鲁书社2005年版，第2288页。

等持论之言，堪称真切，表现了王安石圆熟的语言技巧，自然宛转而又精美凝练的风格。王荆公不把经过详细揣摩、推究的个别典故、语词用得显眼，而是把这种精巧的语言同全诗意脉的自然流动融合成一体，正如叶梦得《石林诗话》所说："看上去'见舒闲容与之态'，但'字字细考之，若经槔括权衡者，其用意深刻矣'。"①

《豫章诗话》辑录了多位诗人诗作，朝代跨度蔓延久远。作者粹百家句律之长，指摘切实，其言身为中肯，深赞之。更甚之，为后人研究诗人创作特点，留下了宝贵的资料史实，叙事逼真，缜密思深。

三 提供作诗之法，扩大诗歌功能

释皎然《诗式》详细论述作诗之法："诗有二要，要力全而不苦涩，要气足而不怒张。诗有二废，虽欲废巧尚直，而思致不得置；虽欲废词尚意，而典丽不得遗。"② 诗歌作为一个重要的文学体裁，自然产生众多论诗之作，《豫章诗话》便是典型之作，立论颇为精确，缕析条分，繁简有当。

郭子章《豫章诗话》介绍作诗技巧，新颖独到，影响深远。其云：

> 欧公诗："静爱竹时来野寺，独寻春偶过溪桥。"俗谓之折句。卢赞元《雪》诗："想行客过梅溪桥滑，免老农忧麦陇乾。"效此格也。③

"折句"即"折腰句"的省称，元人韦居安《梅磵诗话》卷上说"七言律诗有上三下四者，谓之折腰句"，并引白居易"大屋檐多装雁齿，小航船亦话龙头"为例，然此皆从句法着眼，与诗体无关，且并不只限于七言律诗。《豫章诗话》也记录了蹉对句法技巧：

> 王介甫诗云："春残叶密花枝少，睡起茶多酒盏疏。"惠洪谓："多字当做亲字，盖欲以少对密，疏对亲。"江朝宗谓："惠洪不晓

---

① 叶梦得：《石林诗话》，《历代诗话》本，中华书局1981年版，第406页。
② 释皎然：《诗式》，《历代诗话》本，中华书局1981年版，第27页。
③ 郭子章：《豫章诗话》，《全明诗话》本，齐鲁书社2005年版，第2287页。

古人句格，此一聊以密对疏以多对少，正交股用之，所谓蹉对也。"（《艺苑雌黄》）①

对仗中对应词位置不同，参差为对，唐人七言起结对者，多用此法，作者着意注之，承继此类句，恐人不喻，举例释之，豁然开朗。

溯诗之源流，诗歌是文学的基本类型之一，早期诗、乐、舞一体，发挥着"诗以言志"的功能，随着时代嬗变，诗歌题材类型驳杂，及至鼎盛。《豫章诗话》记：

> 国初，参知政事陶公安为饶州知府。时闻寇陷浮梁、乐平，进围郡城，公论父老率子弟固守。寇平，民被胁从者立宥之，全活甚众，四境以宁。高皇帝嘉其功，御制诗美之曰："匡庐严穴甚济济，水怪无端盈彭蠡。鳄鱼因韩去远洋，陶安鄱阳即一理。"（《皇明名臣言行录》）②

用诗称扬平定盛事，雄浑高扬，流芳千古。书中还记载了宋柱史方麓提场黔中，郭子章予诗贺之，笔锋挥洒，诗作皆成，祝贺之情，尽显于言。应制、悼亡、友情等诗作都被作者收录并作评论，诗歌功能扩大，使诗歌地位提高。

郭子章的诗学思想别具一格，独陈异说。在对前人的承继上，主张陶渊明的自然清淡，甚以陶氏为祖，注重炼字用语，语言清丽典雅，叙事生动，接受传统儒家诗教理论，自成体系。作为一部诗论性的著作，《豫章诗话》在诗论史上又是一次革新，力矫明代流俗浅靡的诗风，把明代诗歌引上了贴近生活、崇尚清丽自然的康庄大道，形成了独特的风貌。

第五节 《豫章诗话》的地域意识与江西诗派的重新构建

郭子章《豫章诗话》，据卷首张鼎思万历三十年（1602）序所知，

---

① 郭子章：《豫章诗话》，《全明诗话》本，齐鲁书社2005年版，第2291页。
② 郭子章：《豫章诗话》，《全明诗话》本，齐鲁书社2005年版，第2336页。

成于他任贵州巡抚时。全书四百余则，记述或评论了江西及与江西有关的诗人诗事，属地域性诗话著作。成书后，影响并不大，在他之后的裘君弘作《西江诗话》自序时称："或曰：前贤之为诗话夥矣，大都拈警摘瑕、月旦昔氏，或明体制、记见闻、录异事、正讹误、资闲谭，未尝剖符划域而以地限之也。"① 俨然以得风气之先者自居，说明他并不知道他的先贤已著有的地域性诗话《豫章诗话》。此后，也很少有研究者提及《豫章诗话》。直到20世纪90年代，张寅彭发表《略论明清乡邦诗学中的"泛江西诗派"观》，高度肯定《豫章诗话》的诗学价值，提出："万历年间郭子章的以江西诗人诗事为题的《豫章诗话》出，似乎填补了明代江西诗派研究的空白。"② 他认为郭子章《豫章诗话》将江西诗派"溯自陶潜"是一种新的范畴，这种拓宽江西诗派历史时限的背后，实际上延伸甚至更替了江西诗派概念的内涵，从而形成了"泛江西诗派"观。张寅彭文从"泛江西诗派"观念形成的角度出发，肯定了郭子章《豫章诗话》导夫先路之功，至于其他方面则未论及。此后也有一些论文和著作提到《豫章诗话》，大多也只是作为文献资料提及。

本节从《豫章诗话》本身性质出发，考察其中蕴含的地域意识。

一 人杰地灵：诗学史料中的地域自豪感

《豫章诗话》是一部关于江西诗歌创作的史料性著作。张鼎思在给《豫章诗话》作序时即认为郭子章此著有"史"的价值，其序言：

> 先生之诗话，词不拘拘于月露，音不察察于宫商，絷蕝是绳，文献具在，故余谓之史者，为其论之正也。事核，则考时征事者取衷焉；论正，则稽品论世者取衷焉。夫谓之史，不亦宜乎？③

这个"史"的著述，目的就是弘扬乡贤，旌表江西之胜，展示江西的"人杰地灵"。

诗话大致按时间顺序排列：卷一主要记江西的上古传闻、魏晋南北

---

① 裘君弘辑：《西江诗话》卷首，康熙四十二年妙贯堂刊本。
② 张寅彭：《略论明清乡邦诗学中的"泛江西诗派"观》，《文学遗产》1996年第4期。
③ 郭子章：《豫章诗话》，《全明诗话》本，齐鲁书社2005年版，第2259页。

第三章 郭子章的诗学思想

朝江西诗人诗作及历代吟咏庐山、孤山之诗作;卷二主要记唐、五代江西诗人诗事;卷三至卷五主要记宋代江西诗人诗事,其中卷四主要录黄庭坚及其族人诗作,并逐一记述江西诗派诸人事迹,卷五兼及元代江西诗人诗事;卷六主要记明代江西诗人诗事。

关于江西的上古传闻部分,主要是展示其悠久的历史文化与"地灵"。如大禹刻石、玉简天篆等,郭子章认为大禹刻石仅存的六字"实开豫章万世文字之祖",而玉简天篆"为豫章玄教之祖"①。他也回溯了"豫章"的历史:

> 豫章行,豫章邑名。汉南昌县,隋为豫章,有豫章江。江连九江,有钓矶。陶侃少时尝宿此,夜闻人唱,声如量米者。访之,吴时有度之于此亡。今考傅玄、陆士衡辈所作,多叙别离怨恨思,即知豫章昔为华艳盛丽之区耳。至唐,杜牧诗尚过,称其侈靡焉。②

盛称豫章的历史悠久,富庶繁华,是为"华艳盛丽"之地。又说:"庐山自大禹刻石后,秦皇、汉武以巡游登明,高帝以伐汉至帝王过化之地也。明贤若司马子长登庐山,见于《史记》。是时尚未有题咏,咏庐山诗自远公始。晋末则鲍照,唐则张九龄、李太白、刘得仁、宋则欧阳永叔、苏子瞻、朱元晦,明李崆峒、王元美、吴明卿,皆长篇雄词,而志或缺焉。悉录于此,以光山灵。"③ 更是以"大禹刻石"的胜迹标举江西远古的历史文明,还有秦皇、汉武、高帝几大帝皇,慧远、张九龄、李白、刘得仁、欧阳修、苏轼等历史名人,他们为这具有远古文明的大地又增添了无数辉煌的足迹。郭子章怀着强烈的地域自豪感,历数这个自己出身的地方的灿烂文化与无上荣光。

接着,郭子章回到《豫章诗话》的"诗话"本位,记述江西诗人,这是展示江西的"人杰"方面。《豫章诗话》共记载了诗人160余位,诗作360余首。卷一始于陶渊明(江西九江人),下继晋代慧远,唐代释贯休、张九龄、李白、刘得仁,宋代欧阳修(江西庐陵人)、苏轼、

---

① 郭子章:《豫章诗话》,《全明诗话》本,齐鲁书社2005年版,第2261页。
② 郭子章:《豫章诗话》,《全明诗话》本,齐鲁书社2005年版,第2261—2262页。
③ 郭子章:《豫章诗话》,《全明诗话》本,齐鲁书社2005年版,第2266—2267页。

朱熹，明代李梦阳、王世贞、吴国伦（江西兴国人）、王守仁等，每人一则，或者咏江西事，或者涉及江西事；卷二专门辑录唐五代诗人，多半为江西籍；卷三、卷四、卷五专辑宋代诗人，始于晏殊，几乎全为江西籍；卷六专辑明代诗人，亦以江西籍为主，始于洪武初年，止于隆庆、万历年间。可以看出，《豫章诗话》并非以江西乡贯作为收录标准，而是以与江西有关的诗人、诗事为中心来辑撰的，在地域界线上并不严格。也就是说，郭子章在弘扬"人杰"的同时，亦在彰显着"地灵"——江西这块土地吸引了诗人以它作为诗歌题材，吸引了众多诗人留下史迹。这些江西籍与非江西籍诗人，共同创造了江西文学的繁荣，促进了江西文学的持续发展。

郭子章除了在辑录内容上展示强烈的地域自豪感外，在语言运用上也有体现。他喜用"吾""予"等词来称自己的家乡，强调自己的归属感，如：

> 吾豫章文集，自东汉海西令南昌程曾著书百余篇始，嗣后南昌唐檀著书二十八篇，号《唐子》，晋御史大夫南昌熊远有集十二卷，长沙公《陶侃集》二卷，沙门《释慧远集》十二卷，柴桑令《刘遗民集》五卷，征士《陶潜集》二十卷，……至于宋则极盛矣。我明台司鼎甲，视宋尤盛。而文集百卷如晏、欧、王、黄、夏、周、杨诸公，岂可多见哉！①

> 二百余年，予吉状元十一人，榜眼十一人，探花十二人，会元八人，几于车载斗量矣。②

> 吾乡宋有欧、黄、文山，复有姜尧章。明有解大绅、曾子棨、罗达夫三公。书章草者，予师胡庐山先生。③

> 吾吉解大绅，天挺逸才。其经济见于大庖西封事，仿佛治安策，宛似贾长沙。其诗歌雄壮，上逼李太白。④

---

① 郭子章：《豫章诗话》，《全明诗话》本，齐鲁书社2005年版，第2301—2302页。
② 郭子章：《豫章诗话》，《全明诗话》本，齐鲁书社2005年版，第2328页。
③ 郭子章：《豫章诗话》，《全明诗话》本，齐鲁书社2005年版，第2335页。
④ 郭子章：《豫章诗话》，《全明诗话》本，齐鲁书社2005年版，第2335页。

这些"吾豫章""予吉""吾乡""吾吉"等，显示出强烈的地域自豪感，这种地域自豪感是和文化归属感、乡土情感紧密结合在一起的。美国学者汤姆·林奇（Tom Lynch）在《沙漠情结》一书中说："生态地域文学，通过讲述地域的故事，激发对地域的想象，促使人们对地域风景的领悟，产生对地域的自豪，……有助于我们培养一种生态地域的想象，使我们明智地、充满幻想地、富有道义地生活于我们的生态区，从而对我们所生活的地域问心无愧。"[1] 对于生于斯长于斯的人来说，地域自豪感是自然而然的产物，但它的产生也与地方在当时的社会、政治、文化中的地位有着紧密的关系，所以他们都喜爱称颂当地的物产、文明与文化，以将这种自豪感外在化与物质化。

二　文章节义：地域文化精神的大力弘扬

郭子章在《豫章诗话》中历数江西历代名贤，不无荣耀之感，既体现了自我的地域自豪感，也在弘扬地域的文化精神。江西历来有不少忠孝节义之士，沐浴乡风，后起的文人学子竞相承传，行诸文章人格，自然而然地带有一种刚健秉直、忠孝节义的精神。

清代刘献廷在《广阳杂记》中说："江西风土，与江南过异。江南山水树木，虽美丽而有富贵闺阁气，与吾辈性情不相浃洽。江西则皆森秀竦插，有超然远举之致。吾谓目中所见山水，当以此为第一。他日纵不能卜居，亦当流寓一二载，以洗涤尘秽，开拓其心胸。"[2] 任何文化的发生与生存都是要依托一定的自然和人文环境的，而特定的自然和人文环境则又孕育着符合各自地域特点的文化。马克思也曾指出："不同的共同体，是在各自的自然环境内，发现不同的生产资料和不同的生活资料的，所以，它们的生产方式、生活方式和生产物是不同的。"[3] 确实，自然环境的差异，导致人们生产方式、生活方式和生产物的不同，从而造成社会风俗习惯的差异，形成各具特点的地域文化。江西文化能够形成具有鲜明特点的地域文化，与其发生与生存的自然和人文环境

---

[1]　Tom Lynch, Xerophilia, *Ecoritical Explorations in Southwestern Literature*, Texas Tech university, 2008, pp. 19 – 22.
[2]　刘献廷：《广阳杂记》卷四，《丛书集成初编》本。
[3]　马克思：《资本论》，人民出版社1957年版，第423页。

有密切关系。江西山水的超拔不俗，孕育了古代江西文人卓荦不凡之士气。

首先是文章方面。郭子章《豫章诗话》引用罗大经的话总结江西文学：

> 江西自欧阳子以古文起于庐陵，曾子固、王介甫皆出欧门，老苏所谓"执事之文，非孟子之文，而欧阳子之文也"。朱文公谓"江西文章，如永叔、介甫、子固做得如此好，亦知其蹻蹻不可尚已"。至于诗，则山谷倡之，自为一家，并不蹈古人町畦。①

确实，受中原文化影响，魏晋南北朝时期，江西就文风鼎盛，"讽诵之声，有若齐鲁太原中"。东晋末年，出现了江西文学史上第一位文学家——陶渊明。隋唐时期，江西科举文化发达，不仅造就了一大批朝廷的官员，而且培养了蔚为壮观的文人骚客群体，这些文人骚客致力于文学创作，为江西创造了令人瞩目的文人文化。宋代，江西更是获得了"文章节义之邦"的美誉。在文学创作方面，创新文体、创建流派的大家不胜其数。王安石创半山体，二晏创新小令，黄庭坚领衔江西诗派，杨万里创诚斋体，姜夔创骚雅词派，文天祥、刘辰翁等兴起爱国诗体，此外，蜚声文坛的还有"唐宋八大家"中的欧阳修、王安石、曾巩，"元诗四大家"中的虞集、范梈、揭傒斯等。此时，王勃誉美的"临川之笔"才真正掌握在江西人手中，"人杰地灵"开始成为江西的现实。

郭子章更是历数江西人所成文集：

> 吾豫章文集，自东汉海西令南昌程曾著书百余篇始，嗣后南昌唐檀著书二十八篇，号《唐子》，晋御史大夫南昌熊远有集十二卷，长沙公《陶侃集》二卷，沙门《释慧远集》十二卷，柴桑令《刘遗民集》五卷，征士《陶潜集》二十卷，处士《雷次宗集》三十卷，《毛诗序义》二卷，《陈陶集》四卷，《施肩吾集》四卷，《郑谷集》四卷，《卢肇赋》六卷，晏丞相殊《临川集》二百四十卷，《欧公全

---

① 郭子章：《豫章诗话》，《全明诗话》本，齐鲁书社2005年版，第2302页。

集》一百五十卷,《别集》二十卷,《王荆公集》一百卷,《后集》八十卷,《王元泽集》三十四卷,《夏文庄公集》一百卷,《曾子固集》五十卷,黄山谷《南昌集》九十一卷,《豫章集》八十卷,《刘公是集》七十五卷,《刘公非集》六十卷,李泰伯《退居类稿》三十九卷,曾子开《曲阜集》一百四十四卷,《陆象山集》三十二卷,《施正宪集》七十卷,清江《三孔集》四十卷,《周益公集》二百卷,《杨诚斋集》一百三十三卷,《胡澹庵集》七十八卷,《文信国公集》十六卷,《谢弋阳集》十六卷,洪适文忠公《盘洲集》八十卷,洪遵文安公《小隐集》七十卷,洪容斋《随笔》七十四卷,罗泌《路史》四十七卷,至于宋则极盛矣。我明台司鼎甲,视宋尤盛。而文集百卷如晏、欧、王、黄、夏、周、杨诸公,岂可多见哉!①

如此壮观,着实光耀了江西文坛。

在节义方面,江西的忠君爱国、刚正节烈之士也不少。忠孝节义是中华民族最为重视的道德价值观,旌表忠孝节义人士能够起到树立榜样、激励后人、养成良好的社会风气的作用。郭子章在《豫章诗话》中,怀着深深的钦慕与敬仰之情辑录了不少家乡先贤忠孝节义事迹,其中有:刚毅不屈、不忘故土的洪皓父子,不畏强权、乞斩秦桧的胡澹庵,"宁为赵氏鬼,不作他邦臣"的杨邦乂,一片丹心、不改臣节的颜伯玮,视死如归、以身许国的曾如骥,舍生取义、慷慨赴死的文天祥,等等。具体如记曾如骥:

> 金兵薄宝庆,通判泰和曾公如骥遣弟如骏归曰:"吾既以身许国,不得顾先人宗祀矣!汝其图之。"涕泣以别。复取考功郎纸,题其上曰:"谨将节义二字,结果印纸一宗。了却神游何处,澄江明月清风。"澄江,指泰和故乡也。事亟矣,书舍生取义一章于壁,以明己志。城将陷,请迎降。公叱之,登子城,投劓江死。②

---

① 郭子章:《豫章诗话》,《全明诗话》本,齐鲁书社2005年版,第2301—2302页。
② 郭子章:《豫章诗话》,《全明诗话》本,齐鲁书社2005年版,第2328页。

《豫章诗话》写文天祥共七则,第一则说:

> 文山临刑,衣带自赞曰:"孔曰成仁,孟曰取义。惟其义尽,是以仁至。读圣贤书,所学何事?而今而后,庶几无愧。"文山"成仁取义"之赞,忠愍"清风明月"之题,即曾子之易箦,子路之结缨,何以多逊?①

这些内容传神生动,感人至深,先贤烈士们成为后世传颂的家乡的荣光,一代代人追循的榜样。

郭子章的《豫章诗话》推崇文章节义,既本着弘扬地域文化精神的宗旨,也与他是奉儒守官的文人有很大关系。郭子章深受传统儒家思想的熏陶,以修身齐家治国平天下为己任,注重对社会责任的伸张,也重视道德感化,因此,在他的为官与作文中,也是践行着自己的儒学主张,将文章节义作为思想行动的道德准绳。

三 泛江西诗派:地域诗学体系的重新构建

在前两者的基础上,郭子章《豫章诗话》将江西地域影响最大的诗派——"江西诗派"的内涵与意义进行了重新构建。

"江西诗派"是中国文学史上第一个有正式名称的诗文流派。北宋后期,黄庭坚以其卓越的诗歌艺术成就蜚声诗坛,追随学习黄庭坚的诗人甚众,逐渐形成了一个以黄庭坚为中心的诗歌流派。宋徽宗时,吕本中作《江西诗社宗派图》,将陈师道等25人视作黄庭坚的承续者,其中大部分人的籍贯为江西,故称其为"江西诗派"。"江西诗派"影响深远,直至明清诗坛。明代,因地域文化视野的引入,又给了人们一个重新审视既有范畴、概念、术语的契机。"江西诗派"这种本身带有地域色彩的概念更是容易为人们所关注,郭子章的《豫章诗话》首发其端。关于这一点,张寅彭在《略论明清乡邦诗学中的"泛江西诗派"观》中说:

> 万历年间郭子章的以江西诗人诗事为题的《豫章诗话》出,似乎

---

① 郭子章:《豫章诗话》,《全明诗话》本,齐鲁书社2005年版,第2328页。

填补了明代江西诗派研究的空白。但全书所持的"江西诗派当以陶彭泽为祖,吕居仁作诗派(图),宗黄山谷,此就宋一时诗家言"(卷一)的立场,实际上也是一种宋元人恐怕听来陌生的变调。①

肯定了郭子章《豫章诗话》对"泛江西诗派"观的开启之功。

郭子章《豫章诗话》对于"江西诗派"是极为重视的,他在卷四对吕本中《江西诗社宗派图》人物依次辑录,其云:

> 吕居仁作《江西传衣诗派图》,以山谷为祖,列陈无己等二十五人为法嗣:陈无己、潘大临、谢无逸、徐俯、洪朋、洪炎、林敏修、林敏功、王直方、洪刍、饶节、高荷、汪革、李錞、晁冲之、潘大观、江端本、李彭、谢薖、杨符、何凯、韩子苍、夏均父、僧祖可、僧善权。②

然后一一介绍"宗派图"中人物生平、诗歌、诗事,没有发表自己的见解。发表见解的是卷一,他说:

> 江西诗派,当以陶彭泽为祖。吕居仁作诗派,宗黄山谷,此就宋一时诗家言耳。③

郭子章认为,吕本中以黄庭坚为宗,只能算作是宋代诗家的一家之言,陶渊明才是"江西诗派"的初祖。可见,郭子章在力图构建一个以陶渊明为祖的"泛江西诗派"地域诗学体系。为了使自己的观点更为有力,他借用黄庭坚的评论来抬高陶渊明的地位:

> 黄跋渊明诗卷曰:"血气方刚时,读此诗如嚼枯木。及绵历世事,知决定无所用智。"又云:"谢康乐、庾义城之诗,炉锤之功,不遗余力,然未能窥彭泽数仞之墙者。二子有意于俗人赞其工拙,

---

① 张寅彭:《略论明清乡邦诗学中的"泛江西诗派"观》,《文学遗产》1996年第4期。
② 郭子章:《豫章诗话》,《全明诗话》本,齐鲁书社2005年版,第2312页。
③ 郭子章:《豫章诗话》,《全明诗话》本,齐鲁书社2005年版,第2262页。

渊明直寄焉。"又曰："宁律不谐，不使句弱；用字不工，不使语俗，此庾开府之长也。然有意于为诗也。至于渊明，所谓不烦绳削而自合者。虽然，巧于斧斤者，多疑其拙；窘于检括者，辄病其放。孔子曰：'宁武子其智可及也，其愚不可及也。'渊明之拙与放，岂可为不知者道哉？道人曰：'如我按指，海印发光，汝暂举心，尘劳先起。'说者曰：'若以法眼观，无俗不真；若以世眼观，无真不俗。'渊明之诗，要当与一丘一壑者共之耳。"山谷所以推尊陶者至矣。[①]

郭子章认为，黄庭坚对陶渊明极力推尊，评价极高，十分赞赏陶渊明平淡自然的诗歌风格。这个论据极为有力，因为黄庭坚是世人公认的"江西诗派"之一宗，而黄庭坚极为推崇陶氏，所以更有理由以陶氏为"江西诗派"始祖。郭子章此见解，从此将宋人作为文学流派概念使用的"江西诗派"一词，改造成为以历史地理内涵为主的"泛江西诗派"观，开以地域观念建构诗歌传统的先声。此说影响清人甚深，如张泰来的《江西诗社宗派图录》、裘君弘的《西江诗话》、杨希闵的《乡诗摭谭》等均承其说，并各自有所发展，而使江西诗学资料的搜集整理更趋完善，对后世研究江西地区历史文化也起到了重要作用。

第六节　《豫章诗话》的佛道意识

郭子章《豫章诗话》是其任职贵州巡抚期间所作，记录了自晋迄明以来与江西有关的诗人诗作、逸闻逸事、诗论诗法等，无论书名还是内容都体现出鲜明的地域色彩。除此之外，其中的佛道意识也很突出。

一　《豫章诗话》中的佛教意识

《豫章诗话》明显呈现出佛教意识，其中记录了与佛教相关的种种，包括佛门掌故、诗僧诗作、佛家思想等，甚至偏离诗话但与佛有关的

---

① 郭子章：《豫章诗话》，《全明诗话》本，齐鲁书社2005年版，第2262页。

第三章　郭子章的诗学思想

内容。

　　一是记录了很多与佛教相联系的诗作和诗人故实。有赠僧人的诗作，如卷二中唐李群玉的《登宜春醉宿景星寺寄郑判官兼简空上人》、南唐廖匡图的《赠泉陵上人》等。有宣扬佛教积极作用的诗作，如卷三中王安石作诗劝女：

　　　　荆公女，吴安持之妻，工诗。尝寄荆公曰："西风不入小窗纱，秋气应怜我忆家。极目江山千里恨，依然和泪看黄花。"和曰："青灯一点映窗纱，好读《楞严》莫念家。罢了诸缘如幻事，世间唯有妙莲花。"①

　　吴氏乃王安石长女，出嫁后因念家思亲而心伤不已，于是寄诗向王安石诉苦。王和诗劝她了却尘缘，一心向佛，"好读《楞严》莫念家"。结句中的"妙莲花"一语双关，既暗指佛教经典《妙法莲华经》，又以莲心喻佛性，褒扬了佛教净心除杂之妙。

　　诗人故实多记载诗人崇佛尚佛、与僧人交游之事。如卷四中饶节的事迹：

　　　　饶节，字德操，曾丞相布之客也，性刚峻，晚与丞相论不合，因弃去，祝发为浮屠，号如璧。
　　　　饶三（即饶节）祝发后，尝作诗劝吕伯恭专意学道，云："向来相许济时功，大似频伽饷远空。我已定交木上座，君犹求旧管城公。文章不疗百年老，世事能排双颊红。好贷夜窗三十刻，胡床趺坐究幡风。"②

　　北宋中期，饶节本是丞相曾布的门客，后因论调不合而离开，削发为僧。出家后，他曾作诗劝勉吕本中"专意学道"。这首诗中多用佛门典故及用语，譬如"频伽"是佛经中的极乐净土之鸟，"木上座"是挂

---

① 郭子章：《豫章诗话》，《全明诗话》本，齐鲁书社2005年版，第2290页。
② 郭子章：《豫章诗话》，《全明诗话》本，齐鲁书社2005年版，第2315—2316页。

杖的雅称,"幡风"出自《坛经》:"时有风吹幡动,一僧曰风动,一僧曰幡动,议论不已。慧能进曰:'不是风动,不是幡动,仁者心动。'"①与"木上座"结友,结跏趺坐"究幡风",饶节虽意在劝勉他人,却无处不表露自己的向佛之心。

有些记载甚至颇具传奇色彩。卷三中记载了苏轼兄弟、云安和聪禅师之间的一段逸闻:

> 苏子由谪高安,云安时时相过。有聪禅师,亦蜀人。一夕,云安梦同子由、聪迓五祖戒禅师。既觉,语子由,聪亦至。子由方与洞山说梦,子今来同说梦乎?聪曰:"夜来梦,吾三人迎戒和尚。"子由曰:"世间果有同梦者。"久之,东坡书至曰:"已至奉新,旦夕相见。"三人喜出城,而坡至,则以语坡。坡曰:"轼七八岁常梦是僧,又先妣方孕时,梦一僧来托宿。"②

苏辙谪居高安期间,和云安、聪禅师同做一梦,梦见三人共迎五祖戒禅师。后苏轼至高安,三人共迎并谈及此离奇之事。更不可思议的是,苏轼自言少时常梦此僧,其母怀胎时亦梦僧人借宿。三人进一步对比分析后认为苏轼就是五祖戒和尚的转世。后来苏轼还作偈戏说"身世":"恶业相禅缠四十年,常行八棒十三禅。却着衲衣归玉局,自疑身是五通仙。"③

二是记录了很多佛僧(诗僧)逸事及有关诗作。如卷二中记录了至诚禅师依归南宗的始末:

> 至诚禅师,泰和人,少师事神秀禅师于玉泉寺。神秀一日谓其徒曰:"吾闻南宗深悟上乘,吾不如也。且吾师五祖亲付衣钵,岂徒然哉?"师闻此语,即往曹溪参请南宗,示偈曰:"一切无心自心戒,一切无碍自性慧。不增不退自金刚,身去身来本三昧。"师闻偈,遂誓依归南宗,即六祖也。……至诚事六祖,当是唐人。同时

---

① 赖永海主编,尚荣译注:《坛经》,中华书局2010年版,第31页。
② 郭子章:《豫章诗话》,《全明诗话》本,齐鲁书社2005年版,第2292页。
③ 郭子章:《豫章诗话》,《全明诗话》本,齐鲁书社2005年版,第2292页。

第三章　郭子章的诗学思想

有真寂禅师，安福人，亦师六祖，住青原山靖居寺。①

至诚禅师早先拜在神秀禅师门下，受其引导"参请南宗"。南宗"深悟上乘"，令至诚折服，于是依归。末尾提到的真寂禅师与此事的唯一联系是"亦师六祖"，作者却仍费笔墨介绍其籍贯和居所。

又如卷一中抄录了远公（东晋高僧慧远）《庐山》《朱砂峰》二诗，并伴有推测："但晋人绝句甚少，恐不其然。"②郭子章即使怀疑此二诗非远公亲作，还是抄录下来，包括抄录沈莲池的《远公赞》，概能见出他的崇佛倾向。

书中记录的僧人尤其是诗僧，并非全都高不可攀、不食烟火。如卷二中：

僧齐己携《早梅诗》诣之（郑谷），谷为改"数枝开"作"一枝开"。齐己不觉下拜，以为一字师。③

郑谷少辄有诗名，司空图曾预言他"当为一代风骚教主"。尽管如此，齐己与之相较丝毫不逊色。他是唐末著名诗僧，诗风古雅清和，为历代诗人和批评家所称道。纪昀就盛赞："唐诗僧以齐己为第一。"然这则中齐己携诗拜访郑谷，又尊其为"一字师"，展现出他谦逊好学的个性。

又如卷六中二僧争住院子，受临川聂大年"教谕仁和"后"惭愧而退"④。由此可见，郭子章择取佛僧及其逸事的范围很广，不局限于得道圣僧及其丰功伟绩。

三是评述和诗文渗透了佛家思想或借用佛语。卷一中对"侯景之乱"前因后果的评述体现了佛家业因果报和三世轮回的思想：

梁武帝天监三年，与志公和尚讲禅于重云殿。志公忽然歌乐，

---

① 郭子章：《豫章诗话》，《全明诗话》本，齐鲁书社2005年版，第2273—2274页。
② 郭子章：《豫章诗话》，《全明诗话》本，齐鲁书社2005年版，第2266页。
③ 郭子章：《豫章诗话》，《全明诗话》本，齐鲁书社2005年版，第2277页。
④ 郭子章：《豫章诗话》，《全明诗话》本，齐鲁书社2005年版，第2340页。

复泣悲。因赋五言诗曰："乐哉三十馀，悲哉五十里。但看八十三，子地妖灾起。佞臣作欺妄，贼臣灭君子。若不信吾言，龙时侯贼起。且至马中间，衔悲不见喜。"……侯景八月十三至丹阳，是"但看八十三"也。……侯景作乱在戊辰，是"龙时侯贼起"也。武帝已巳至庚午年岁饿死，是"马中间衔悲"也。句句皆验。或言梁武帝奉佛勤，事志公甚谨，而卒不能弭侯景之乱，岂是前定？即佛未如之何耶？夫梁武帝阴谋齐鼎，杀齐之子孙，几无噍类，大庾佛教，即舍身建寺弥文耳。或言景侯即东昏后身，事虽延，理或然者。①

先是叙述了侯景之乱前，志公和尚曾作谶诗预言了该场叛乱及梁武帝饿死其中的命运。后评论中有"岂是前定"，即言有果必因，因为梁武帝代齐建梁时造作了"杀齐之子孙，几无噍类，大庾佛教"之业，所以尽管他殷勤奉佛，还是无法逃脱"侯景之乱"的现报。又有"侯景即东昏后身，事虽延，理或然者"语，猜测侯景的前世就是齐东昏侯，即言轮回。

卷三中评王安石诗时借用了佛语：

王荆公诗曰："红梨无叶庇华身，黄菊分香委路尘。岁晚苍官才自保，日高青女尚横陈。"又云："木落冈峦因自献，水归洲渚得横陈。"山谷曰："自献横陈事，见相如赋。"《楞严经》亦曰："于横陈处，味如嚼蜡。"②

黄庭坚的原评论还有一句"荆公不应完用耳"，意指王安石完全照搬"自献""横陈"语而不加创新。郭子章先引黄庭坚的评论，后引《楞严经》（佛教经典）中"于横陈处，味如嚼蜡"句，表示对黄看法的认同，委婉地表达了对王诗缺乏新意的看法。

《豫章诗话》所录显现佛家思想的诗作，也是不少。如苏轼于庐山东林寺作的偈：

---

① 郭子章：《豫章诗话》，《全明诗话》本，齐鲁书社2005年版，第2271页。
② 郭子章：《豫章诗话》，《全明诗话》本，齐鲁书社2005年版，第2290页。

溪声便是广长舌，山色岂非清净身。
夜来四万八千偈，它日如何举似人。①

"广长舌"特指佛的舌头，因佛经中有言佛舌广而长，可覆面、至发际。诗人想象佛舌长如溪流，佛音如溪声不绝于耳，佛身隐于清净山色之间，可谓心中有佛，所见皆佛。这与禅宗"即心是佛""见性成佛"的精神很是一致。

此外，《豫章诗话》还记录了一些与诗话无关但与佛教有关的内容。如卷一中的"庐山十八大贤"，本可以一笔带过，作者却将自慧远而下十八位高僧、居士的姓名、字（号）、籍贯悉数列出。又如作者游赏与佛教有关的景点：

予过曹溪，礼六祖像，取衣钵玩之。衣似今褐衣，钵则既碎，而传以漆胶者，皆唐垂拱中所赐物也。②

他不仅"礼六祖像"，还"取衣钵玩之"，更仔细观察并描绘了衣和钵的形态、来历，其对佛教的崇尚可见一斑。

二 《豫章诗话》中的道教意识

《豫章诗话》还呈现出明显的道教意识，其中记录了与道教相关的种种，包括神仙传奇、道人逸事、道教思想等。

一是记录了很多与道教相联系的诗文和掌故。诗文如卷一中湛方生的《庐山神仙诗序》，赞美庐山是"神明之区域，列真之苑囿"。

如湛方生所言，庐山确与仙道渊源甚深。关于其得名，《庐山纪事》引录了五种说法，每一种都与仙道有关。引《九微志》："周武王时，方辅先生与李老聃跨白驴入山炼丹，得道仙去，惟庐存，故名庐山。"引《豫章旧志》："庐俗字君孝，本姓匡，父平野王，共鄱阳令吴芮佐汉，定天下而亡。封俗于鄡阳，曰'越庐君'。兄弟七人皆好道术，寓精于

---

① 郭子章：《豫章诗话》，《全明诗话》本，齐鲁书社2005年版，第2291页。
② 郭子章：《豫章诗话》，《全明诗话》本，齐鲁书社2005年版，第2273—2274页。

洞庭之山，故世谓之'庐山'。"引《远法师庐山记》："殷周之际，匡俗先生奚道仙人共游此山，时人谓其所止为神仙之庐，因以名山矣。"引《周景式庐山记》："庐山匡俗字子孝，本东里子。出武王时，生而神灵，屡逃征骋。庐于此山，时人敬事之。俗后仙化，空庐尚存，弟子睹室悲哀，哭之，旦暮如乌号。世称庐君，故山取号焉。"引《谢颛广福观碑》："周威烈王以安车迓匡续，续仙去，惟庐存，因命其山为靖庐山，邦人以先生姓呼匡山，又曰匡阜。"五种说法异名同实，均以神仙之庐、仙去庐存为核心内容展开。

又卷六载尊信道教的嘉靖皇帝与群臣赋诗作对：

（嘉靖皇帝）出一对云："洛水灵龟献瑞，天数五，地数五，五五还归二十五，数数定元始天尊，一诚有感。"或对曰："丹山彩凤呈祥，雌声六，雄声六，六六总成三百六，声声祝嘉靖皇帝，万寿无疆！"[1]

上联中的"元始天尊"是道教最高天神之一，颇受嘉靖皇帝尊崇，他即位后还特建元祐宫作焚修祝厘之用。

《豫章诗话》记录的掌故也多是文人尚道学道之事。如卷二记施肩吾：

施希圣，字肩吾，吴兴人，元和十五年进士。以豫章西山乃十二真仙羽化之所，心慕之，因卜隐焉。且以名其所著诗，自为之序。[2]

施肩吾认为豫章西山是道教十二真仙羽化飞升之所，不但隐居其中，还用"西山"命名自己的诗集，可谓笃信道教。

又如卷五记王迪弃官学道之事：

王迪，宋熙宁中为洪州左司理，有道人磨镜，俾迪自照，见星冠

---

[1] 郭子章：《豫章诗话》，《全明诗话》本，齐鲁书社2005年版，第2339页。
[2] 郭子章：《豫章诗话》，《全明诗话》本，齐鲁书社2005年版，第2276—2277页。

第三章 郭子章的诗学思想

羽帔缥缈镜中,遂弃官,与妻偕隐。新建簿刘讹送以诗云:"发如抹漆左参军,脱去青衫从隐沦。世上更无羁继事,壶中别有自由身。鼎烹玉兔山前药,花看金鳌背上春。莫怪少年能决烈,蓝田夫妇总登真。"①

王迪原在洪州为官。某回见道人磨治铜镜,他照见镜中自己"星冠羽帔缥缈"(神仙道人的专用衣饰),遂与妻子双双隐居修道。时为新建主簿的刘讹赠诗送别王迪夫妇,末句"莫怪少年能决烈"对他弃官学道之举表示理解,因为往后"世上更无羁继事"。由此可窥,尚道之风盛极的背后当有更深层次的缘由。

二是记录了很多神仙、道人的逸事及有关诗作。卷一中由"真君粥"引出了关于董真君的一段逸闻及诗作:

> 杏仁去核,候粥熟同煮,谓真君粥。庐山董真君未仙时,多种杏。岁稔则以杏易谷,岁歉则以谷贱粜,时全活者甚众。后白日升仙时,有诗云:"争似莲花峰下客,种成红杏亦升仙。"②

董奉生于东汉建安年间,信奉道教。他成仙前多种杏,岁稔年丰时以杏换粮,年谷不登时又以低价卖出,以此救济多人,最终得以登仙。因其慷慨济民,人多尊称其为"董真君",并将与去核杏仁同煮的粥称作"真君粥"。

卷六中紫姑仙巧以诗教化江州朱原虚:

> 江州朱原虚,为学究,有诗名。二弟在髫年而父母死,原虚匿父所遗绫锦十余箧,又逐二弟居外,流离不振。一日,邻人降紫姑仙,原虚适在坐,乃请曰:"闻仙姑能诗,幸见教。"仙姑降笔曰:"何处西风夜卷霜,雁行中断各悲凉。吴绫越锦藏私箧,不及姜家布被香。"原虚得诗皇恐,乃召二弟还家,与之完娶,教之业儒。后二弟俱登科,典州郡,事原虚如事父焉。③

---

① 郭子章:《豫章诗话》,《全明诗话》本,齐鲁书社2005年版,第2326—2327页。
② 郭子章:《豫章诗话》,《全明诗话》本,齐鲁书社2005年版,第2270页。
③ 郭子章:《豫章诗话》,《全明诗话》本,齐鲁书社2005年版,第2345页。

紫姑仙不仅洞知人间事，还善教化、有诗才。江州有学究朱原虚，父母死后私吞遗产、赶走年纪尚幼的弟弟。经紫姑仙的讽刺诗点化后，他改变自私无德的作为，最终兄弟相亲。

三是部分诗文渗透了道教思想。道教思想包罗广泛，刘勰《灭惑论》概括："案道家立法，厥品有三，上标老子，次述神仙，下袭张陵。太上为宗，寻柱史嘉遁，实为大贤，著书论道，贵在无为，理归静一，化本虚柔。"[1] 刘勰的观点要点有二：一是道教思想内容纷繁，杂糅老庄学说、黄老之学、神仙方术等；二是以老子思想为宗。《豫章诗话》中的一些诗文就渗透了道教思想，如卷三中的唱词：

"听听听，劳我以生天理定，若还懒惰必饥寒，莫到饥寒方怨命，虚空自有神明听。"又唱云："听听听，衣食生身天付定，酒肉贪多折人寿，经营太甚违天命，定定定。"[2]

这是陆九渊率家族子弟在祠堂祭拜时所唱，折射出自然无为的思想。"自然无为"主张顺任事物本身的情状运行而不加私意妄为，但又非不为。"天理定""天付定"即言事物本身依循某种规律，无须"经营太甚"以致"违天命"；但亦反对无所作为，正如"懒惰必饥寒"。

又如卷五中陶渊明《赴镇军参军》诗中：

望云惭高鸟，临水愧游鱼。
真想初在襟，谁谓形迹拘。[3]

此四句与庄子体道境界同。庄子体道在于追求心灵活动超出物质世界的形相拘限，而"谁谓形迹拘"表达了对形迹不拘状态的向往，恰如庄子主张冲破现实藩篱而精神上达。

三 《豫章诗话》中呈现佛道色彩的原因

《豫章诗话》有如此鲜明的佛道意识，主要缘于明中叶佛教、道教

---

[1] 僧祐编撰，刘立夫、胡勇译注：《弘明集》，中华书局2011年版，第288页。
[2] 郭子章：《豫章诗话》，《全明诗话》本，齐鲁书社2005年版，第2294页。
[3] 郭子章：《豫章诗话》，《全明诗话》本，齐鲁书社2005年版，第2324页。

的复兴,江西佛道文化的深厚根植,以及郭子章个人的相关经历。

明中叶佛教、道教的复兴。嘉靖以来,道教因统治者的重视重现兴盛态势。明世宗极其崇道,《明史》《明实录》等史料对此均有记载。他对道士可谓尊宠有加:"世宗最宠方士,如邵元节、陶仲文,俱拜白玉、乌玉印章之赐,而无金、银与铜,且皆别号私记,入西番法王等图书而已,不以施之笺奏也。"①

晚明有佛教复兴运动。统治者大量修建、扩建佛寺,"盖塔庙之极盛,几同《洛阳伽蓝记》所载矣"②。以云栖袾宏、紫柏真可、憨山德清、藕益智旭四大高僧为首的一众佛僧、居士释经传法,掀起了信仰佛教的热潮。

与此同时,阳明心学间接推动了佛教、道教的复兴。阳明心学受禅宗佛学和老庄道家影响,融贯佛、道,在当时取代理学成为显学。由此,它势必促进佛道思想的传播,进而推动佛教、道教的复兴。郭子章又是阳明后学的代表人物,自当深受影响。

《豫章诗话》成书于郭子章任职贵州巡抚期间(万历二十六年至万历三十七年),时值佛教、道教由衰弱走向复兴,加之原本"明朝宗教以佛教和道教为主,势力和影响最大"③。该时代文化背景必然对文人创作产生影响,郭子章也不例外。

江西佛道文化的深厚根植。郭子章是江西泰和人,诗话所写内容又与江西息息相关。江西的佛道文化根植深厚,至明代蔚然成风。

道教的初创期当追溯到东汉,卿希泰、唐大潮合著的《道教史》指出:"到东汉顺帝、桓帝之际,早期道教派别五斗米道和太平道便相继出现,标志着道教的正式诞生。"④ 后太平道因创教者张角发动黄巾起义失败而渐灭,五斗米道独传。五斗米道为沛国丰(今江苏丰县)人张道陵所创,又称天师道、正一道或正一盟威之道。张道陵有一段在云锦山炼丹修道的经历,对他本人及其道教一派影响深远,"云锦"即是江西贵溪龙虎山的本名。对此,文献中不乏相关记载。

---

① 沈德符:《万历野获编》,中华书局1997年版,第701页。
② 沈德符:《万历野获编》,中华书局1997年版,第687页。
③ 何孝荣:《论明朝宗教的特点》,《福建论坛》2014年第1期。
④ 卿希泰、唐大潮:《道教史》,江苏人民出版社2006年版,第35页。

清娄近垣《重修龙虎山志》：

> 江西贵溪龙虎山，汉代张道陵炼丹成道于其地，尝得秘书，通神变化，驱除妖异。
> 龙虎山，在江西广信府贵溪县西南八十里之仁福乡，于天官牛斗之分野，星纪之次也……本名云锦山，第一代天师于此炼九天神丹，丹成而龙虎见，因以名山。道书第二十九福地也。

据《龙虎山志》引清乾隆乙巳年（1785）版《留侯天师世家宗谱》：

> 第三代系师（鲁）嘱第四代天师（盛）曰："龙虎山，祖师元坛在焉，其地天星照应，地气冲凝，神人所都，丹灶秘文藏诸岩洞。汝可以印剑经箓往住其地，修炼累功，广宣吾化，永传于世。四代天师自汉中还鄱阳入龙虎山，得其故栖，为世居之图。
> （四代天师盛）携印剑经箓，自汉中还鄱阳龙虎山。修治祖天师元坛及丹灶故址，遂家焉。每岁以三元日登坛传箓，四方从学者千余人，自是开科范以为常。

先是张道陵择龙虎山炼丹修道，山因之得名。后其子张衡、孙张鲁相继嗣教。至第四代张盛，遵祖训还入龙虎山，自此龙虎宗成为天师道的延续。由张盛始，历代天师居此修道传教，龙虎宗遂光大，成为天师道的延续。贵溪龙虎山亦成道教第一名山。

除此之外，多位高道也曾在江西修道。《豫章诗话》开篇即可证：

> 秦末，匡庐寻真观溪中磐石上有玉简天篆，曰："神化灵溪，金简标题。真人受旨，玉简潜栖。"此篆为豫章玄教之祖。庐山之匡，龙虎之张，西山之许，阁皂之葛，玉笥之萧，其所从来远矣。①

郭子章认为道教之源流上溯秦末，庐山的玉简天篆是"豫章玄教之

---

① 郭子章：《豫章诗话》，《全明诗话》本，齐鲁书社2005年版，第2261页。

祖"。随后列举了包括张道陵在内的四位高道，曾先后于江西九江庐山、鹰潭龙虎山、南昌西山、樟树阁皂山、峡江玉笥山修道，其中许逊、葛玄、张道陵位列四大天师，西山许逊还是江西豫章人。还有诸多道教山水胜地与历史遗迹，如上饶三清山、南城麻姑山、西山万寿宫、嗣汉天师府等。正所谓"江西道统之传，有自来矣"①。

与此同时，江西的佛教文化信仰根植深厚。魏晋南北朝和晚唐五代是中国古代史上著名的乱世，其时中原一带兵戈扰攘，江西位处长江以南，得以相对平静。是以僧侣多有南迁，寻山占寺，创立门户。《豫章诗话》中多次提到的慧远，是中国汉传佛教最大支派之一净土宗的初祖，其祖庭为江西庐山东林寺。梁释慧皎所撰《高僧传》有载东林寺建寺始末："时有沙门慧永，居在西林，与远同门旧好，遂要远同止。永谓刺史桓伊曰：'远公方当弘道，今徒属已广，而来者方多。贫道所栖偏狭，不足相处，如何。'桓乃为远复于山东更立房殿，即东林是也。"②及寺建成，慧远别置禅林、筑造龛室、亲著铭文、奉请阿育王像，对当地佛教文化的涵养和流播大有裨益。此外，中国本土佛教禅宗亦与江西颇有渊源，其临济、沩仰、曹洞、杨岐等宗派皆在江西开宗，赣文化一脉深受熏染。

郭子章个人的相关经历。一是师承渊源。郭子章师从王阳明再传弟子胡直。胡直尝从陈大伦学道、邓鲁学禅，其记述学习经历的《困学记》中写道：

> 陈公（陈大伦）尝从阳明先生学，后专意玄门，予少病肺，咳血怔忡，夜多不寐，则就拜陈公学玄，未有入。钝峰（邓鲁）始为魏庄渠公弟子，亦游南野先生门，后专意禅宗。予亦就钝峰问禅。③

尤其学禅使他"十余年之火症向愈，夜寝能寐"④。郭子章身为弟子必然受到胡直潜移默化的影响。

---

① 郭子章：《豫章诗话》，《全明诗话》本，齐鲁书社2005年版，第2347页。
② 释慧皎著，汤用彤校注：《高僧传》，中华书局1992年版，第687页。
③ 黄宗羲：《明儒学案》，中华书局1986年版，第521页。
④ 黄宗羲：《明儒学案》，中华书局1986年版，第521页。

二是播州之役。这是他认识佛教思想的一个转折,对此他在《明州阿育王山志序》有所记录:

> 生平事佛,率以名理取胜,多揉诸,最上乘门与吾灵台有所契合发明者雅尚之,至于一切报应因果等说,置弗问。中年宦辙四方,多更事,故凡有所求屡著肪蠡,于时虽或问,问未加详。万历庚子,奉命讨播,以孤军冒重围,举家百口入于万死一生之地,恐畏百至。虽委身于国,听命于天,未尝不祷于三宝,祷即应,应即审,事非影响且与关侯通于梦寐。播酋授首多赖神助。①

万历二十六年,播州宣慰司杨应龙作乱,郭子章奉命讨播。其间,军队曾陷入九死一生的境地。走投无路之际,他"未尝不祷于三宝",且"祷即应,应即审"。后播州平叛,他归结于"多赖神助",继而转变了不信报应因果等说的态度。

---

① 郭子章:《明州阿育王山志》卷首,《中国佛寺史志汇刊》(第一辑第11—12册),明文书局1980年版。

第四章 郭子章哲学思想研究

第一节 学问来源与师传

郭子章（1542—1618），字相奎，号青螺，又号蠙衣生，江西吉安泰和县人。隆庆五年也就是1571年，参加会试名列第十九名，获得殿试资格后，于同年参加殿试，获第三甲第二十四名进士，被授建宁府推官之职。作为黔中王学一脉的重要人物，郭子章不但于经世致用上锐意进取，累官至兵部尚书兼督察院右副都御史，在平定少数民族叛乱和教化地方上政绩卓著，而且思想开放，先是兼治儒、佛，后又友善西学，笃信佛教而又不辟基督，成为当时中西交流的典型代表。他一生著述极为丰富，几乎每到一地都会有相关著述，"每官一地，即为一集"，如《留草》《黔草》《粤草》《蜀草》《晋草》《家草》等。① 与《四库全书》记载郭子章著作十二种不同，《明史·艺文志》记载其存书有二十七种，《泰和县志》卷二十二记载郭子章存书五十四种，《千顷堂书目》存书五十五种，《蠙衣生传草》则记载有七十一种。虽然各家记载有异，但郭子章著述丰富是得到公认的，之所以记载不同，多是因为古书传播流衍的过程中有所丢失，这是惯常的现象。正因为郭子章一生文治武功极为突出，②

---

① 永瑢等：《四库全书总目》，中华书局1965年版，第1611页。
② 郭子章著述种类丰富且独有成熟之意见，表现在易学、老学、礼学、道家道教，以及地理类、食货类、诗话类、职官类、文史类、医学类、类书、历书、佛家、五行类以及众多的杂家和别集；郭子章的"武功"主要体现在平定播州的杨氏叛乱和东西二苗之乱，尤其是平播之事，可以说是郭子章一生的丰功伟绩，却由于当时和郭子章一起平定叛乱的李化龙在《平播疏》中贬低黔军功绩，更是不提郭子章，导致《明史》在修《列传》时竟然没有列郭子章，这引起了当时任贵州巡按的杨寅秋和次年任该职的江盈科的不满，二人分别撰有《平播录》《黔师平播铭》还原平播战役的始末，郭子章后来在别集中多述其事，甚至作《黔中平播始末》澄清其事，如《四库存目提要》记载："《平播始末》三卷，明郭子章撰。万历间，播州宣慰使杨应龙叛，子章方巡抚贵州，被命与李化龙同讨平之，化龙有《平播全书》，备录前后进剿机宜，子章亦尝有《黔记》，颇载其事。晚年退休家居。闻一二武弁造作《平话》，左袒化龙，饰张功绩，多乖事实，乃仿纪事本末之例，以诸奏疏稍加诠次，复为此书，以辩其诬。"今人黄万机先生有感于郭子章功绩被埋没，特作《郭子章与平播战役》（见《贵州社会科学》，2002年第6期）一文详述其始末，可供参考。

有直追有明一代大儒心学的集大成者王阳明之势，所以受到时人和后人的追捧，如王世贞称赞他文章和经济都有极高的造诣，陈继儒誉其为欧阳修后第一人，① 后人则称"终子章之世，水西不敢动，盖有大畏其志也"②。

郭子章是阳明后学之人，文治武功又直追王阳明，遵循中国古代名贤大圣必神化其出生的逻辑，参照王阳明的奇异出生，郭子章的出生也被蒙上了一层神秘的面纱。

王阳明作为配祀孔庙的圣人，降生自然奇异。据黄绾《阳明先生行状》记载阳明的母亲"郑氏孕十四月而生公"③。在阳明出生的那天，阳明的祖母岑太夫人梦见天降五彩祥云，其中有神人，递给她一个婴儿。④ 王同轨《耳谈类增》卷四《海日翁梦》也记载：

> 余姚王海日翁华，状元宗伯。其先世皆贫儒而皆好行阴德，其清谨皭然不滓。海日未第时，梦诸神奏天帝曰："此人九世廉贫，一身之报未惬。"帝曰："与他十世富贵。"乃令诸神以鼓乐导送文曲星，与他作子。亲见彩联云："守正承先业，垂谟裕后昆。"后生文成，名守仁。孙子以下曰正、曰承，皆以神语十字定名序云。

海日翁是王阳明父亲的号。见神灵送子而来，岑太夫人大喜惊醒，就听到了婴儿的啼哭声，知道这个降世的孙儿必定不凡，就与阳明的祖父王伦、父亲王华说，二人惊奇不已，为纪念其事，便取名云字，并将

---

① （清）郭子仁：《合刻大司马青螺公遗书序》，见郭子仁编《青螺公遗书》卷首，清光绪八年冠朝三乐堂刻本，第2页。

② 周作楫辑，朱德璲刊：《贵阳府志》卷五十八，清咸丰二年刊本，第1125页。

③ 古史记载尧帝是其母怀胎十四个月生下的，所以历史上便以怀胎十四个月所生必是大圣贤，如《汉书·外戚传》记载："任身十四月乃生，上曰：'闻昔尧十四月而生，今钩弋亦然。'乃命其所生门曰尧母门。"束景南先生认为古人将长颈鹿认作麒麟，而长颈鹿正是怀胎十四月生产，由此怀胎十四月生子便是贵人之象。见束景南《阳明大传："心"的救赎之路》，复旦大学出版社2020年版，第35页。笔者以为古人是否将长颈鹿视为麒麟尚有待详论，长颈鹿怀胎十四月生子不足以作为此论的充分条件，但《汉书》所引已足见古人的确视怀胎十四月所生子为贵人，这主要是由于尧帝是大圣人的缘故。

④ 《王阳明年谱》记载："祖母岑梦神人衣绯玉云中鼓吹，送儿授岑，岑警寤，已闻啼声。"见王阳明撰，吴光等编校《王阳明全集》卷三十三《年谱一》，上海古籍出版社1992年版，第1220—1221页。

阳明出生的地方称之"瑞云楼"①。在古代,文曲星又有石麒麟的称呼,如《陈书·徐陵传》记载:

> 徐陵……母臧氏,尝梦五色云化而为凤,集左肩上,已而诞陵焉。时宝志上人者,世称其有道,陵年数岁,家人携以候之,宝志手摩其顶,曰:"天上石麒麟也。"光宅慧云法师每嗟陵早有成就,谓之"颜回"。八岁,能属文,十二岁,通庄、老义。

紫微术数有"昌曲陷于天伤,颜回夭折"之语,表明在古人尤其是牵涉神话传说的术士意识中,颜回是文曲星下凡,则从徐陵降生的故事可以知道石麒麟在一定程度上就是文曲星的代名词。徐陵的故事有神僧出现,王阳明的故事亦然。据王勉三先生考证,② 阳明降生后并不能说话,一直持续到五岁。这天来了一个和尚求见阳明的祖父竹轩,说是能治阳明的病。待见到阳明,和尚叹息道"好个小儿,可惜说破"。阳明的祖父何许人?当世大儒,自然立刻明白天机不可泄露的道理,正因为取名说破了阳明是神人于五彩祥云中送来的来历,作为天罚,阳明便不能讲话。当下,竹轩就把阳明的名字改了,叫守仁,字伯安,因为麒麟是仁兽,此名是取"知及之,仁能守之"(《论语·卫灵公》)之意。名字改后,阳明立时就能言语,更是能背诵以前竹轩在他面前念诵过的诗文。

郭子章比起阳明的文治武功是有欠缺的,所以他的出生在神异方面就要弱一些,如载:

> 延尝闻王父曰,萧夫人怀而父十二月始免,生时曾王父梦负弧矢从东方射日而归,筮之得震卦。曾王父曰,长子象也。曾王母曰,黄州公以十二月二十五日生,是儿月日与黄州公同,又翁有异梦,两手文有二世字,一足有一黑子,吾知其异日矣。公生时,祠中白

---

① 王阳明的父亲王华在阳明降生后几年,做梦中状元,后果中状元,于是将梅庄书屋改名"瑞梦堂",王华曾作《瑞梦堂记》(收在程世用《风世类编》卷八)记载这件事。大凡圣贤或者贵人降世,多会给家族带来好运,尤其是麒麟,《说文解字》说是"仁兽也",阳明降世既然如此奇异,则随着阳明成长而家族兴旺就很正常,这也越发证明阳明降生的可贵,也承载着王家一族希望家门兴旺的苦心。

② 梁启超、王勉三等撰,吴青山整理:《王阳明传》,新世界出版社2018年版,第105页。

鹊来巢，朱草青芝秀实。①

圣人出生怀胎十四月，如帝尧、阳明；郭子章作为王门后人，自然不能比拟圣人，但又远超常人，于是就怀胎十二个月，足见造神话之人的心思。

郭子章有此奇异出生，足以证明家族长者对他的重视和期望，加之出生在"江右王门"兴盛之地吉安，②从小就受到家学③和心学的熏陶，自身又勤奋好学，所以十九岁便以经义著称，还能教授他人。

除了家学，郭子章还另有师承，总结起来主要是江右王门和黔中王门两处。

一　师从江右王门

据《青螺公遗书》记载，郭子章于隆庆二年26岁时至求仁书院拜胡直为师，前后奉侍十八年，直到胡直去世。④

胡直（1517—1585），字正甫，号庐山，与郭子章同为江西吉安泰

---

①　郭孔延：《资德大夫兵部尚书郭公青螺年谱》，北京图书馆编《北京图书馆珍本·年谱丛刊》第52册，北京图书馆出版社1998年版，第492页。

②　江右王门兴起于阳明巡抚南赣时，此时阳明已经四十五岁，距离初讲知行合一已经过去八年，也已经改过了滁州讲学好高言玄虚的弊病，所以江右王学的学风和脉络传承分外扎实，这直接成就了明清两代江西吉安文风盛行、知识分子辈出的盛况，据《吉安贡举考序》（郭子章撰，《吉安府志》卷四十八《艺文序》，光绪元年本，第1681—1682页）记载："吾吉安自欧阳文忠公以文起，而科目日盛……自洪武开科至于今，举人共二千八百有奇，进士共九百有奇，即与宇内文物剧郡颉之颃之，正足伯仲，然进士拜相者九人，尚书三十人，会元九人，鼎甲三十三人，有同朝三相者，有一姓二相者。有一姓三元者，有一姓而十八进士者，一姓而二鼎甲者四家，一科而三及第者二科，一科而二及第者五科，有一科而登进士至三十七人，有一科而入翰林选庶吉士至十四人者，即他剧郡亡有也。举人解元四十五人，经魁一百二十五人，有一科二解者，先后二合直省也；有一科中式至一百三十六人者，溢于解额，合省直及各省也，即他剧郡亡有也。猗欤盛矣！"虽然阳明学的兴盛不是吉安人才辈出的所有原因，但作为直接的主要原因是没有问题的，因为不是阳明巡抚南赣、平顶盗贼就没有明代吉安的稳定，不是作为显学的心学广开宣化、移风易俗，则吉安知识分子何以学？恐没有这样的盛况。

③　郭子章便开始入学，十岁开始学习程朱典籍，"壬子三十一年，公十岁。王父缮写《周易》、《程传》、《朱义》课，公合读无遗"。见郭孔延《资德大夫兵部尚书郭公青螺年谱》，北京图书馆编《北京图书馆珍本·年谱丛刊》第52册，北京图书馆出版社1998年版，第498页。郭子章的家学除了来自祖父和父亲，还受到堂兄郭子祯的教导，后者是当时远近闻名的学者。

④　郭孔延：《资德大夫兵部尚书郭公青螺年谱》"戊辰二年"，《青螺公遗书》卷首，北京图书馆编《北京图书馆珍本·年谱丛刊》第52册，北京图书馆出版社1998年版，第5页。

和人，嘉靖丙辰进士，累官至广东福建按察使等职。年轻时有阳明气象，性格豪放，泛滥于词章，至26岁时，师从欧阳德，自称于后者"唯真则吾知自无蔽亏"之说深有契会。五年后，拜访罗洪先于石莲洞中，听讲无欲主静之学达一个月，心有感发，执弟子礼。一年后，被韶州太守陈大伦聘为明经书院教谕，故此从陈大伦学习玄学；继而又跟随邓钝锋习禅，深有心得，自言："一日，心思忽开悟，自无杂念，洞见天地万物皆吾心体，喟然叹曰：'予乃知天地万物非外也。'自是，事至亦不甚起念，似稍能顺应，四体咸畅态，而十余年之火症向愈，夜能寝寐。予心窃喜，以告钝锋，钝锋曰：'子之性露矣。'"[①] 可以看到，胡直的思想主要来源于江右王门的心学，而中间夹杂了禅学的思维方式和进学方法。[②]

　　胡直对心学宗旨的发挥主要体现在其对融合佛教理论所提"心造天地万物"的命题上，"吾心者，所以造天地万物者也。匪是，则黝没荒忽，而天地万物熄也"[③]。顾名思义，胡直批评了程朱理学"在物为理"的说法，认为从根本上说，"在物的理"与人心应于物而循之义，即"处物之义"，是同一的根本的宇宙原理的不同表现形式，"故人心之理，即天地万物之理，非二也"[④]，要之，心之内外是一致的而不是分成两个，即胡直所说的心是有理的，并非只是程朱所说的认识能力的"灵觉"。这显然是继承了阳明心学源自孟学的"集义"和"义内"说，打通内外从而泯灭内外之别。所以胡直认为不能离开心讨论理，"万理之实，岂端在物哉！其谓实理，即实心是也"[⑤]；同时物也不是在心外，于心外寻找物及其理是不合理的，"吾心者，所以造日月与天地万物者也……察之外无理也"（《胡子衡齐》卷一，《理问》下）。正因为"心外无物"，所

[①] 胡直：《困知记》，黄宗羲撰，沈善洪等编校《明儒学案》，浙江古籍出版社1994年版，第604—605页。
[②] 张学智先生认为胡直总结了陆九渊和其弟子杨简关于"心即理"的不同理解，特别是吸收了佛教万物唯心所造的观点，从而提出"理不离乎心，察之外无物"的思想。见张学智《明代哲学史》，北京大学出版社2000年版，第216页。
[③] 黄宗羲撰，沈善洪等编校：《明儒学案》，浙江古籍出版社1994年版，第594页。
[④] 黄宗羲撰，沈善洪等编校：《明儒学案》，浙江古籍出版社1994年版，第594页。
[⑤] 胡直：《胡子衡齐·虚实》，黄宗羲撰，沈善洪等编校《明儒学案》，浙江古籍出版社1994年版，第595页。

以一切天地万物，包括我自己，皆是吾心之所为，"夫所以为我者，曰血气形貌而已也。吾性澄然清明而为物，吾性洞然无际而非量。天者，吾性中之象；地者，吾性中之形。故曰：'在天成象，在地成形'，皆我之所为也"（《慈湖己易》）。这便可以理解，在回答弟子问询学问宗旨时，胡直这样说的："吾学以尽性至命为宗，以存神过化为功。性也者，神也，神不可以意念滞，故常化。程伯子所谓'明觉自然'，言存神也。所谓'有为应迹'，言过化也。今之语尽性者失之，则意念累之也。"①

胡直虽然对欧阳德和罗洪先都执弟子礼，但是师从欧阳德的时间远远长于罗洪先，且从其思想来看，也主要是阳明心学脉络，毕竟欧阳德是阳明的嫡传弟子，罗洪先也属江右王门从传人；郭子章师从胡直十八年，因此有学者认为郭子章当属江右王门的传人，② 这一论断应该说是有道理的，至少在郭子章入佛之前，都应该属于王门传人，且受到胡直、罗洪先的思想影响是最大的。

此外，也有学者认为郭子章也曾师事王时槐，③ 而后者同样是江右王门的代表人物。

二 与黔中王门的交集

郭子章的重要"武功"是在贵州完成的，因此与黔中王门多有交集。

所谓"黔中王门"，主要是王阳明于正德三年（1508）谪戍龙场悟道后，曾去贵州讲学，而贵州一般子弟又多从阳明于龙场求学，由此产生了贵州史上第一个地域性的学派，即贵州阳明学派。黔中王门以阳明悟道的龙场为圣地，④ 以贵阳为交流、传播和讲学的中心，先后形成了五大王学重镇，分别为：龙场、贵阳、都匀、思南、清平五镇。特别是贵阳，作为全省的文化中心，会聚了大多数优秀学子，依托文明、阳明、

---

① 胡直：《胡子衡齐·续问》，黄宗羲撰，沈善洪等编校《明儒学案》，浙江古籍出版社1994年版，第601页。
② 赵平略：《郭子章的格物观》，《贵阳学院学报》2010年第1期。
③ 谭红艳：《西学风尚与晚明学术传播：以郭子章为中心的考察》，《明史研究论丛》第十一辑，故宫出版社2013年版，第189页。
④ 实际上，龙场不仅是黔中王门的圣地，也是全国整个王学的圣地，日本学者冈田武彦、矢崎胜彦就持这种观点，见王晓昕主编《王阳明与贵州》，贵州人民出版社1996年版，第349页。

正学三大书院进行持续的讲学活动，间或有仰慕阳明的学子从全国各地赶来，也都要来此讲学交流，提升了"理学三先生"尤其是马廷锡为代表的黔中王学对全国学术的影响力。①

万历三十六年（1608），郭子章巡抚贵州，著成《黔记》六十卷，专门为贵州的"理学三先生"李渭、马廷锡、孙应鳌作《理学传》一篇，张明先生认为这是对贵州百年心学进行的第一次较为系统的总结。②不仅如此，郭子章十分倾慕黔中王门之人的学风和事迹，常常实地缅怀或写作诗文交流和纪念，如郭子章曾亲访思南李渭遗迹，称其"洁比河东与会稽"；也曾亲访孙应鳌讲学遗迹，并建"孙文恭公祠"，鼓励黔中学者相互勉励切磋琢磨，"得如三公者"；特别是谪戍都匀的邹元标，作为东林党魁首之一的他本就学问湛深，在都匀六年，"日惟讲明王守仁良知之学"，"从学者何啻数百"，③而郭子章曾与邹元标共同师事胡直，两人是好友，④常常诗文唱和，切磋学术。⑤

总而言之，郭子章虽然不是黔中王门的嫡系子弟，但却是江右王门的真传，又与黔中王门多有交集，受其影响并因此对黔中王门进行学术总结和保留历史文献的记忆实在是理所应当的，"郭子章进学之地虽然不在贵州，然而其学统与黔中王学同出一源，更重要的是，他对于黔中王学的发展有着重要的贡献"⑥。

第二节　格物说

从前文可知，郭子章在入佛之前，学术的来源主要是家学和王学，

---

①　理学三先生中，马廷锡在贵阳三大书院和"栖云亭"讲学三十余年；李渭则在思南地区讲学二十年，培育了大量的王学门人，更被称为"思南理学之宗"；孙应鳌则主要是在清平讲学。

②　张明：《王阳明与黔中王学》，张新民主编：《阳明学刊》第一辑，贵州人民出版社2004年版，第89页；张小明在《黔中王学研究：以孙应鳌、李渭为中心》（中华书局2019年版，第48页）一书中也是持此观点。

③　张明：《王阳明与黔中王学》，张新民主编《阳明学刊》第一辑，贵州人民出版社2004年版，第126页。

④　张小明：《黔中王学研究：以孙应鳌、李渭为中心》，中华书局2019年版，第48页。

⑤　谭红艳：《西学风尚与晚明学术传播：以郭子章为中心的考察》，《明史研究论丛》第十一辑，故宫出版社2013年版，第189页。

⑥　陆永胜：《心、学、政：明代黔中王学思想研究》，中华书局2016年版，第169页。

而家学则主要是其父亲编写的《程传》和《朱义》,以及其堂兄郭子祯的传授;王学则主要来自江右王门的传承。如所周知,朱子的格物说与阳明的格物说是不一样的,郭子章作为后学,不能受到二人的影响。故此,欲讲明郭子章的格物观,须先论明阳明的格物观,而阳明的格物观又是对朱子的纠正,则不得不说清朱子的格物观。

一 朱子的格物说

朱子的格物说集中体现在他对《大学》所作的《格物补传》。在朱子看来,《大学》所说"三纲领"和"八条目"实际上是在强调"古人为学次第",如下:

> 子程子曰:"《大学》,孔氏之遗书,而初学入德之门也。"于今可见古人为学次第者,赖此篇之存,而论、孟次之。学者必由是而学焉,则庶乎其不差矣。[1]

所谓次第,譬如上阶梯,需要一层层一步步走上去,只有走了第一步才能走第二步,换言之,走不完第一步就不能走第二步,更不可以不分先后地不走第一步直接走第二步。反映在知行的问题上,就是"知先行后",如《朱子语类》卷九记载:

> 致知力行,用功不可偏废……但只要分先后轻重,论先后当以致知为先,论轻重当以力行为重。
> 知行常相须,如目无足不行,足无目不见。论先后,知为先;论轻重,行为重。

所谓"知"指的是知识,包括求知的渴望和行为,"行"并非泛指一切践行的行为,如摸着石头过河,而是专门指向对既有知识的践行,即朱子所谓的道德践履,主要指的是对既定的已认知的道德观念的执

---

[1] 朱熹:《大学章句序》,《四书章句集注》,中华书局1983年版,第3页。

行。① 这天然就包含了需要先认识道德观念的内在逻辑。可见，所谓的格物致知实际上仍然是"知"，因为"行"仅仅是对既有知识的执行，不能补充新的知识，就不算是与"知"不同的新阶段。再反思上文朱子所说"为学次第"，就不难得出朱子所谓"格物致知"实际上只是在追寻一种"知至"的方法，这从其对《大学》原文的理解和注释可以看出：

> 原文：大学之道，在明明德，在亲民，在止于至善。知止而后有定，定而后能静，静而后能安，安而后能虑，虑而后能得，物有本末，事有终始，知所先后，则近道矣。古之欲明明德于天下者，先治其国；欲治其国者，先齐其家；欲齐其家者，先修其身；欲修其身者，先正其心；欲正其心者，先诚其意；欲诚其意者，先致其知；致知在格物。物格而后知至，知止而后意诚，意诚而后心正，心正而后身修，身修而后家齐，家齐而后国治，国治而后天下平。
>
> 朱子注释（跟在国治而后天下平后）：物格者，物理之极处无不到也。知至者，吾心之所知无不尽也。知既尽，则意可得而实矣，意既实，则心可得而正矣。修身以上，明明德之事也。齐家以下，新民之事也。物格知至，则知所止矣。意诚以下，则皆得所止之序也。②

其中，"诚意""正心""修身"等是"力行"的工夫，"致知"和"格物"是"求知"的工夫，而朱子特别看重求知的工夫，因为"古人为学次第"就是先知后行，还必须知至，若"物理之极处""吾心之尽处"有不到，就不是真正的格物，也就不可能知至，不能知至而去践行，就等于"意不诚"而"心不正"，就是不"知所止"，也就破坏了为学次序，自然是不能去行、不该去行、不必去行。朱子以为，既然格物致知这么重要，是一切践行的开始，为什么《大学》竟然没有说明或者强调呢？一定是有脱误的，于是在给古本《大学》分作经传的同时，补

---

① 陈来：《宋明理学》，华东师范大学出版社2003年版，第144页。
② 朱熹：《大学章句序》，《四书章句集注》，中华书局1983年版，第3—4页。

了一章：

> 右传之五章，盖释格物、致知之义，而今亡矣。间尝窃取程子之意以补之曰："所谓致知在格物者，言欲致吾之知，在即物而穷其理也。盖人心之灵，莫不有知，而天下之物，莫不有理，惟于理有未穷，故其知有不尽也。是以《大学》始教，必使学者即凡天下之物，莫不因其已知之理而益穷之，以求至乎其极。至于用力之久，而一旦豁然贯通焉，则众物之表里精粗无不到，而吾心之全体大用无不明矣。此谓物格，此谓知之至也。"①

可见朱子"致知"和"格物"其实是一贯的，即"格物"依赖人心的知觉灵明去获得万事万物上的理，当万事万物的理知到了极处，便是"致知"，也就是"知至"。所以认识的过程在这里分成了两个阶段：先是"即物穷理"，需要不断地坚持不懈的努力，去"物"上"穷理"；第二阶段，只有不断坚持不懈地努力后，才有可能于冥冥之中达到"豁然贯通"的境地，即"知至""吾心之全体大用无不明"；而行又要在"知至"之后。

那么究竟怎样的"格物"才算是"即物穷理"呢？朱子有明确的说明：

> 格，至也。物，犹事也，穷至事物之理，欲其极处无不到也。②
> 致知之道在乎即事观理以格夫物。格者，极至之谓，如格于文祖之格，言穷而至极也。（《大学或问》卷一）

以"至"训"格"是朱子格物说的根本特点。如果细分，"格物"应该有三个步骤：首先是气禀之身体应接于物，即"理"在物上，只有通过应接于外物才可能开启"穷理"的过程；其次是"穷理"，即依赖人心之知觉灵明去思索探求物的知识；最后是"至极"，就是说"穷理"

---

① 朱熹：《大学章句序》，《四书章句集注》，中华书局1983年版，第6—7页。
② 朱熹：《四书章句集注》，中华书局1983年版，第4页。

第四章　郭子章哲学思想研究

的过程不仅是为了获得知识，而是要获得全部的知识，达到"极处"，即"至极"是"穷理"的内在结果，否则"穷理"即不为"穷理"。

至于"致知"，朱子说道：

> 致，推极也。知，犹知识也。推极吾之知识，欲其所知无不尽也。①

可见，"致知"是推极已有的知识，而并非获得新的知识，因为"致知"得以展开必定是已经"穷理"达到"至极"也就是"知至"的程度，所以推极已有的知识实际上与"格物"本质上是同一件事，即"致知"并非是有别于"格物"的另一个修养方法，② 如他说：

> 格物只是就一物上穷尽一物之理，致知便只是穷的物理尽后我之知识亦无不尽处，若推此知识而致之也。此其文义只是如此，才认得定，便请依此用功，但能格物则知自至，不是别一事也。③

可见，"致知"是作为"格物"的结果和目的而存在的，且格物并不是格了一物就得到了所有道理，而是格一物尽一物，再格再尽，永远格下去，直到"豁然贯通"的那一刻。冯友兰先生称此正是朱子在《补格物致知传》中所称窃取程子意的地方。④ 然则，为什么要"致知"呢？正是为了进一步考究主体通过格物的工夫所获得的只是也就是"理"的所以然和所当然。在朱子看来，理或太极这个终极原理存在于万事万物之中，只有通过"格物"的工夫才能识得，如下：

---

① 朱熹：《四书章句集注》，中华书局1983年版，第4页。
② 陈来：《宋明理学》，华东师范大学出版社2003年版，第140页。
③ 朱熹：《答黄子耕四》，《朱文公文集》卷五十一，宋刻明修补本。
④ 朱子所谓窃程子意补格物致知，就是说"格物是一物一物的格，还是格一物就能得到终极原理"的问题在《程氏遗书》中早有记载，是程颐弟子问程颐的，程颐早有回答，朱子的意见与其一致，并以此作为基础做了《补格物致知传》。见冯友兰《中国哲学史新编》（下），人民出版社2007年版，第169页。《程氏遗书》卷十八记载："或问：'格物须物物格之，还只格一物而万理皆知？'曰：'怎么便会该通？若只格一物便通众理，虽颜子亦不敢如此道。须是今日格一件，明日又格一件，积习既多，然后脱然自有贯通处。'"

· 111 ·

本只是一个太极,而万物各有禀受,又自各全具一太极尔。如月在天,只一而已,乃散在江湖,则随处可见,不可谓月已分也。(《朱子语类》卷九十四)

合万物而言之,为一太极而一也。自其本而之末,则一理之实万物分之以为体,故万物之中各有一太极。(《通书解》,引自《周敦颐集》)

若其用力之方,则或考之事为之著,或察之念虑之微,或求之文字之中,或索之讲论之际,使于身心,性情之德、人伦日用之常,以至天地鬼神之变、鸟兽草木之宜,自其一物之中,莫不有以见其所当然而不容己与其所以然而不可易者。(《大学或问》卷二)

陈来先生认为,"所以然"和"所当然"虽然都是指理,但又不同。"所以然"主要是指事物的普遍本质和规律,"所当然"主要指社会的伦理原则和规范。① 这便回到了《大学》的"三纲"之中,即"明明德""亲民"和"止于至善"。应该说朱子对《大学》之终极关怀的把握是很精准的,其强调通过"格物"的工夫实现"吾心之全体大用无不明"的目标实际上就是在"明明德"从而达到"止于至善"的精神境界。当然,朱子也有自己的矛盾,即"格物"的工夫变成了对外物之知识的积累,又如何能与内在主观的精神世界直接沟通并修养之从而达到天理流行的境界呢?况且"今日格一物,明日格一物",天下之物数不清,怎么可能格得完呢?更加不可能都做到"穷其理"而"至极"!做不到"知至",则现实的社会生活和历史过程就不能进行了吗?答案显然是否定的,对这些问题的思考,促成了王阳明的思考,从而提出了全新的格物说。

二 阳明的格物说及其对朱子的批评

王阳明的格物说正是从对朱子格物说的批评与反思中建立起来的。但在龙场悟道创立自己的学问之前,年轻时代的王阳明也是服膺朱子的学说的,并且还实打实地按照朱子的格物观去践行,如《传习录》记载:

---

① 陈来:《宋明理学》,华东师范大学出版社2003年版,第141页。

先生曰:"众人只说格物要依晦翁,何曾把他的说去用?我着实曾用来。初年与钱、友同论做圣贤要格天下之物,如今安得这等大的力量?因指亭前竹子,令去格看。钱子早夜去穷格竹子的道理,竭其心思,至于三日,便致劳神成疾。当初说他这是精力不足,某因自去穷格。早夜不得其理,到七日,亦以劳思致疾。遂相与叹圣贤是做不得的,无他大力量去格物了。"①

程朱理学作为宋代官学传到明代,依然是官学的地位,甚至明代官方更加巩固了程朱理学的地位,如明太祖就曾多次下诏说:"一宗朱氏之学,令学者非五经孔孟之书不读,非濂洛关闽之学不讲。"② 明成祖朱棣更是着人编辑程朱理学之重要人物重要言论成《性理大全》颁行天下,至此天下士子皆以程朱理学为进学门路,且有官方编辑的书本为准,则即使谈论程朱理学也不敢有太多发挥,更不可能有质疑,这直接造成了程朱理学的研究者越多却反而越来越僵化的事实,"明初诸儒,皆朱子门人的支流余裔,师承有自,矩矱秩然。曹端、胡居仁笃践履,谨绳墨,守儒先之正传,无敢改错。学术之分,则自陈献章、王守仁始"③。王阳明正是在践行程朱理学而有所疑惑的基础上,面对社会危机进一步加深的现实,开始了大胆的质疑和反思。起初王阳明也没有一下子就要推翻朱子说法的意思,而是泛滥于释老,以求印证,如他在为《朱子晚年定论》所作的序中说:

守仁早岁业举,溺志词章之习,既乃稍知从事正学,而苦于众说之纷扰疲苶,茫无可入,因求诸老、释,欣然有会于心,以为圣人之学在此矣!然于孔子之教间相出入,而措之日用,往往缺漏无归,依违往返,且信且疑。其后谪官龙场,居夷处困,动心忍性之余,恍若有悟,体验探求,再更寒暑,证诸《五经》、《四子》,沛

---

① 王阳明:《黄以方录》,《传习录下》,王阳明撰,吴光等编校《王阳明全集》第一册,上海古籍出版社2014年版,第136页。
② 陈鼎:《东林列传》,周骏富辑《明代传记丛刊·学林类》,明文书局1991年版,第5—136页。
③ 张廷玉:《明史》卷二百八十二《儒林》,中华书局1974年版,第7222页。

然若决江河而放诸海也。①

当反思程朱理学的思路受挫，自然便会转求释氏和老学，这是宋明学者皆有的思维习惯，但能自由出入释老并立有自己之思想的则不多，往往都是受到释老的影响而走偏，从王阳明那句"以为圣人之学在此"就可以说明释老之学的确与他的圣学相似，但终归是有本质不同的。换言之，王阳明在龙场所悟之道是基于对程朱理学反思的前提下，在充分考虑当时的学术实际和社会发展现实的基础上，重新复原的尧舜孔孟等圣贤之道，绝不是释老之学在儒家哲学上的重新应用，即其主要的对立面程朱理学，所以其建立的也是儒家源头上的圣学，非是嫁接释老而修改的程朱理学的变体，或是释老之学加入儒家学术的变体。在《传习录》下的《黄以方录》中，阳明也有类似表达，他说，

  及在夷中三年，颇见得此意思，方知天下之物本无可格者。其格物之功，只在身心上做，决然以圣人为人人可到，便自有担当了。这里意思，却要说与诸公知道。②

无论是佛家的"万法唯识""唯识无境"，还是老学强调的"为学日益，为道日损"（《道德经·四十八章》），都与阳明这里所说的"格物"有根本不同。与佛家相比，阳明的"格物"首先承认了现实世界的真实性和实存性，即"心外无理"和"心外无物"并不是否定了宇宙万物，而只是强调宇宙万物的生灭都在心之本体的良知的流行之中，俱是真实的合一的，如他说："释氏却要尽绝事物，把心看做幻相，渐入虚寂去了。与世间若无些子交涉，所以不可治天下。"③ 与老学相比，阳明主张"必有事焉而勿忘勿助"，即格物的工夫必须要落到现实的事上，要凭借"良知"这个"是非之心"去分辨善恶、为善去恶，而不是远离是非、

---

① 王阳明：《朱子晚年定论·阳明子序》，王阳明撰，吴光等编校《王阳明全集》第一册，上海古籍出版社2014年版，第144页。
② 王阳明：《黄以方录》，《传习录下》，王阳明撰，吴光等编校《王阳明全集》第一册，上海古籍出版社2014年版，第136页。
③ 王阳明：《钱德洪录》，《传习录下》，王阳明撰，吴光等编校《王阳明全集》第一册，上海古籍出版社2014年版，第121页。

第四章 郭子章哲学思想研究

害怕是非，更不可悬空去想，以免流入"虚寂"。

那么王阳明的"格物"究竟是怎样的呢？先看看他对朱子格物论的批评，如下：

> "格"字之义，有以"至"字训者，如"格于文祖"、"有苗来格"，是以"至"训者也。然"格于文祖"，必纯孝诚敬，幽明之间，无一不得其理，而后谓之"格"；有苗之顽，实以文德诞敷而后格，则亦兼有"正"字之义在其间，未可专以"至"字尽之也。如"格其非心"、"大臣格君心之非"之类，是则一皆"正其不正以归于正"之义，而不可以"至"字为训矣。且《大学》"格物"之训，又安知其不以"正"字为训，而必以"至"字为义乎？如以"至"字为义者，必曰"穷至事物之理"，而后其说始通。是其用功之要全在一"穷"字，用力之地全在一"理"字也。若上去一"穷"字，下去一"理"字，而直曰"致知在至物"，其可通乎？夫"穷理尽性"，圣人之成训，见于《系辞》者也。苟"格物"之说而果即"穷理"之义，则圣人何不直曰"致知在穷理"，而必为此转折不完之语，以启后世之弊邪？盖《大学》"格物"之说，自与《系辞》穷理大旨虽同，而微有分辨。"穷理"者，兼格、致、诚、正而为功也。故言"穷理"，则格、致、诚、正之功皆在其中；言"格物"，则必兼举致知、诚意、正心，而后其功始备而密。今偏举格物而遂谓之穷理，此所以专以穷理属知，而谓格物未常有行，非惟不得"格物"之旨，并"穷理"之义而失之矣。此后世之学所以析知、行为先后两截，日以支离决裂，而圣学益以残晦者，其端实始于此。①

"格"字不能以"至"训，在阳明看来，一者是其不能穷事物之理，二者不可能穷事物，毕竟不可能"今日格一物，明日格一物"这样永远格下去，最关键的是，格、致、诚、正实际上与"穷理"是一体的工

---

① 王阳明：《答顾东桥书》，《传习录中》，王阳明撰，吴光等编校《王阳明全集》第一册，上海古籍出版社2014年版，第54页。

夫，可若依着朱子之训，则致知首先就不是与格物平行存在的修养方法，而只是作为其目的和结果存在，更不要说格物所得的外在的知识如何能提升和修养人之内心的精神，"朱子格物之训，未免牵合附会，非其本旨"①。故此，阳明提出以"正"字解释"格"字，以"事"解释"物"，如他说：

> 爱曰："昨闻先生之教。亦影影见得功夫须是如此。今闻此说，益无可疑。爱昨晓思'格物'的'物'字即是'事'字，皆从心上说。"先生曰："然。身之主宰便是心，心之所发便是意，意之本体便是知，意之所在便是物。如意在于事亲，即事亲便是一物；意在于事君，即事君便是一物；意在于仁民爱物，即仁民爱物便是一物；意在于视听言动，即视听言动便是一物。所以某说无心外之理，无心外之物。《中庸》言'不诚无物'，《大学》'明明德'之功，只是个诚意。诚意之功，只是个格物。"先生又曰："'格物'如孟子'大人格君心'之'格'，是去其心之不正，以全其本体之正。但意念所在，即要去其不正以全其正，即无时无处不是存天理，即是穷理。天理即是'明德'，穷理即是'明明德'。"②
>
> 问格物。先生曰："格者，正也。正其不正，以归于正也。"③

因为王阳明坚持"心外无理""心外无事""心外无物"的世界观和人生观，且"良知"作为心之本体既可以藏于胸中无动无静无善无恶，又可以发用流行于天地万物，所以"心即理"，宇宙万物的存在和流行皆依赖良知的推致。而致良知的工夫就是"格物"，"格物是致知工夫，知得致知，便已知得格物。若是未知格物，则是致知工夫亦未尝知也"④。这里

---

① 王阳明：《徐爱录》，《传习录上》，王阳明撰，吴光等编校《王阳明全集》第一册，上海古籍出版社2014年版，第6页。
② 王阳明：《徐爱录》，《传习录上》，王阳明撰，吴光等编校《王阳明全集》第一册，上海古籍出版社2014年版，第6—7页。
③ 王阳明：《陆澄录》，《传习录上》，王阳明撰，吴光等编校《王阳明全集》第一册，上海古籍出版社2014年版，第28页。
④ 王阳明：《启问道通书》，《传习录中》，王阳明撰，吴光等编校《王阳明全集》第一册，上海古籍出版社2014年版，第67页。

的"物"不仅仅是宇宙万物,更重要的是人心之意念的涉着处,即万物是"物",但以人为关系中心所牵连到的任何"事"也都是"物","意之所在便是物"。在阳明看来,人心的知觉灵明不能不由所发,即心之动静通过"意之所动"展现出来,"有事无事,可以言动静,而良知无分于有事无事也"①,因为作为心之本体的良知是自然而然的流行,即循理之流行而流行,而不是随人欲发动,所以是"动而无动","有事而感通,固可以言动,然而寂然者未尝有增也。无事而寂然,固可以言静,然而感通者未尝有减也。'动而无动,静而无静',又何疑乎"②。由于"意之所动"不能悬空,必然要有所涉着,"意未有悬空的,必着事物"③,所以"格物"便与"诚意""正心"打通,不存在朱子格物说的那种外在事物与内在精神的隔阂。

既然"物"即"事",则格物之过程和方法也就是"有事""对事"之过程和方法。正如"意"不能悬空一样,所以任何修养的方法都必须着于事物。阳明早就意识到如果只是强调"格物"是"正心",就会产生学者只知道关注内在精神的修养而流入空虚、清谈、主静的危险,这在他的滁州一般学生上表现得淋漓尽致,所以阳明知道后非常后悔,他说:

> 吾昔居滁时,见诸生多务知解,口耳异同,无益于得,姑教之静坐。一时窥见光景,颇收近效。久之,渐有喜静厌动,流入枯槁之病,或务为玄解妙觉,动人听闻,故迩来只说致良知。良知明白,随你去静处体悟也好,随你去事上磨练也好,良知本体原是无动无静的,此便是学问头脑。我这个话头,自滁州到今,亦较过几番,只是致良知三字无病。医经折肱,方能察人病理。④

---

① 王阳明:《答陆原静书二》,《传习录中》,王阳明撰,吴光等编校《王阳明全集》第一册,上海古籍出版社2014年版,第72页。
② 王阳明:《答陆原静书二》,《传习录中》,王阳明撰,吴光等编校《王阳明全集》第一册,上海古籍出版社2014年版,第72页。
③ 王阳明:《九川录》,《传习录下》,王阳明撰,吴光等编校《王阳明全集》第一册,上海古籍出版社2014年版,第103页。
④ 王阳明:《钱德洪录》,《传习录下》,王阳明撰,吴光等编校《王阳明全集》第一册,上海古籍出版社2014年版,第119页。

要之,"格物"之功若只是理解为内在精神的修养而主于虚静,就与释老相近了,这是违背了古本《大学》的本意,所以"格物"也就是"正心"之功必须在"事"上呈现,如:

> 夫"必有事焉",只是"集义"。"集义"只是"致良知"。说"集义"则一时未见头脑,说"致良知"即当下便有实地步可用功。故区区专说致良知,随时就事上致其良知,便是"格物";着实去致良知,便是"诚意";着实致其良知而无一毫意必固我,便是"正心"。着实致良知,则自无忘之病;无一毫意必固我,则自无助之病:故说格、致、诚、正则不必更说个忘助。①

在阳明看来,"格物"之功不但应该是"必有事焉",而且应该如孟子说的那样"勿忘勿助"。所谓"勿忘勿助"不是不起念头,又或者强制放下心中的念头,而是说所起的念头都是循理而流行,绝不掺杂一丝一毫的私欲,是纯粹的"纯乎天理之极处",如:

> "必有事焉"者,只是时时去"集义"。若时时去用"必有事"的工夫,而或有时间断,此便是忘了,即须"勿忘"。时时去用"必有事"的工夫,而或有时欲速求效,此便是助了,即须"勿助"。其工夫全在"必有事焉"上用,"勿忘勿助"只就其间提撕警觉而已。若是工夫原不间断,即不须更说"勿忘";原不欲速求效,即不须更说"勿助"。②

可见,"勿忘""勿助"实际上是一个"立志"的工夫,即立下真切的志向去知行圣人之学,这就要求时时刻刻在内心警惕自己,省察克治,"我此论学是无中生有的工夫,诸公须要信得及,只是立志。学者一念为善之志,如树之种,但勿助勿忘,只管培植将去,自然日夜滋长,生

---

① 王阳明:《答聂文蔚二》,《传习录中》,王阳明撰,吴光等编校《王阳明全集》第一册,上海古籍出版社2014年版,第94—95页。
② 王阳明:《答聂文蔚二》,《传习录中》,王阳明撰,吴光等编校《王阳明全集》第一册,上海古籍出版社2014年版,第93—95页。

气日完,枝叶日茂。树初生时,便抽繁枝,亦须刊落,然后根干能大。初学时亦然,故立志贵专一"①。由于阳明所倡导的圣人之学实就是"致良知",所以"致知"就是"必有事焉"的工夫,如下:

> "必有事焉而勿忘勿助",事物之来,但尽吾心之良知以应之,所谓"忠恕违道不远"矣。凡处得有善有未善,及有困顿失次之患者,皆是牵于毁誉得丧,不能实致其良知耳。若能实致其良知,然后见得平日所谓善者未必是善,所谓未善者却恐正是牵于毁誉得丧,自贼其良知者也。②
>
> 致良知便是"必有事"的工夫。③

可以看出,王阳明的主张是"格物""致知""诚意""正心"都只是一件事,并非截然不同各有所本的四件事,如他说:

> 九川疑曰:"物在外,如何与身、心、意、知是一件?"先生曰:"耳、目、口、鼻、四肢,身也,非心安能视、听、言、动?心欲视、听、言、动,无耳、目、口、鼻、四肢亦不能,故无心则无身,无身则无心。但指其充塞处言之谓之身,指其主宰处言之谓之心,指心之发动处谓之意,指意之灵明处谓之知,指意之涉着处谓之物:只是一件。"④

这等于完全消解了朱子格物论内外之分与沟通的问题,因为王阳明认为古本《大学》并不如朱子所说的那样有缺漏,相反,"格物致知"本身就是夫子为仁的"一以贯之"之道,本身就是孟子"尽心知性知

---

① 王阳明:《薛侃录》,《传习录上》,王阳明撰,吴光等编校《王阳明全集》第一册,上海古籍出版社2014年版,第37页。
② 王阳明:《启问道通书》,《传习录中》,王阳明撰,吴光等编校《王阳明全集》第一册,上海古籍出版社2014年版,第66—67页。
③ 王阳明:《黄以方录》,《传习录下》,王阳明撰,吴光等编校《王阳明全集》第一册,上海古籍出版社2014年版,第139—140页。
④ 王阳明:《九川录》,《传习录下》,王阳明撰,吴光等编校《王阳明全集》第一册,上海古籍出版社2014年版,第102—103页。

命"的致良知之道,所以为学求道不能向外求,必须顺遂孔孟、《大学》和《中庸》一直强调的"反求诸己"的思路,也只有如此,人们才能以有限的精力去寻得圣人之道,不然人的精力有限,而外物无穷,又怎么可能格得穷尽呢?若格不尽,可朱子又说必须"即物穷理"达到"知至"也就是"物之理无不尽处",岂不是自相矛盾?尧舜孔孟之道既然是真实的,则朱子格物观就不可能是圣人之学的根本,"世儒教人事事物物上去寻讨,却是无根本的学问。方其壮时,虽暂能外面修饰,不见有过,老则精神衰迈,终须放倒。譬如无根之树,移栽水边,虽暂时鲜好,终久要憔悴"[1]。故此人的自心便是"良知"所住之处,外物不过是"良知"自然而然的流行之所,是"致良知"的下手处和用力处,如他说:

> 格物者,《大学》之实下手处,彻首彻尾,自始学至圣人,只此工夫而已。非但入门之际有此一段也。夫正心、诚意、致知、格物,皆所以修身也,而格物者,其所用力日可见之地。故格物者,格其心之物也,格其意之物也,格其知之物也;正心者,正其物之心也;诚意者,诚其物之意也;致知者,致其物之知也:此岂有内外彼此之分哉?理一而已。以其理之凝聚而言,则谓之性;以其凝聚之主宰而言,则谓之心;以其主宰之发动而言,则谓之意;以其发动之明觉而言,则谓之知;以其明觉之感应而言,则谓之物。故就物而言谓之格,就知而言谓之致,就意而言谓之诚,就心而言谓之正。正者,正此也;诚者,诚此也;致者,致此也;格者,格此也。皆所谓穷理以尽性也。[2]

至此,王阳明雄辩地证明所谓做学问的头脑,就是一个"致良知","故'致良知'是学问大头脑,是圣人教人第一义"[3],即所有的"知"

---

[1] 王阳明:《黄修易录》,《传习录下》,王阳明撰,吴光等编校《王阳明全集》第一册,上海古籍出版社2014年版,第113页。

[2] 王阳明:《答罗整庵少宰书》,《传习录中》,王阳明撰,吴光等编校《王阳明全集》第一册,上海古籍出版社2014年版,第86—87页。

[3] 王阳明:《答欧阳崇一》,《传习录中》,王阳明撰,吴光等编校《王阳明全集》第一册,上海古籍出版社2014年版,第80页。

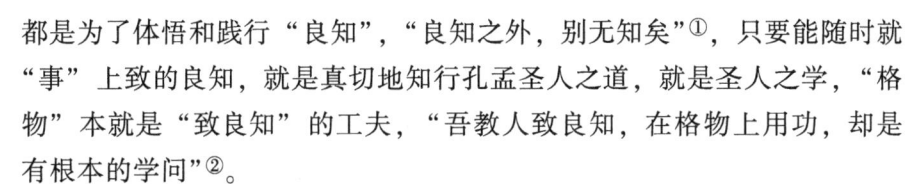

都是为了体悟和践行"良知","良知之外,别无知矣"①,只要能随时就"事"上致的良知,就是真切地知行孔孟圣人之道,就是圣人之学,"格物"本就是"致良知"的工夫,"吾教人致良知,在格物上用功,却是有根本的学问"②。

总而言之,朱子和阳明的格物观虽然思维进路不同,本质不一,但总体说来都源于各自不同的世界观,即朱子强调"理"逻辑地在"气"先,自然物理先于人心,欲求"理"只能格外物;阳明则主张"理气同体"皆蕴于心中,"心外无理","心外无物",欲求"理"自然只能反求"本心"。

三 郭子章对朱子和阳明格物说的借鉴传承

郭子章的格物观首先表现在他对门人夏汝翼的回答上。万历三十一年,郭子章刚刚平定播州和一些苗民叛乱,正是贵州所谓"百废待兴"的时刻,可身为巡抚的郭子章却着人将衙门的一个小房子修葺一番,命名为"格物斋"。门人夏汝翼不解,③ 毕竟郭子章正处在"治国平天下"的位子上,是帮助天子治国理政的重要地方大员,是大多数儒生求学为道一辈子想要追求的地位,即经生读书正是为了能做他做的事,所以这个时候的郭子章应该全心全意地处理治理贵州的事,怎么能学那些没有职位的经生一样去躲进书斋内做学问?郭子章毕竟是江右王门的嫡传,早已深得王阳明格物说的真义,即:"格物"就是"致良知"之功,只能立志从自心做起,从"事"上做,而不能悬空去想,是随时就"事"上"致良知",而不是有所选择地逃避事情,刻意地劈开或熄灭念头,须是省察克治自己的念头务使其融入现实之中并能顺遂天理流行之自然达到"物来而顺应"的境界,不可犯有"将迎意必之病","必欲此心纯乎天理,而无一毫人欲之私,此作圣之功也。必欲此心纯乎天理,而无一毫人欲之私,非防于未萌之先,而克于方萌之际不能也。防于未萌之

---

① 王阳明:《答欧阳崇一》,《传习录中》,王阳明撰,吴光等编校《王阳明全集》第一册,上海古籍出版社2014年版,第80页。
② 王阳明:《黄修易录》,《传习录下》,王阳明撰,吴光等编校《王阳明全集》第一册,上海古籍出版社2014年版,第113页。
③ 赵平略:《郭子章的格物观》,《贵阳学院学报》2010年第1期。

先，而克于方萌之际，此正《中庸》'戒慎恐惧'、《大学》'致知格物'之功，舍此之外，无别功矣。夫谓'灭于东而生于西'、'引犬上堂而逐之'者，是自私自利，将迎意必之为累，而非克治洗荡之为患也"①。"良知"是人人都有的，"致良知"也并不用区分任何事，所以郭子章虽然身处高位，但同样认为在"致良知"上与经生一样都是刻不容缓之事。实际上，不论是朝廷大员还是经生，在王阳明的思想中，"致良知"对所有人来说都是刻不容缓之事，只是现实中人们被私欲蒙蔽，不知道也不愿意"致良知"而已。

郭子章为此还作了一篇《格物斋记》，详述其对"格物"的理解，如下：

> 朱文公以事物为物，以穷致事物之理为格。王文成公以格其不正归于正为格，而云身心意知天下国家皆物也。近儒有以格去物欲言者，有以通天地万物为一体言者，有以意之了别曰知，知之触处曰物。言者敢问孰是？郭子曰："今日格一物，明日格一物，人病其支。格不正以归于正，何异正心，而云心身意知天下国家皆物也。则将曰，致知在正心，可乎？致知在诚意，可乎？致知在平天下，可乎？意有善恶知名为良，便已无恶，至格物，犹有欲乎？则泥于为善去恶，是格物之说也。以天地万物为物，通天地万物为格，认物在外，亦未云彻意之了别属知可也。知之触处属物犹属触也，岂未触处无物邪，则犹泥于心身意知国家天下为物之说也。以愚亿之：物之为名广矣，心身意知国家天下皆可名物，而格物之物则有所属，即物有本末之物也。朱子曰：明德为本，则明明德为格，格物者格物之本，而末自举，故曰此谓知本，此谓知之至也。天地之为物，不贰天地，以此不贰之物与人，极为吾人之物，即性也；知性则知天，而知岂有不致乎？《中庸》曰：君子必慎其独，致知也，而始于未发之中，物也，致中，格也，故曰：立天下之大本也。《诗》曰：天生蒸民，有物有则，物也；民之秉彝，好是懿德，格也。哀

---

① 王阳明：《答陆原静书二》，《传习录中》，王阳明撰，吴光等编校《王阳明全集》第一册，上海古籍出版社2014年版，第74—75页。

公问曰：何谓成身？孔子曰：不过乎物。仁人不过乎物，孝子不过乎物。不过者，不过乎物之则也，即格也。孟子曰：物交物，则引之。不交于此物，而引之先立乎其大者，即格也。孟子以孩提之知爱、知敬为良知，而以知爱属仁，知敬属义。仁义，性之物也，孩提自能格物，故曰不虑不学，吾人亦自能格物，特不求所以格之故。"①

就内容而言，郭子章在这里有明显的三个层次：第一，总结朱子、王阳明乃至近儒的格物说；第二，对朱子、阳明之格物说的批评；第三，确立自己的格物说并证明之。下面笔者将根据这三个层次，分别展开讨论。

第一，对朱子、阳明和近儒格物说的总结。

首先是对朱子的中介，根据前文对朱子格物说的分别讨论可知，郭子章的总结是中肯的。所谓"朱文公以事物为物，以穷致事物之理为格"，这里的"事物"应该理解为"事"和"物"，并不仅仅是指外在于人的一切客观存在的物体，"凡天地之间，眼前所接之事，皆是物"（《朱子语类》卷五十七），还包括人这一主体自身及其所应接处理的事情，"天道流行，造化发育，凡有声色貌相而盈天地之间者，皆物也"（《朱子语类》卷十五）；所谓"穷致"正是在强调朱子的"格"就是"至"的意思，即接物（就是"即物"）只是"格物"的前提，"格物"的本质是获得并穷尽事物之理，也就是达到"至极"的程度，"格物者，格，尽也。须是穷尽事物之理，若是穷得三两分，便未是格物，须是穷尽到十分，方是格物"。（《朱子语类》卷十五）唯其如此，按照朱子所论《大学》的为学次第"致知在格物"的说法，"致知"才能进行。

其次是对阳明格物论的总结。所谓"王文成公以格其不正归于正为格，而云身心意知天下国家皆物也"，其中的"格其不正归于正"正是阳明自己的说法，即"格"就是"正"的意思，"格物"也就是"正

---

① 郭子章：《格物斋记》，《黔草》卷二十，《四库全书存目丛书》，齐鲁书社1997年版，第403—404页。

心"。阳明不承认有存在于人心之外的客观事物,因为"心外无物",也就不存在朱子所谓的"在物为理"的说法,要之,"心即理也";既然"心外无物",则人心的发用感通就不可能依于外,而在于"意"和"知",两者的关系是"有知而有意,无知则无意矣"(《答顾东桥书》),至于"天下国家"则都是"意"和"知"的涉着发用处,仍是属于心体之流行,并不在人心之外;由此,阳明认为"心外无事",所谓"物"即"事"的说法,① 实际上是强调心体的一贯性、本原性及其流通处,强调"格物"须从自心入手,立必为圣人之学之志才是"格物"工夫的下手处,才是"致知"的真切处。

最后是对近儒格物论的总结。所谓"近儒有以格去物欲言者,有以通天地万物为一体言者,有以意之了别曰知,知之触处曰物",其中"以格去物欲言"其实是一种宋明理学的主流说法,即"存天理灭人欲",因为无论是"心学""理学"还是"气论",都主张存乎"天理"而遏制乃至灭去"人欲",只是不同学者所强调的程度和方法有所不同。从宋明儒承认"生之谓性"的说法可知,在一定程度上,他们是同意"人欲"中的合理成分的,如基本的饮食等,所反对的其实是过分的"人欲",影响"天理"和"良知"流行和发用的过分的"人欲",即无论"格物"是"穷至事物之理"还是"致吾心之良知于事事物物"②,目的都在于"存天理灭人欲"。就"有以通天地万物为一体言者",这是从境界论的角度言格物,同样是宋明儒学的主流观点,如张载就强调"民胞物与"(《西铭》),明道则提出"浑然与物同体"的说法,阳明有"仁者以天地万物为一体"(《传习录》上《陆澄录》)的观点,杨简主张"天地万物通为一体",朱子主张天理流行的"生生之仁""生物之心"③,等等,统之以冯友兰的人生四境界说的话,④ 则都是在"天地境

---

① 王阳明:《徐爱录》,《传习录上》,王阳明撰,吴光等编校《王阳明全集》第一册,上海古籍出版社2014年版,第6—7页。
② 《传习录中》:"若鄙人所谓致知格物者,致吾心之良知于事事物物也。吾心之良知,即所谓天理也。致吾心良知之天理于事事物物,则事事物物皆得其理矣。"
③ "天地以生物为心者也,而人物之生,又各得夫天地之心以为心者也。故语心之德,虽其总摄贯通无所不备,然一言以蔽之,则曰仁而已矣。"见朱杰人等《朱子全书》,上海古籍出版社、安徽教育出版社2002年版,第3280页。
④ 冯友兰:《新原人》,生活·读书·新知三联书店2007年版,第46—48页。

界"上言"格物"。就"以意之了别曰知,知之触处曰物"来说,这是从认知论上说"格物","了别"即"分别","意"是"心之所发",其涉着处就是"物","知"是人心的灵明,则依据"意之了别曰知"就得出人心的灵明只在于分别万事万物,这显然是一偏之见,难道万物就只有区别没有类同?抑或者万物之区别大于或重要于类同?若是,则为和境界论都是"天地万物为一体"的说法,强调分别,实际上就是在强调"理"的分殊而不是"一贯",这主要都是程朱后学僵化的继承格物致知论的结果。

第二,对朱子、阳明格物论的批评,之所以没有特别提到近儒,大概是因为近儒不是程朱后学,即陆王后学,对近儒的批评其实就等于对朱子和阳明的批评,故不必单列。

首先,郭子章批评朱子"今日格一物,明日格一物,人病其支"。这并非郭子章独创的观点,早在陆九渊和朱子时代,两人就已经为学问同异有过争论,陆九渊写诗批评朱子"墟墓兴衰宗庙钦,斯人千古不磨心。涓流积至沧溟水,拳石崇成泰华岑。易简功夫终久大,支离事业竟浮沉。欲知自下升高处,真伪先须辨只今"①。所谓"支离事业"指的正是程朱一脉的格物说,物无穷尽,如何能格?尤其是其"穷尽事物之理"的说法,② 更是教后来者做万般无用功,毕竟所谓的"事理之极"究竟在哪里,本来就是见仁见智的事,且随着时间、地点和条件的不同,就算同一件事也未必总有相同的"事理之极",所以后学包括郭子章在批评朱子时,总会提到这一条,也确然有其道理,就如庄子批评惠施"逐于物"是"形与影竞走"一样,舍本逐末。③ 所谓"易简功夫"就是陆九渊承袭自孟子而阳明继之以成其集大成的心学,"先立乎其大者,则其小者不能夺也"(《孟子·告子上》)。与程朱的"今日格一物,明日格一物"相比,陆九渊和阳明的"致良知"的确算是"易简功夫"。

---

① 诗题《鹅湖和教授兄韵》,陆九渊鹅湖之会前所写之诗,见陆九渊《陆九渊集》,中华书局1980年版,第301页。
② 前文已引,还可参照:"人莫不与物接,但或徒接而不求其理,或粗求而不究其极。是以虽与物接,而不能知其理之所以然与其所当然也。今日一与物接,而理无不穷,则亦太轻易矣。"(《朱文公文集·答江德功》)
③ 《庄子·天下》:"惜乎!惠施之才,骀荡而不得,逐万物而不反,是穷响以声,形与影竞走也,悲夫!"

朱子当然也不甘示弱，于鹅湖之会三年后写诗反讽陆九渊，"德业流风夙所钦，别离三载更关心。偶携藜杖出寒谷，又枉篮舆度远岑。旧学商量加邃密，新知培养转深沉。只愁说到无言处，不信人间有古今"（《陆九渊年谱》）。因此，郭子章对朱子格物论的批评，可谓深中肯綮。

其次对阳明和格物论的批评。郭子章本就是"江右王门"的嫡传，阳明的三传弟子，批评起来自然笔墨要多一些。所谓"格不正以归于正，何异正心，而云心身意知天下国家皆物也。则将曰：致知在正心，可乎？致知在诚意，可乎？致知在平天下，可乎"，话语婉转，郭子章想要表达的是：既然《大学》有明确的"格物""致知""诚意""正心"的说法，就说明这四者是不同的，而阳明说"格、致、诚、正"只是"一事"①，是对《大学》的误解。应该说，郭子章的说法有一定道理，但仅仅依此就否定阳明的说法，证据也不充分，因为阳明虽然主张身心意知物只是一件，但也明确说到他们是有区别的，"但指其充塞处言之谓之身，指其主宰处言之谓之心，指心之发动处谓之意，指意之灵明处谓之知，指意之涉着处谓之物"②，心作为本体发用流行表现为不同的情况是正常的，就如同一个人在婴孩、童年、少年、青年、中年、老年的阅历、知识等皆不相同一样，但并不妨害仍然是这个人本身，所以在阳明的逻辑中，因"物、知、意、心"各异而导致"格、致、诚、正"不同说法，并不奇怪，其本质都只是修身而已，"夫正心、诚意、致知、格物，皆所以修身也"③。所谓"意有善恶知名为良，便已无恶，至格物，犹有欲乎？则泥于为善去恶是格物之说也。以天地万物为物，通天地万物为格，认物在外，亦未云彻意之了别属知可也。知之触处属物犹属触也，岂未触处无物邪，则犹泥于心身意知国家天下为物之说也"，此时郭子章强调阳明心学的僵化之处，即执着于"为善去恶"或认"心身意知国家天下为物"，便有了内外之分、物我之别，导致欲从

---

① 《传习录》中《答聂文蔚二》说："《大学》格、致、诚、正之功，尤极精一简易，为彻上彻下，万世无弊者也。"见王阳明《答聂文蔚二》，《传习录中》，王阳明撰，吴光等编校《王阳明全集》第一册，上海古籍出版社2014年版，第95页。

② 王阳明：《九川录》，《传习录下》，王阳明撰，吴光等编校《王阳明全集》第一册，上海古籍出版社2014年版，第102—103页。

③ 王阳明：《答罗整庵少宰书》，《传习录中》，王阳明撰，吴光等编校《王阳明全集》第一册，上海古籍出版社2014年版，第86—87页。

物生、欲从执着之心生。大凡为学，不可以太执着，如果心中总抱有一个念头不放，不管是善是恶，其实都是犯了"将迎意必之病"，从这个角度来说，郭子章的批评有其道理，然而郭子章只看到阳明后学犯此弊病，却没有注意到阳明曾多次教导学生避免此病，如"夫谓'灭于东而生于西'、'引犬上堂而逐之'者，是自私自利，将迎意必之为累，而非克治洗荡之为患也"①。"今欲'善恶不思，而心之良知清静自在'，此便有自私自利，将迎意必之心，所以有'不思善、不思恶时用致知之功，则已涉于思善'之患。"② 阳明后学的弊病不能归结到阳明心学本身，更不能必然认为阳明心学有问题，故此郭子章的批评用到阳明后学则可，用在阳明身上则尚需进一步思量。

第三，确立自己的格物说并证明之。

所谓"物之为名广矣，心身意知国家天下皆可名物，而格物之物则有所属，即物有本末之物也"表明，郭子章接受了阳明以心身意知国家天下为物的观念，但不同意"格"是"正"的说法，即"格物"不是完全从自心做起，而是从"物"的根本开始。郭子章的论证可以说是比较充分的。他首先接受了朱子说"格物"是为"明明德"的说法，主张"明明德"就是为学之本，所以"格物"是在"务本"，一旦掌握了"本"，"末"自然就不言而喻了，所以"知本"就是朱子的"知至"，又天地为万物之本，人秉天地之气生而有性，则"知本"就是"知性""知天"，连天地都能知，也就能"知至善""止至善"。随后，郭子章又引用了《中庸》、《诗经》、孔子、孟子的思想来为自己证明。应该说，就"格物"是"格物之本"来说，郭子章的提法有其道理，所以在《疾慧编》中，他又重申了这个观点，如下：

> 予署前为王阳明先生祠，予日坐其中，因思先生在龙场虽云困厄，未若予十之二三，而悟良知以启圣论……故《大学》之教始于"格物"。"格物"者，格物有本末之物也。自天子以至于庶人，一

---

① 王阳明：《答陆原静书二》，《传习录中》，王阳明撰，吴光等编校《王阳明全集》第一册，上海古籍出版社2014年版，第74—75页。

② 王阳明：《答罗整庵少宰书》，《传习录中》，王阳明撰，吴光等编校《王阳明全集》第一册，上海古籍出版社2014年版，第75—76页。

是皆以修身为本物之本也。曰修身为本，自身以上心意知本也，自身以下，家国天下皆末也。格物者，格知意心身之为本，格家国天下之为末。即所谓知所先后也，即所谓知本知之至也，故曰"格物而后知致"。①

《论语·学而》说"君子务本，本立而道生"，郭子章主张"格物"就是"格物有本末之物"虽然有道理，却也是一种执着，因为天理流行最首要的规则就是"变"，落在人情世故之上就有了"仁"和"义"的理解，然而并非每一"物"的根本都一定指向善，所谓"意"有善恶是也，同时不同地点、背景等条件也会造成同一"物"的善恶不同，但郭子章是同意"格物"即"明明德"的，也就等于是同意"格物"是追求"止至善"的，如此前后不能不有所矛盾。心体流行只在于纯乎天理之极，也就是良知明确的是非和善恶观念的发用和呈现，而不能被物欲遮蔽，这才是"知所先后"，唯其如此才算是"近道"，才可能真正体悟"仁者以天地万物为一体"的"至善"境界。否则，一心想要"格物之本"，其实就等于执着地起了个不息的念头，且万物各不相同，欲"格物之本"则也不相同，便等于有了内外的分别，一旦追逐外物而陷入纷杂扰乱不断变化的万象之中，必然愈加难以平静心灵，就会犯阳明弟子陈九川的毛病，"（陈九川）又问：'静坐用功，颇觉此心收敛，遇事又断了。旋起个念头，去事上省察。事过又寻旧功，还觉有内外，打不作一片。'先生曰：'此格物之说未透。心何尝有内外？即如惟濬，今在此讲论，又岂有一心在内照管？这听讲说时专敬，即是那静坐时心，功夫一贯，何须更起念头？人须在事上磨练做功夫乃有益，若只好静，遇事便乱，终无长进。那静时功夫亦差，似收敛而实放溺也。'"② 其实，依照孔孟之道的逻辑，无论是哪一学派的"格物"，其内在的逻辑当然都是"格物之本"，这本是自然而然的追求，但不能如郭子章一般执着在

---

① 郭子章：《疾慧编》上，《黔草》卷二十一，《四库全书存目丛书》，齐鲁书社1997年版，第549页。

② 王阳明：《九川录》，《传习录下》，王阳明撰，吴光等编校《王阳明全集》第一册，上海古籍出版社2014年版，第104—105页。

心，刻意追求，也不能时刻只以此为唯一目标，因为一旦如此，便会忽略了万事万物的变化，尤其是宇宙万物为一整体的大局，就好比阴阳之道一般，若阴、阳各自只是追求自身的极盛，则太极所成的圆环便不可能困住它们，两者也不会刚柔相济，也就不存在其所揭示的"一阴一阳之谓道"（《易·系辞上》）、"天运循环，无往不复"（《大学章句序》）的道理。道家教人"虚"，佛家教人"无所住而生其心"，都有这个道理。

总而言之，郭子章的格物观是在吸收朱子和阳明格物观的基础上成型的，对朱子的批评尚且算中肯，对阳明的批评实欠证据，故此其格物论的性质，笔者以为，仍像江右王门多一些。

第三节 奢俭思想

"奢俭"的问题，从来就不是被局限在个人道德修养的领域，因为它直接关涉到儒学所倡导的作为治国理政之根本框架的"礼"，所以如果武断地判定一个儒家学者崇尚奢侈或者崇尚节俭，往往会犯挂一漏万、以偏概全的失误，对郭子章《奢俭论》的研究就是如此。如学者在研究郭子章或明代的经济思想时，将郭子章归纳为"崇奢"一派[①]，因为他反对节俭；也有学者将其归纳为既"崇奢"又"尚俭"一派，提倡适度消费的经济态度；还有学者将其归纳为"尚俭"一派[②]，因为他也反对侈靡。各家之所以观点不一，都在于各家更多注重自身所看问题的角度而相对忽视了郭子章的立场，即郭子章讨论"奢俭"问题是站在儒家"荩臣"治国理政的角度：一方面要考虑到君王平治天下的礼法，另一方面要考虑到官、民、卒、士四者的实际情况，所以必须一一分析对待，找出其论此五者所以不同的思想根由，才可能全面了解郭子章《奢俭论》的思想内蕴。本节正是以此为出发点，试述郭子章《奢俭论》之礼

---

① 如未作特殊限定或说明，则本节所论"崇奢"是指崇尚个人或小团体在私己之欲的驱动下大肆铺张、浪费却只图物欲享乐的侈靡之风。

② 如未作特殊限定或说明，则本节所论"尚俭"是指个人道德修养的崇尚节约俭省之风，即"个人之俭"。

法思想及其思想根由，不到之处，祈请方家指正。

一 "礼法之奢"和"个人之俭"：《奢俭论》的辩证诉求

郭子章开篇就明确地说"今之谈奢俭者，别其途"，还说"奢则过，俭则不及，奢之为害也巨，俭之为害也亦巨"。① 表面上，似乎郭子章是在向大家表明，他对奢俭的看法有别于大家的是：他既反对"奢"也反对"俭"，因为两者都危害巨大。实际上，反过来思考，郭子章是想说明"奢"和"俭"都有其适用的对象和境况，倘若相配，则"崇奢"会变成具有教化意义和约束作用的礼仪法度，或可称之为"礼法之奢"，"尚俭"也成为为学之士慎独自省的道德修养工夫，或可称"个人之俭"，皆得升华；倘不相配，则无论"崇奢"还是"尚俭"都会导致名实不符，如将"礼法之奢"与"个人之俭"错位所得出的"崇奢"之论，必然使得上至君王、下至百姓皆"无所措手足"。

1. "人主"之奢俭观

郭子章认为"人主"之"奢""俭"与"人臣"②不同，并引用孔子的言论来说明：

> 林放问礼之本。子曰："大哉问！礼，与其奢也，宁俭；丧，与其易也，宁戚。"（《论语·八佾》）
>
> 子曰："奢则不孙，俭则固，与其不孙也，宁固。"（《论语·述而》）

在孔子看来，"奢""俭"问题的本质实际上是对礼法施行的两种极端态度，都是不应该的，因为"崇奢"必然不能兼顾恭顺而使人难为其

---

① 王世贞、郭子章撰，李衷纯辑：《王郭两先生崇论·卷九·奢俭论》，明天启四年刻本；亦可见郭子章撰、郭子仁辑《郭青螺先生遗书》卷二十一，清光绪八年冠朝三乐堂刻本。下文引此书者，皆随文注《奢俭论》。

② 这里的"人主"指的是"君人者"，也就是帝王；"人臣"指的是"人主"以外的其他所有人，可参照《诗经·小雅·谷风之什·北山》："普天之下，莫非王土；率土之滨，莫非王臣。"

上司,"尚俭"必然过于朴素寒酸而使人难以为其下属,①但两权相害取其轻,所以"俭"比"奢"好,且"俭"也正是孔子所提倡之个人道德修养的重要工夫之一,如:

> 子禽问于子贡曰:"夫子至于是邦也,必闻其政,求之与,抑与之与?"子贡曰:"夫子温、良、恭、俭、让以得之。夫子之求之也,其诸异乎人之求之与?"(《论语·学而》)

正是基于此,孔子后便形成了"黜奢崇俭"的儒学传统,即论者在提及"奢俭"问题时,主流的意见都一致认为"俭"比"奢"好,并不区分适用对象和境况。然郭子章却不同,他明确强调孔子所说的"不孙"和"固"只是"特自人臣奢俭之害言耳,未及人主也"(《奢俭论》)。并认为"俭"虽然看上去好,但实际上为祸并不亚于"奢",只是太过隐微,"人主"难以察觉,如他说:

> 秦始以亡,汉武以耗,唐玄以乱,宋徽以虏,奢之为害,酷烈鸷毒,人主犹知而畏之。而俭以美名,蒙实甗,人主未必知也。何也?天地生财,非徒陈积天囷、充溢委府,固将有以用之也。而四海臣民之情,其男女衣食安饱之欲无以甚异人主,而思聚而有之也,不能无少望于人主。人主而不思以中其欲则可,人主而思以中四海臣民之欲,势不得不用其财而散之,而徒以万乘之尊守匹夫之介,简发而栉,数米而炊,吾恐其乱且亡也犹之奢也。《蟋蟀》刺奢而人将无所依,《汾沮洳》刺俭而国日以侵削,曹之乱,魏之削,其弊一而已。(《奢俭论》)

---

① 郭子章认为孔子关于"奢俭"问题的讨论只是针对"人臣"而言,所以他列举了管子和晏婴的例子,"管子贤大夫也,三归、反坫、镂簋、朱绂,孔子曰:难乎其上,不逊也。晏子贤大夫也,狐裘三十年,豚肩不掩豆,孔子曰:难乎其下,固也。"其中便提到"难乎其上""难乎其下"。郭子章的这段论述疑似引用《孔子家语》的记载,如《孔子家语·卷十·曲礼子贡问第四十二》记载:"子贡问曰:'管仲失于奢,晏子失于俭。与其俱失也,二者孰贤?'孔子曰:'管仲镂簋而朱绂,旅树而反坫,山节藻棁。贤大夫也,而难为上。晏平仲祀其先祖而豚肩不掩豆,一狐裘三十年。贤大夫也,而难为下。君子上不僭下,下不逼上。'"

在郭子章看来,"人主"负有教化四海臣民之责,而四海臣民又都有"衣食安饱之欲",如果"人主"推行"尚俭"的教化,则必然"失四海臣民之情",如果考虑满足四海臣民的情欲则必然会出现君不君、臣不臣的局面并最终导致国家混乱甚至灭亡,所以"人主"既不能考虑满足"四海臣民之情"也不能推行"尚俭"的教化,而只能强调依循礼法的适度"崇奢",这时,"崇奢"已经不再是昏君庸王过度追求铺张浪费的个人享乐和侈靡,而是一种治国理政的具有教化意义和约束作用的礼仪法度,即"礼法之奢",如他说:

> 盖昔者尧、舜、禹,宫垣不垩、茅茨不剪、恶衣菲食、涂墙摩木,可谓克俭矣,至其璇玑齐政,巡狩省方,丰禋祀,美黻冕,凿龙门,排伊阙,竭天下之财,日为之而不恤,故人主之俭能束于身而不能施于人,能俭于茅屋、越席、太羹、粢食之需,而不能俭于五礼、九仪、诸侯、四夷之会。(《奢俭论》)

由上可知,在郭子章看来,"尚俭"只能是个人的道德选择,① 而不能作为治国理政的方针被推行。至于"竭天下之财,日为之而不恤",都不过是三位圣王"王天下"的手段,是儒家礼仪法度的源头,且都有一定之规,并不是为一己之私,与个人的侈靡有本质不同。

可见,对"人主"来说,"奢俭"问题不能笼统地一概而论,应该根据实际情形的不同具体分析:当"崇奢"是为了满足个人或少数群体的过度享乐,则其为祸巨大,"奢之为害,酷烈鸩毒,人主犹知而畏之"(《奢俭论》);当"崇奢"是"人主"站在治国理政的角度所倡导,则其已经上升到礼法的高度,也必然符合礼仪法度的规范,是"礼法之奢",不可与前者一概而论,而应该提倡,"故人主之俭能束于身而不能施于人,能俭于茅屋、越席、太羹、粢食之需,而不能俭于五礼、九仪、诸侯、四夷之会"(《奢俭论》);当"尚俭"作为"人主"推行给四海臣民的教化、习俗时,违背了圣人基于"衣食安饱之欲"所制定的礼仪

---

① 这里不仅强调"尚俭"只能是个人的道德选择,同时也隐含另一层意思:尧、舜、禹三位圣王都明确区分"礼法之奢"与"个人之俭"的问题,作为"学为圣人"的儒家学者,在法圣王时,也应该如此,即"尚俭"应该成为所有积极之儒家学者的道德选择。

法度，则必然隐藏灾祸，"夫使人主之俭，而害止于固也，吾亦宁之。而人主之俭之害不止于固也，则尚安所取宁俭？小人之议以祸人国哉"（《奢俭论》）；当"尚俭"作为个人道德修养的价值选择时，是"个人之俭"，"人主"只能用以约束自身或作为私德提倡而不可以当作为政原则推行，"夫人主之俭，止于其身，而欲为天下国家计，即明王不得俭也"（《奢俭论》）。

所以，在郭子章看来，就"人主"而言，奢侈只能是"礼法之奢"，因其担负着治理国家、维护纲常和化育万民的重责，不可荒废；"尚俭"却只能是"个人之俭"，只能是私德而不可当作为政原则，因为那样就等于忽略了四海臣民的"衣食安饱之欲"。

2."荩臣"之奢俭观

在"尚俭"的问题上，郭子章认为"荩臣"与"人主"的角度应该一样，他说：

> 人臣之俭，亦止于其身，而欲为人主画天下国家计，即荩臣不得俭也。（《奢俭论》）

"不得俭"并不代表"崇奢"，论者以此作为郭子章主张"崇奢"的论据，是欠妥当的，因为郭子章明确区分了自身和天下国家。他又说：

> 萧鄜侯置田宅，必居穷处，为家不治垣屋，至未央之葬，东阙北阙、武库太仓，务极闳丽，而不以为侈。寇莱公居官鼎鼐，无地楼台，乃澶渊之役，决策亲征，秣马食士，千乎万糇，而不以为费。彼非歧家、国而二之也，忠臣之意，在令后世无以加，且欲数十年后戒不生心也。（《奢俭论》）

可见，"荩臣"的某些行为之所以表面看起来侈靡实际上依然是站在治国理政之角度的"礼法之奢"，"不得俭"也不是主张个人侈靡的"崇奢"，所以其自己从来不认为自己是"侈"，反而在自身的道德修养上极尽勤俭之能事以证明自己"尚俭"，萧何、寇准皆是如此。换言之，"荩臣"的"礼法之奢"都只是在为礼仪法度"正名"，因为"荩臣"

作为辅佐"人主"治国理政的重要群体，必须要突出"人主"的特殊地位，必须要找准自己与"人主""四海之民"间的关系，只有如此才能尽忠"人主"治理好国家。

需要说明的是，"荩臣"虽然同样有教化普通民众的责任，但是在传统儒家看来，尧、舜、禹等圣王已经制定了不可将只能"止于自身"的"尚俭"作为教化、习俗强行要求四海臣民遵行的礼仪法度，则后世之"人主""荩臣"自然也是如此。

所以，"荩臣"与"人主"一样，奢侈只能是"礼法之奢"，"尚俭"只能是"个人之俭"。

3. "官民卒士"的奢俭观

与"人主""荩臣"不同，郭子章对"官民卒士"的奢俭讨论主要是依于治国理政的角度阐发，而相对忽略了自身道德修养的角度，他说：

> 夫人主所与共天下者，官民卒士，四者而已。官而墨也，民而盗也，卒而乱也，士而暴也，则其弊岂特如夫子所云固已乎？故予谓今日之俭，施于所不得俭之人，而阴以酿国家他日之忧，此亦明主荩臣所宜焦心而筹者也。(《奢俭论》)

在郭子章看来，"官民卒士"四者本属于"不得俭之人"，因为他们皆本有"衣食安饱之欲"，只有在满足这些需求的基础上才可以考虑自身的道德修养，但这能够被认作郭子章主张"官民卒士"应该"崇奢"的证据吗？当然不是！因为这里的论述只是强调：在"明主荩臣"治国理政的角度上，被对待的"官民卒士"因为有"衣食安饱之欲"而属于"不得俭之人"，而不是从"官民卒士"自身道德修养的角度来说，事实上，若依于"官民卒士"自身道德修养的角度论奢俭问题，则郭子章必然还是主张"尚俭"，因为这是郭子章身为儒家的必然传统，是"明主荩臣"皆应有的美好品德，"官民卒士"受"明主荩臣"的教化，自然也该秉持这种儒家的传统德性。

然而，现实的情况却会出现两种极大的偏差：一是"人主"错误地理解了先贤侈靡之做法的意义，反而将其当作自己享乐"崇奢"的根据，混淆了"礼法之奢"和"崇奢"的区别；二是"人主"不能发现"尚俭"之危害，更是不顾"四海臣民之欲"而强行将其当作教化的美德推行给所有人，混淆了"不得俭"与"尚俭"的分际。两种情形，皆由于"人主"不知不顾"礼法之奢"和"个人之俭"的辩证关系而引起，无论哪一种情性最终都可能引发自"人主"至于"荩臣"以至于"官民卒士"的整个国家秩序的混乱，导致"丰于所俭，俭于所丰"的矛盾局面，如：

> 彼钱币、货贿，粪土耳，今之为国议丰俭者，大底鳌是。天子服膳、官阃、寺人、梵宇，古帝王所俭者，日见其不足而增之；宗室、闾左、百官、兆姓，古帝王所不得俭者，日见其有余而减之。丰于所俭，俭于所丰。视萧寇何如矣？百官岁禄之薄也，京官一岁之入不足以供宅骑，外官二岁之入不足以佐觐觐，而且日议蠲冗，日议裁羡，是俭于官也，势不得不渔民而即于墨；兆民岁输之苦也，蠲租不诏而呼追如故，赈金即颁而涓滴难周，彼且日困于贪墨之渔猎，日削于奸豪之子母，是俭于民也，势不得不而趋于盗。闾左之伍，其月糈几何？官吏各克于始而给不依期，将帅朘削于终而予不如数，是何于卒徒俭也，而恶禁其脱巾之乱？黉序之士，其贫窭什九，采廪之禄，不以时给学田之租，不以时输，是何于子弟俭也，而能保无凶岁之暴？（《奢俭论》）

所谓"古帝王所不得俭者"，其实就是强调"人主"应该要充分考虑到四海臣民的"衣食安饱之欲"，而不能将自身道德修养的"个人之俭"强行推致给他们。当然，这里并不是说要完全满足"四海臣民之欲"，因为"其男女衣食安饱之欲无以甚异人主，而思聚而有之也，不能无少望于人主"（《奢俭论》），而只是强调"人主"不能因"俭以美名，蒙实祸"（《奢俭论》），所以为天下国家计，圣王必须满足四海臣民生存的基本需求，只有这样才不会出现"官民卒士"的"墨盗乱暴"，也只有这样四海臣民才可能接受圣王所指定之礼仪法度的教化和约束。

可见，郭子章并不是在自身道德修养的角度主张"官民卒士"的

"崇奢",而只是站在治国理政的角度以"人主""荩臣"的视野去强调"官民卒士"之"衣食安饱之欲"的"不得俭"。这是为什么呢？笔者认为有三个原因：第一，身为儒家学者，郭子章认为包括"官民卒士"在内的任何人，在自身道德修养领域，都应该学法圣王、圣人，即"尚俭"是传统儒家大力提倡的私德，相应地则是追求自身之享乐的"崇奢"的行为应该被抛弃，这是千古定律，故而不必论；第二，"官民卒士"本就是被统治的层级较低的人群，其"奢俭"状态不是由自己决定，而是取决于"人主""荩臣"治理国家的成效；第三，"不得俭"与"崇奢"本不相同，前者指的是满足基本的"衣食安饱之欲"，是儒家为政的必然追求，后者则是强调精神上对于过度物欲追求的愉悦，与孔子"先富而后教"①的为政理念相悖，故而不可能为儒家所倡导。

据此，笔者以为郭子章《奢俭论》的"崇奢"实际上是提倡儒家廓然大公的"隆礼"，也就是"礼法之奢"，而不是为了满足个人或小团体对物欲、名利等过度欲求的私己的"崇奢"。

二 "礼法之奢"是"隆礼"而非"崇奢"

依据《奢俭论》，我们得知郭子章是在两个层面讨论"奢俭"问题的：一是治国理政的角度；二是自身道德修养的角度。对于后者，郭子章并没有展开论述，只是在举例说明问题时一笔带过，但观点非常明确即"尚俭"，这从其提到尧、舜、禹三圣王以及晏婴、萧何、寇准三贤大夫之克勤克俭的高尚德行即可看出，至于管仲的例子，郭子章更是以孔子"与其奢也，宁俭"之语加以评论，足见其在个人道德修养方面，仍然坚持"黜奢崇俭"的儒家传统。然而郭子章在《奢俭论》首句即说"今之谈奢俭者，别其涂"，可见坚持儒家传统在自身道德修养层面谈论"奢俭"问题并不是《奢俭论》的重点，只不过因其是圣门工夫所不可避免之入手处，故而一笔带过并以之作为将要谈论之问题的铺垫。所以，《奢俭论》的重点是基于治国理政的角度谈论"奢俭"问题，而这一问题又主要关涉两部分人："人主"和"荩臣"，在郭子章看来，两者虽有

---

① 《论语·子路》："子适卫，冉有仆。子曰：'庶矣哉！'冉有曰：'既庶矣，又何加焉？'曰：'富之。'曰：'既富矣，又何加焉？'曰：'教之。'"

第四章 郭子章哲学思想研究

地位和影响力的不同，但形式上是一致的，他说：

> 夫人主之俭，止于其身，而欲为天下国家计，即明王不得俭也。人臣之俭，亦止于其身，而欲为人主画天下国家计，即荩臣不得俭也。(《奢俭论》)

可见，"人主""荩臣"之所以"不得俭"是为了治理好天下国家，而要治理好天下国家，就必须要施行圣人所制定的礼仪法度，且郭子章强调的是"不得俭"，即应该满足礼法所得施行的一定之规，而不是"崇奢"，即毫无规矩地肆意挥霍，所以《奢俭论》不是在提倡"崇奢"，而是在提倡"隆礼"，这符合一个儒家学者修身齐家治国平天下的基本诉求。我们可以从以下两个方面来具体证明。

1. 从郭子章的学术经历和背景证明

作为江右王门的三传弟子，郭子章曾师事胡直十八年[①]，而胡直是欧阳德的学生，所以在正式接受佛学的洗礼和西学的熏染之前，郭子章早已经通习儒学并以之作为自己学问的最终归宿。证明有三：首先，考察其生平和学术渊源，则郭子章从小便对父亲所授周易、程传、朱义"合读无遗"，19岁时已经以精通经义著称，其后参加科举，28岁（隆庆五年）中进士进入仕途，而早在隆庆二年郭子章已经拜师胡直，此后更经常与王时槐、邹元标等相互"讲学于青原、白鹭之间，主于倡明正学"[②]。由此足见，在皈依佛学之前，郭子章主要研究的是治国平天下的儒学。其次，这里所说正式接受佛学的洗礼并不是指郭子章首次接触佛学，而是指郭子章正式全面接受佛学并将之作为自己学问的归宿，事实上郭子章师事胡直十八年，而胡直就曾学禅于邓钝锋，并且深有心得，自言：

[①] 据郭孔延《资德大夫兵部尚书郭公青螺年谱·戊辰二条》(《青螺公遗书》卷首，光绪八年冠朝三乐堂刻本，第5页) 记载郭子章于隆庆二年至求仁书院拜胡直为师，此后从胡直学习达18年之久，胡直死后，郭子章更为其亲撰行状叙述生平及为学旨趣。所谓"三传弟子"指的是欧阳德为阳明直传弟子，而胡直为再传弟子，则郭子章为三传弟子。

[②] 宋瑛等修，彭启瑞等纂：《同治泰和县志》，《中国地方志集成·江西府县志辑》，江苏古籍出版社1996年版，第358页。

> 一日，心思忽开悟，自无杂念，洞见天地万物皆吾心体，喟然叹曰："予乃知天地万物非外也。"自是，事至亦不甚起念，似稍能顺应，四体咸畅泰，而十余年之火症向愈，夜寝能寐。予心窃喜，以告钝锋，钝锋曰："子之性露矣"。①

可见，胡直的思想在一定程度上本就受到佛学的影响，甚至有学者认为胡直"察之外无理""心造起万物"之思想的提出正是源自这段习禅的经历，② 由此，则郭子章早年从学于胡直期间便接触过佛学思想的情实就是理所当然，但这时郭子章并没有全面接受佛学，而只是"学求无欲元同路，说道真如不讳禅"③，所以郭子章曾在《明州阿育王山志》卷首序中自述其事佛经历：

> 余平生事佛，率以名理取胜，多采诸最上乘门与吾灵台有所契合发明者雅尚之，至于一切因果报应等说，置弗问。中年宦辙四方，多更事，故凡有所求，屡着肪蟹，于时虽或问，问未加详。万历庚子，奉命讨播，以孤军冒重围，举家百口繫万死一生之地，恐畏百至。虽委身于国，听命于天，未尝不祷于三宝，祷即应，应即审。事非影响，且与关侯通于梦寐。播酋授首，多赖神助，余于是不惟于报应之道加详，而于生平所尚名理益着。④

由此可见，郭子章的学佛历程可简要分为三个阶段：第一阶段是早年求学时期，这时主要以儒学为主，虽涉猎佛学，也只是关注能与儒学相证明之处，至于佛学之本来面目则弃之不问；第二阶段，中年为官阶段，儒学积淀已深，且经历世事浮沉，故于佛理时有感悟，但未深究，却也不是过往那般"置一切因果报应等说弗问"；第三阶段，以万历二

---

① 黄宗羲著，沈芝盈点校：《明儒学案·二十二卷·江右王门学案七》，中华书局1985年版，第521页。
② 张学智：《明代哲学史》，北京大学出版社2000年版，第216页。
③ 郭子章：《柬周友山大参》，见郭子仁编《青螺公遗书》卷三十二，光绪八年冠朝三乐堂刻本，第10页。
④ 郭子章：《禅记》，《传草》卷十，《四库全书存目丛书》，齐鲁书社1997年版，第127页。

十八年（1600年，其时郭子章已经57岁）奉命入黔讨播为界，在经历生死后觉悟，转而深信佛学，更在退养归田后事佛十年，所以有学者据此认为郭子章晚年应该是皈依了佛教而不是基督教，① 笔者从其议。最后，郭子章友善西学的标志性事件便是与传教士利玛窦的往来，而据学者考证，郭子章与利玛窦的相识应是在肇庆，在万历十一年到万历十三年之间②，其时郭子章已过40岁，足证早期的郭子章确然以儒学为自己的精神归宿。

综上，郭子章的学术生涯：开始于儒学，兼容西学，终结于佛学，而只有儒学才是当时正统的治国平天下之道，则郭子章站在治国理政的层面讨论"奢俭"问题，自然是属于儒家理念无异议。③ 又因为儒家自孔子开始，就明确强调"正名"的思想，即要"名正言顺"地用道德礼法去教导化育万民，如《论语·泰伯》说："子曰：'不在其位，不谋其政。'"意思是不在那个职位上，就不要考虑它的政务。反之，在那个职位就应该考虑它的政务，所以在关乎国家大政的"奢俭"问题上，郭子章必须以儒家正统的"奢俭论"教化民众。如何教化？"子曰：'道之以政，齐之以刑，民免而无耻；道之以德，齐之以礼，有耻且格。'"（《论语·为政》）换句话说，在道德的化育下，还必须提倡用礼仪法度去教导人们，则学者所论郭氏《奢俭论》是提倡"崇奢"的说法便值得商榷了，因为孔子一直强调"礼，与其奢也，宁俭"（《论语·八佾》）。

2. 从"礼法之奢"的本质证明

《后汉书·马融传》曾说："奢俭之中，以礼为界。"意思是：判断"奢俭"的标准要看是否符合礼仪法度的规定，在个人如此，在国家天下也是如此，所以郭子章站在治国理政的角度谈论"奢俭"问题也同样如此。

首先看个人的角度。儒家礼法教人们"慎独""忠恕""正名"等道

---

① 谭红艳：《西学传播与晚明学术风尚——以郭子章为中心的考察》，《明史研究论丛》第十一辑，故宫出版社2013年版，第193、191页。
② 谭红艳：《西学传播与晚明学术风尚——以郭子章为中心的考察》，《明史研究论丛》第十一辑，故宫出版社2013年版，第193、191页。
③ 郭子章虽然也著有《老解》一书，难以否定其治国理念可能受到老学的影响，但纵观其为官清正、"多慷慨磊落之旨"的宦海生涯（史载其政绩"强梁敛迹，百废具兴"），应可以确定其治国理念仍是以儒学占据主导之地位。

德伦理，甚至宣扬"杀身成仁""舍生取义"的价值抉择，皆在于强调为人要谦和、恭顺，要以学做圣人、君子为终生追求，则少私寡欲保持艰苦朴素的生活作风和修身齐家治国平天下坚持以奉行礼法为自己的人生准则就成为每一个人所应该要遵守和践行的价值规范了，儒家重视久丧厚葬正是这个道理，如孔子说"生，事之以礼；死，葬之以礼"（《论语·为政》），孟子说"君子不以天下而俭其亲"（《孟子·公孙丑下》），即久丧厚葬不是为了铺张和显耀身份地位，而是为了"慎终追远，民德归厚矣"（《论语·学而》）的教化意义。可见，只要符合礼法的约制，则铺张并不是"崇奢"，而只是"不得俭"，是每一个儒家学者一生中都会遇到的必然而然的"礼法之奢"。当然，这并不是说打着礼法约制的旗号就可以肆意妄为，因为孔子明确提出了"经"和"权"的问题："人主""荩臣"治世，如圣王般强调"礼法之奢"是"经"，而"权"则是在依循"经"的基础上考虑到实际的情况而做出的损益①，即"礼法之奢"可以适度地减少规模或改变形式以保其教化意义和约束作用，但绝不可完全废弃，这也是孔子所以强调"礼，与其奢也，宁俭"和"尔爱其羊，我爱其礼"（《论语·八佾》）的缘故。这一点，对儒家学者来说，无论是个人修身还是齐家治国，都是适用的。

其次看家国天下的角度。在儒家看来，理想中的"人主"和"荩臣"都负有治理好国家以确保民众安然生活的责任，所以他们的为政措施都应该符合"礼义文理"，不可以也不会掺杂任何的私心私欲，所以不存在贪图个人享乐的"崇奢"，而只有廓然大公、以天下为己任的"礼法之奢"。当然，不可否认有很多人借着儒家齐家治国平天下的旗号去行满足个人私欲的实际，但那样的儒家已然不是真正的儒家，不符合《奢俭论》对"人主""荩臣"的描述。至于"官民卒士"，虽以满足基本的"衣食安饱之欲"为前提，却在"人主"和"荩臣"的治理和教化之下，自然也只有"礼法之奢"和"个人之俭"。

综上，郭子章《奢俭论》虽然提到"奢"之一面，但强调的是治国理政的"礼法之奢"，即"隆礼"，而不是个人享乐的"崇奢"；虽然也

---

① 孔子虽然主张"恢复周礼"，却也提倡损益，如他说"殷因于夏礼，所损益，可知也；周因于殷礼，所损益，可知也。其或继周者，虽百世，可知也"（《论语·为政》）。

提到"俭"的一面，但强调的是个人道德修养的"尚俭"，而不是治国理政之原则。

三 《奢俭论》提出的思想根由

郭子章是江右王门的重要人物之一，其治国理政的思想也都是源自自己深厚的儒学底蕴，曾作过《格物斋记》专门针对朱子和阳明的格物论提出自己的看法，他说：

> 朱文公以事物为物，以穷至事物之理为格。王文成公以革其不正以归于正为格，而云："身心意知天下国家皆物也。"……言者敢问孰是？郭子曰："今日格一物，明日格一物，人病其支。格不正以归于正何异正心，而云身心意知天下国家皆物也，则将曰，致知在正心，可乎？致知在诚意，可乎？致知在平天下，可乎？"……物之为言广矣，心身意知国家天下皆可名物。而格物之物则有所属，即物有本末之物也。朱子曰：明德为本，则明明德为格。格物者，格物之本，而末自举。故曰此谓知本，此谓知之至也。天地之为物，不贰天地，以此不贰之物与人，即为吾人之物，即性也；知性则知天，而知岂有不致乎？《中庸》曰：君子必慎其独，致知也，而始于未发之中，物也，致中，格也，故曰：立天下之大本也。①

从中可以看出，郭子章虽然是江右王门中人，但并不完全同意王阳明的观点。首先，郭子章如其他的王门学者一样认为朱子的格物观太过支离，所谓"今日格一物，明日格一物"的"即物穷理"之法必然让学者过多关注现实的细枝末节而忽略心性本体；其次，郭子章认为王阳明无法说清楚格物与正心、诚意的区别；最后，郭子章在综合朱子和王阳明两者的观点之上表达了自己的见解，他同意朱子"明德为本"的说法，又继承了王阳明"身心意知国家天下皆可名物"的观点，但认为格

---

① 郭子章：《格物斋记》，《黔草·卷十二·碑记》，《四库全书存目丛书》，齐鲁书社1997年版，第403页。

物既不是穷物之理也不是正心，而是格物之本，即明了"身心意知"为本而"国家天下"为末，并认为只要悟通了物之本，则物之末自然而然便能明了于心，因为在儒家看来，"君子务本，本立而道生"（《论语·学而》)，这个本就是"明德"，也就是阳明学所说的"大者"，明了"明德"之人也就是"立其大者"之人，其必然而然会以"国家天下"为己任，这是不言自明的。但并不代表明了"明德"之人最终一定能成为"国家天下"的重臣，更不代表就算他们成为"人主""荩臣"就一定能教化四海臣民而使他们也能"立其大者"，所以便需要一整套规范的礼仪法度去引导和约束臣民，这依然是王门心学"先立乎其大者"之思路的继承和延续。所以在讨论"奢俭"问题时，郭子章一方面只是一笔带过自身道德修养的层面，因为在他的思维里"人主"和"荩臣"之所以能治国理政正是因为他们已经"立乎其大"，即他们已经明了和做到了格物之本，也就参透了"身心意知"与个人之道德修养之间的内在联系，自然也就继承了儒家"黜奢崇俭"的价值传统，同时也解释了为什么在《奢俭论》中郭子章始终认为"人主"和"荩臣"在个人道德修养的领域必然是"尚俭"的原因；另一方面又从治国理政的角度重点阐述"礼法之奢"，因为在他看来，"礼法之奢"正是继承了儒家的"隆礼"思想，是教化和约束四海臣民的规范和制度，与通常意义上满足私心私欲的主张个人享乐的"崇奢"有本质不同，必须加以区别。

总而言之，郭子章《奢俭论》的提出是建立在儒家学术尤其是阳明心学的背景之下的，所以完全符合《大学》"修身齐家治国平天下"的逻辑思路，论者或从经济学的角度将其等同于通常意义上的"崇奢""尚俭"以及两者之间的说法，是忽略了郭子章的学术背景及其由格物观进至平天下的推致思路，确然有失偏颇。

第四节　由儒入佛

郭子章作为江右王门的嫡传，中年以前笃信阳明心学，却在中年以后渐渐趋向佛教，如其在贵州平乱期间曾致信杭州云栖寺大和尚袾宏说："仆近留鬼方讨夜郎，兵戈丛中佛力为多，竟无术脱去尘沙，归镜云栖"①，便命其子孙至钱塘礼佛。② 晚年，郭子章更是成为虔诚的佛教信仰者。其在归养后，先修忠孝寺③，再助修西溪寺④，又将太虚观即将倾倒的右厅改成净圣堂，并为僧人解除一应后顾之忧，⑤ 顾虑周详，可见一斑。除此外，郭子章还身体力行佛教的因果业报说，如万历三十八年，皇帝派遣江西布政司副使进行祭祀典礼，需要用鱼千条，但在祭祀前夜郭子章夫人梦见上千僧人穿着鱼鳞做成的袈裟向她跪地祈求救命："东方见一犬如山，赤色千眼，状最雄狞"，其时有"佛见空中，语曰：'若无怖，惟饶千僧死，可矣。'"郭子章深感这是因果轮回之业报，即买千条其他的鱼换取祭祀用的鱼，其夫人夜间"复梦鱼鳞千僧来谢"。事后，郭子章作《冠朝放生池碑记》记载其事。⑥

郭子章曾编著《明州阿育王寺志》记述其一生趋向佛教的经历，如下：

> 余平生事佛，率以名理取胜，多采诸最上乘门与吾灵台有所契合发明者雅尚之，至于一切报应因果等说，置弗问。中年宦辙四方，多更事，故凡有所求，屡著肪蠁，于时虽或问，问未加详。万历庚子奉命讨播，以孤军冒重围，举家百口系万死一生之地，恐畏百至，虽委身于国，听命于天，未尝不祷于三宝，祷即应，应即审。事非影响，且与关侯通于梦寐。播酋授首，多赖神助。余于是不惟于报

---

① 释袾宏：《云栖大师遗稿》卷一《答江西郭青螺司马》，篮吉富主编《大藏经补编》第23 册，华宇出版社 1984—1986 年版，第 22—23 页。

② 数年后，郭子章幼孙曾有"曾随父入栖霞礼佛"的回忆。见郭子章《古今郡国名类》序，《传草》卷二、三、四，《四库全书目丛书》，齐鲁书社 1997 年版，第 677 页。

③ 据《明州阿育王山志序》记载："近奉旨归养，乃建忠孝寺，上报主恩，下酬亲恩，总之答神咒，以彰至理之不诬也。"见郭子章《明州阿育王寺志》序，《传草》卷十，《四库全书存目丛书》，齐鲁书社 1997 年版，第 127 页。

④ 郭子章的同乡修建西溪寺时，忠孝寺尚未完工，不能多助，但依然发动乡人募缘帮助，甚至将佛寺的兴盛与否与科举考试的气运联系起来，见郭子章《重修西溪寺募缘疏语》，《传草》卷六，《四库全书存目丛书》，齐鲁书社 1997 年版，第 32 页。

⑤ 郭子章召僧人明源"募缘乡戚"，在净圣堂建成后，又"以贵祝融上人、吉州瀿上人主持其教"，考虑到"二梵僧盈三十人，无以饮之则饥莫之，无以薪之则力罢于樵"，便买社下田作为吃饭之用，捐棠洲作为薪资之用。见郭子章《施忠孝寺净圣堂田洲记》，《传草》卷一，《四库全书存目丛书》，齐鲁书社 1997 年版，第 578 页。

⑥ 郭子章：《青螺公遗书》卷一十二《冠朝放生池碑记》，见郭子仁编《青螺公遗书》卷首，光绪八年冠朝三乐堂刻本，第 10—11 页。

应之道加详，而于生平所尚名理益著。近奉旨归养，乃建忠孝寺，上报主恩，下酬亲恩，总之答神咒，以彰至理之不诬也。①

从郭子章的自述可以明确看到其一生从不信佛到事佛虔诚的转变似乎主要依赖的是曲折艰难的人生经历，这的确在情理之中，但笔者以为还有更加深层的思想和文化背景，就如同其早年不信佛教正是因为笃信阳明心学的缘故。郭子章既然笃信阳明心学，而阳明心学与佛学是有着本质不同的，可为什么还会转向佛教？尤其是当郭子章与阳明一样同在贵州遭遇困境和磨难，却为什么已然大成的心学不能帮助前者走出困境？考其因由，除了每个学人对于相同思想皆可以有不同理解皆必然有不同理解之原因外，②在明末思想界"三教合一"的趋势下，郭子章晚年成为佛教徒，并非只有生平经历这一个因素，而是有着深刻的思想根源的，归纳起来，笔者以为主要有三个原因：首先是师门嫡传的佛学思想基因；其次是艰难的经历；最后是佛学本身的向善和慰藉心灵的好处。下面笔者将分而述之。

一 师门嫡传的佛学思想基因

阳明哲学主张"心外无理""心外无物""心外无事"，以及静心、定气的工夫，确实与佛教诸如"万法唯识"和禅定的理论与工夫相似，所以常常被其他学者质疑，阳明虽然确实借鉴过佛学思想，但本质上仍然有区别，为此他曾特地多次指出自己学问与佛学的区别。然而，毕竟不是每个弟子都如阳明一般清楚明白，其潜移默化受到佛学甚至自觉运用佛教思想或走向佛教始终不乏其人。据此，笔者以为可以从两个方面来论述：第一，阳明思想中的佛学基因，此时阳明后学以及郭子章都是被动接受一些佛学思想的基因影响；第二，郭子章直接的师承，欧阳德、罗洪先和胡直等，属于自觉地反思地接受佛学思想基因。

---

① 郭子章：《明州阿育王寺志》序，《传草》卷十，《四库全书存目丛书》，齐鲁书社1997年版，第127页。

② 由此，则即使是阳明心学，即使郭子章也和阳明一样在贵州经历磨难，但绝不代表两人对于磨难的体会和对阳明心学的理解就会是一样的，就算理解上南辕北辙，也并不奇怪。

第四章 郭子章哲学思想研究

1. 阳明思想中的佛学基因

阳明哲学虽是儒家大宗,但不可否认其与佛学确实有着极为深刻的渊源,不仅在本体心论所倡导的"心外无理""心外无事""心外无物"上,因为这三者与佛教唯识宗的"万法唯识"有类同之处,而且在工夫论上也有颇多相同之处,以致当时与阳明论学之人,颇有一些怀疑,如《答顾东桥书》记载:

> 来书云:"但恐立说太高,用功太捷,后生师传,影响谬误,未免坠于佛氏明心见性、定慧顿悟之机,无怪闻者见疑。"
> 区区格、致、诚、正之说,是就学者本心日用事为间,体究践履,实地用功,是多少次第、多少积累在,正与空虚顿悟之说相反。闻者本无求为圣人之志,又未尝讲究其详,遂以见疑,亦无足怪。若吾子之高明,自当一语之下便了然矣,乃亦谓"立说太高,用功太捷",何邪?①

顾东桥认为阳明教人一切从自心出发,自性自足自觉一切,不必向外寻求物理,这与佛教唯识宗主张的"唯识无境"说,以及佛教教人顿悟自觉的工夫沦为一谈。阳明则认为,"格、致、诚、正"虽然只是一事,只从心上做工夫,但其涉着处确实日用之间的事,因为后者是天道循环的造化,是心体流行的自然表现,是实有其事,而不是空无所着,所以其源头应该是孟学的"必有事焉",而不是佛学的空虚顿悟。这与阳明强调的知行合一是一致的。在阳明看来,学者当先立下必为圣人的真切志向,不能有一丝一毫的懈怠,然后为圣人之学,做到知行合一,才算是真正的圣学,不然只是立志不真切,也不明了圣人及其学问,自然容易走偏,误以为圣学即佛学。顾东桥始终认为"良知自足"的说法欠妥,因为宇宙万物之理须通过"格物"的工夫才能认识到,如果没有这种外在的"即物穷理"的工夫,而只是从自心入手,只能得到一些佛家的"定""慧"之见,与外在的物理知识无用,他说:

---

① 王阳明:《答顾东桥书》,《传习录中》,王阳明撰,吴光等编校《王阳明全集》第一册,上海古籍出版社2014年版,第46页。

来书云："教人以致知明德，而戒其即物穷理，试使昏暗之士深居端坐，不闻教告，遂能至于知致而德明乎？纵令静而有觉，稍悟本性，则亦定慧无用之见，果能知古今，达事变，而致用于天下国家之实否乎？"

区区论致知格物，正所以穷理，未尝戒人穷理，使之深居端坐而一无所事也。若谓即物穷理，如前所云"务外而遗内"者，则有所不可耳。昏暗之士果能随事随物精察此心之天理，以致其本然之良知，则虽愚必明，虽柔必强，大本立而达道行，九经之属可一以贯之而无遗矣。尚何患其无致用之实乎？彼顽空虚静之徒，正惟不能随事随物精察此心之天理，以致其本然之良知，而遗弃伦理、寂灭虚无以为常，是以要之不可以治家国天下。孰谓圣人穷理尽性之学而亦有是弊哉？[①]

显然，顾东桥将阳明"不教闻告"与"深居端坐"的静定工夫混为一谈，也反映了世俗学子以为阳明只教人"先立大本"而不去读书学习的误解。诚如阳明的回答，他从来没有教人不去"即物穷理"，只是强调如此做的目的是"纯乎天理之极"，且是"随事随物精察此心之天理"，不能只是为了事物之理而忘记"致其本然之良知"，更不能如佛家一般"遗弃伦理、寂灭虚无以为常"，后者正是对本心良知的舍弃。可见，阳明的"良知教"虽然成熟，却仍然有着被混为佛教之学的可能。

除顾东桥外，仍有学者对阳明心学与佛学的关联有疑问，如《传习录下》记载：

问："儒者到三更时分，扫荡胸中思虑，空空静静，与释氏之静只一般，两下皆不用，此时何所分别？"

先生曰："动静只是一个。那三更时分，空空静静的，只是存天理，即是如今应事接物的心。如今应事接物的心，亦是循此天理，便是那三更时分空空静静的心。故动静只是一个，分别不得。知得

[①] 王阳明：《答顾东桥书》，《传习录中》，王阳明撰，吴光等编校《王阳明全集》第一册，上海古籍出版社2014年版，第53页。

动静合一，释氏毫厘差处亦自莫掩矣。"

阳明认为释氏与自己的差别也只是在毫厘之间，即释氏主张万物皆虚幻，所以心中空空如也，"释氏却要尽绝事物，把心看做幻相，渐入虚寂去了。与世间若无些子交涉，所以不可治天下"①，而阳明则认为万物实存，与心中之良知同在，致良知是就事上去做，"吾儒养心，未尝离却事物，只顺其天则自然，就是功夫"②，若良知未察觉，则是被遮蔽的"同归于寂"，良知察觉时，则是"一时明白起来"，③所以心中的虚静不是空空如也，而是存天理和致良知，要做到随心随时体察"天理之极处"而不被外物、人欲遮蔽，"动而无动"④。阳明弟子王纯甫的质疑则说得更加委婉，"学以明善诚身，固也。但不知何者谓之善？原从何处得来？今在何处"，但王阳明却能听弦知音，他回答说："纯甫之心，殆亦疑我之或堕于空虚也，故假是说以发我之蔽。吾亦非不知感纯甫此意，其实不然也。夫在物为理，处物为义，在性为善，因所指而异其名，实皆吾之心也。心外无物，心外无事，心外无理，心外无义，心外无善。吾心之处事物，纯乎理而无人伪之杂，谓之善，非在事物有定所之可求也。处物为义，是吾心之得其宜也，义非在外可袭而取也。"⑤

《传习录》中，弟子请教阳明佛学与心学之区别的地方有不少，阳明意识到自己的学问与佛学之间仅仅是毫厘之差，所以常为学生讲论异同，如下：

---

① 王阳明：《钱德洪录》，《传习录下》，王阳明撰，吴光等编校《王阳明全集》第一册，上海古籍出版社2014年版，第121页。
② 王阳明：《钱德洪录》，《传习录下》，王阳明撰，吴光等编校《王阳明全集》第一册，上海古籍出版社2014年版，第121页。
③ 王阳明《钱德洪录》："先生游南镇，一友指岩中花树问曰：'天下无心外之物，如此花树，在深山中自开自落，于我心亦何相关？'先生曰：'你未看此花时，此花与汝心同归于寂。你来看此花时，则此花颜色一时明白起来。便知此花不在你的心外。'"（《传习录下》，王阳明撰，吴光等编校《王阳明全集》第一册，上海古籍出版社2014年版，第122页）
④ 王阳明：《答陆原静书二》，《传习录中》，王阳明撰，吴光等编校《王阳明全集》第一册，上海古籍出版社2014年版，第72页。
⑤ 王阳明：《与王纯甫书二·癸酉》，王阳明撰，施邦曜辑评，赵平略点校《阳明先生集要》，中华书局2008年版，第239—240页。

先生尝言："佛氏不着相，其实着了相。吾儒着相，其实不着相。"请问。曰："佛怕父子累，却逃了父子；怕君臣累，却逃了君臣；怕夫妇累，却逃了夫妇；都是为个君臣、父子、夫妇着了相，便须逃避。如吾儒有个父子，还他以仁；有个君臣，还他以义；有个夫妇，还他以别：何曾着父子、君臣、夫妇的相？"①

"只说'明明德'而不说'亲民'，便似老、佛。"②

萧惠好仙、释。先生警之曰："吾亦自幼笃志二氏，自谓既有所得，谓儒者为不足学。其后居夷三载，见得圣人之学若是其简易广大，始自叹悔错用了三十年气力。大抵二氏之学，其妙与圣人只有毫厘之间。"③

"不思善不思恶时认本来面目"，此佛氏为未识本来面目者设此方便。"本来面目"即吾圣门所谓"良知"。今既认得良知明白，即已不消如此说矣。"随物而格"是致知之功，即佛氏之"常惺惺"，亦是常存他本来面目耳。体段工夫，大略相似，但佛氏有个自私自利之心，所以便有不同耳。④

所谓动静无端，阴阳无始，在知道者默而识之，非可以言语穷也。若只牵文泥句，比拟仿像，则所谓心从法华转，非是转法华矣。⑤

正因为阳明自己明确意识到心学与佛学有相似之处，且差距只在毫厘之间，所以阳明担心后学会因为不明己学而流入佛学，故曾严厉地批评佛学，"佛、老之害甚于杨、墨"⑥，并作《谏迎佛疏》⑦一文表达自

---

① 王阳明：《黄直录》，《传习录下》，王阳明撰，吴光等编校《王阳明全集》第一册，上海古籍出版社2014年版，第112页。
② 王阳明：《陆澄录》，《传习录上》，王阳明撰，吴光等编校《王阳明全集》第一册，上海古籍出版社2014年版，第29页。
③ 王阳明：《薛侃录》，《传习录上》，王阳明撰，吴光等编校《王阳明全集》第一册，上海古籍出版社2014年版，第42页。
④ 王阳明：《答陆原静书二》，《传习录中》，王阳明撰，吴光等编校《王阳明全集》第一册，上海古籍出版社2014年版，第75—76页。
⑤ 王阳明：《答陆原静书二》，《传习录中》，王阳明撰，吴光等编校《王阳明全集》第一册，上海古籍出版社2014年版，第73页。
⑥ 王阳明：《答罗整庵少宰书》，《传习录中》，王阳明撰，吴光等编校《王阳明全集》第一册，上海古籍出版社2014年版，第88页。
⑦ 王阳明：《谏迎佛疏》，王阳明撰，吴光等编校《王阳明全集》第一册，上海古籍出版社2014年版，第325—329页。

己的立场。

可见，阳明心学从证立到成熟都始终遭受学术界对其与佛学关系的质疑，但阳明自觉与佛学根本不同，却也无法抹去与佛学相似乃至相互借鉴的地方，这便留下了后学认为其是佛学之改头换面的隐患，甚至等于在阳明后学心中都种下了佛学的种子，导致后学的背离。早年信奉阳明心学后来背离的黄绾就是这样的情况。黄绾在晚年曾批评阳明的格致说是"禅定之学"，并认为阳明心学不是圣人之学，其错误就是"不以致知在格物之在字为志在于格物，而皆以在格物之在字为工夫在格物"。就是说，黄绾的格物说更多倾向于功效，而不是所谓从自心出发的性理，"若无功效，更说何学？"① 连阳明十分看重的黄绾尚且认为阳明心学是佛学并背离，② 则百年后的郭子章受到阳明学中佛学因素的影响就容易理解了。

其实关于阳明心学与佛学的关系，梁启超先生曾有过明确的说法："至于'王学'的大概……简单说来，可以说'王学'是中国儒教、印度佛教的结合体，也可以说是中国文化与印度文化结婚所生的儿子。"③ 这是强调阳明心学与佛学渊源深刻，乃至互相影响，你中有我，我中有你。吕思勉先生则有不同意见，他认为："佛学既敝，理学以兴。虽亦兼采佛学之长，然其大体，故欲恢复吾国古代之哲学，以拯救佛学末流之弊。"又说："理学者，佛学之反动，而亦兼采佛学之长，以调和中国之旧哲学与佛学者也。"④ 即吕思勉先生认为阳明心学的本质或核心是中国古代哲学或从中国古代哲学发展而来的理学，只是兼采了佛学之长，而并非佛学。虽然两先生观点不一，但皆能证明阳明心学与佛学的关系紧密。由此，亦可看出，作为江右王门嫡传的郭子章必然会受到佛学的影响，只是早年"不问"罢了，一旦有了契机，受其影响也是理所应当。

2. 业师胡直思想中的佛学因素

郭子章奉侍胡直十八年，且执弟子礼甚恭敬，胡直死后，亲自为其

---

① 黄绾：《明道编》卷二，嘉靖二十六年刻本。
② 黄绾与湛若水和阳明曾经在京师组成三人学习小组，甚至吃睡都在一起，其情谊可见一斑。
③ 梁启超、王勉三等：《王阳明传》，新世界出版社2018年版，第164页。
④ 吕思勉：《理学纲要》，译林出版社2016年版，第3—5页。

撰写《先师胡庐山先生行状》①，并与其他门人编纂胡直的著作成《衡庐精舍藏稿》三十卷和《衡庐精舍续稿》十一卷，足见其对胡直思想了解之深。胡直是江右王门的中坚，已然有着兼采佛学之长的思想倾向，而在《明州阿育王寺志》序中，郭氏自述其中年以前皆以"名理取胜"，"多采诸最上乘门与吾灵台有所契合发明者雅尚之，至于一切报应因果等说，置弗问"，则可见胡直的思想及其治学态度对郭氏的影响之深。

胡直的思想，前已有所说明，这里只略而言之。胡直吸收佛教唯识宗"万法唯识"的观点提出了"心造天地万物"的主张，认为"理不离乎心，察之外无物"，郭子章称"先生之旨，既与释氏所称'三界惟心，山河大地为妙明心中物'不远"②。在平时的治学态度上，胡直并不忌讳谈禅，如他专门作《胡子衡齐》辩论儒、释的关系，笔者以为这可能是受其师门的影响。

胡直拜师于欧阳德和罗洪先。欧阳德主张"动静合一"，认为动静是良知发用流行的状态，但不能以动静来描述良知，因为良知本体无动静。既然动静成了良知发用的状态，就说明可以从动或静的角度去致良知，尽管欧阳德自己强调"动静合一"，但其后学却不必然如他那般理解，自然就留下了后学偏向"主静"的理论可能，就如阳明强调心学与佛学根本不同，却偏偏有弟子依然认为其是"禅定之学"，或是有弟子流入佛学一样。既然阳明、欧阳德、胡直都不避讳谈禅，或说其思想中都包含了佛学的因素，则郭子章受其影响也是正常合理。再说罗洪先。他明确提出"归寂主静说"，这很容易让人联想到佛学的"涅槃寂静"。虽然两者有所不同，但不能不让人想到阳明曾经被弟子质疑为"定慧之见"的例子，尤其是罗洪先主张"无欲故静"的说法，这与佛教去欲并主张一切皆空接近。张学智先生认为罗洪先的无欲有很强的宗教意味，其修养方法与禅宗有许多相同之处。③

---

① 其中多有郭子章总结胡直关于儒释区别的观点，及对佛学的态度。见黄宗羲撰，沈善洪等编校《明儒学案》卷二十二，浙江古籍出版社1994年版，第593—594页。
② 《江右王门学案七》，黄宗羲撰，沈善洪等编校《明儒学案》卷二十二，浙江古籍出版社1994年版，第594页。
③ 张学智：《明代哲学史》，北京大学出版社2000年版，第192页。

正因为胡直受欧阳德和罗洪先思想中佛学因素的影响，而后两者则直接承继了阳明心学中的佛学因素，这才导致胡直以及江右王门的思想中不可避免地带有了很多佛学因素，如他认为儒释的区别"只在尽心与不尽心之分……世儒之求理，与释氏之不求理，学术虽殊，其视理在天地万物则一也。"① 胡直对儒释区别的这种认识等于在一定程度上等同了两家的学问，所谓的区别不过是出世和入世的不同而已②，所以其治儒学并不避讳"谈禅"的态度，这直接导致其门下弟子如郭子章者也不都不避讳谈论禅学，如郭子章曾说："学求无欲元同路，说到真如不讳禅。"③

总之，郭子章之所以能在中晚年渐趋于佛学，主要是因为早年的佛学积累，也就是学问中早已经埋下佛学因素，只待时机成熟，便会萌发。单就这一点，阳明后学几乎是一样的，只是佛学因素的多少与程度的轻重不同罢了。

二 艰难的经历

郭子章的人生经历虽然丰富，但真正促使其渐趋佛教乃至由儒入佛的当属贵州平播之行。万历二十八年，郭子章奉命入黔讨伐播州杨应龙叛乱，孤军犯险，于重围之中独面艰难险阻，除了祷告祈求神明的帮助外，并无任何办法。好在所有的祈求和祷告竟似神助一般，一一应验，故此心生虔诚，正如其在给袾宏大师的信中说"兵戈丛中佛力为多"。此后，郭子章巡抚贵州期间，一面上疏皇帝祈求归养，一面继续"煎熬"。所谓"煎熬"当然不是说他生活困顿，而是官场失意。郭子章在平叛后，屡遭弹劾，前文已提到他的平播功绩被李化龙等忽略抢夺，其实远不仅如此，同僚还弹劾要处斩他，如工部右给事中王元翰两次上疏

---

① 《江右王门学案七》，黄宗羲撰，沈善洪等编校《明儒学案》卷二十二，浙江古籍出版社1994年版，第594页。

② "其言与释氏异者，释氏虽知天地万物不外乎心，而主在出世，故其学止于明心，明则虽照乎天地万物，而终归于无有。吾儒主在经世，故其学尽心，尽心则能察乎天地万物，而常处于有。"（黄宗羲撰，沈善洪等编校：《明儒学案》卷二十二，浙江古籍出版社1994年版，第594页）

③ 郭子章：《青螺公遗书》卷三十二《柬周友山大参》，见郭子仁编《青螺公遗书》卷首，光绪八年冠朝三乐堂刻本，第10页。

弹劾,"子章曲庇安疆臣,坚意割地,贻西南大忧,且尝著《妇寺论》,言人主当隔绝廷臣,专与宦官宫妾处,乃相安无患。子章罪当斩"①。本是冒九死一生才建立的功勋,不但没有得到应有的褒奖,反而招人嫉恨,功绩不保,生死难料,郭子章由此产生深深的无力感,心灰意冷之下,产生"人谤而天怜鬼右"的感慨,他说:"即如子章抚黔,以五十万远天子,犹诬薏苡。总杀苗夷一万四千,及云姑息,顾及之方寸,实无愧怍。老天怜之,同事诸公半趋鬼录,而子章犹延视息于天地间,岂非人谤而天怜,人嘲而鬼右邪?"②

郭子章功高震主,一日不离朝堂,一日就陷于钩心斗角之中。巡抚贵州的十年里,郭子章也希望能像阳明那样去体悟心学,却事与愿违,反而在战争与朝臣弹劾挤压的困顿下,于佛学中寻到了一丝心灵的慰藉,于是他开始不断上疏乞归,想要逃离是非之地,余生事佛。到第九次上疏获准后,郭子章立刻写信给子孙,"稚子须教摊书卷,奚奴正好种池莲。待予菽水承欢暇,细读莲华止止篇"③。足见其心慕佛学的迫切心情。

从中年各地做官的坎坷经历,到平播战役后转向佛学,郭子章归养后又经历了晚年丧失亲人的打击,"归田七载,两挂组绶,哭父哭母,谁能堪此?仆与老妻久已长素,七旬之外,谁能无病?儿辈学疏,父兄德薄,岁岁下第,分故应耳"④。诚如郭子章所说,好不容易获准归养,以为可以专心事佛,颐养天年,却不想连遭丧亲之痛,虽然年过七十古来稀,可若是在承受巨大悲伤的情况下,身体又有病,儿孙又不能看到希望,自己的辉煌后继无人,谁能堪此呢?越是如此,便越是要寻得心灵的慰藉。

一般来说,阳明心学需要"常提撕"的工夫,需要"致良知"的坚

---

① 张廷玉等:《明史》卷二百三十六《王元翰传》,中华书局1974年版,第6151页。
② 郭子章:《答张江津予鼎》,《传草》卷七十二,《四库全书存目丛书》,齐鲁书社1997年版,第89页。
③ 郭子章:《交代命下寄示儿孙》,《青螺公遗书》卷三十四,见郭子仁编《青螺公遗书》,光绪八年冠朝三乐堂刻本,第31页。
④ 郭子章:《答张江津予鼎》,《传草》卷七十二,《四库全书存目丛书》,齐鲁书社1997年版,第89页。

持，不是每一个人都有足够的智慧和精力可以悟得"良知之乐处"① 的，尤其是饱受打击的老人，而佛学不同，虽然达到涅槃境界很难，但只要有一个虔诚的心，就可以信奉，何况郭子章早年就已种下了佛学基因。已经与阳明境况相似，却偏偏不能专心致志、唯精唯一去良知上求得安慰，反而于佛学多有慰藉，郭子章终于想通，其晚年也正是在这样的境遇下才一步一步走向事佛的道路的，是所谓"闺阃信因果，故因果之说易入"②。倘若没有这困苦艰难的人生经历，恐怕未必有奉佛的郭子章。

三 佛学本身的向善和慰藉心灵的好处

佛学本来就是教人向善的宗教，尤其是对身处困顿和苦难中的人有特别的吸引力，不但能慰藉他们的心灵，"诸行无常"，更能从理论上疏解他们的苦楚，"诸行皆苦"，教给人放弃与舍得，"诸行无我"，重新获得希望，没有今生，总有来世。而信奉佛教，能觉固然是好，不能觉，但却有一颗虔诚的心，也同样可以信奉，毕竟"佛无不可渡之人"。

郭子章继承了师门思想中的佛学因素，不但不忌讳谈佛，而且对佛学有着深刻而独特的见解，如他所说：

> 佛何为者？慈愍含霓；王何为者？仁济苍生。惟王即佛，惟佛

---

① 宋明理学自周敦颐教弟子寻"孔颜乐处"后，诸儒多有此论，阳明也曾经回答弟子问"孔颜乐处"的问题，如《答陆原静书二》（王阳明：《传习录中》，王阳明撰，吴光等编校《王阳明全集》第一册，上海古籍出版社2014年版，第78—79页）："来书云：'昔周茂叔每令伯淳寻仲尼、颜子乐处。敢问是乐也，与七情之乐同乎？否乎？若同，则常人之一遂所欲，皆能乐矣，何必圣贤？若别有真乐，则圣贤之遇大忧、大怒、大惊、大惧之事，此乐亦在否乎？且君子之心常存戒惧，是盖终身之忧也，恶得乐？澄平生多闷，未尝见真乐之趣，今切愿寻之。'乐是心之本体，虽不同于七情之乐，而亦不外于七情之乐。虽则圣贤别有真乐，而亦常人之所同有。但常人有之而不自知，反自求许多忧苦，自加迷弃。虽在忧苦迷弃之中，而此乐又未尝不存。但一念开明，反身而诚，则即此而在矣。每与原静论，无非此意。而原静尚有'何道可得'之问，是犹未免于'骑驴觅驴'之蔽也。"阳明回答"乐是心之本体"，而良知又是心之本体，则说明作为心之本体的良知虽然无善无恶，但其合理的发用和流行则是乐处。

② 郭子章：《邹母贺硕人墓志铭》，《传草》卷一，《四库全书存目丛书》，齐鲁书社1997年版，第594页。

即王。佛法久住，王法弥昌。亦有贤臣，国之辅弼。两者并行，顺王敬佛。顺王伊何？广王仁政；敬佛伊何？行佛正令。①

将"王"与"佛"相提并论，这是极少见的论断。在郭子章看来，儒家的圣人就如同佛教的佛一样，都是怀着一颗"天地万物为一体"的慈悲之心，所以两者其实并没有根本的矛盾冲突，相反应该是相辅相成相通的，可以并行而立，"儒者重仁义，故仁义之言易入，然仁义之应感处即因果也；闺阃信因果，故因果之说易入，然因果之真实处即仁义也"。又说，"吾郡欧阳文忠公作《本论辟佛老》，而夫人常作佛事，公不之禁；文信国口不谈佛而欧阳夫人临终犹建水陆斋供以谢，佛道固有并行而不悖者"②。这正是郭子章在接受西学并给予其很高评价的情况下仍然转向佛学的根本原因：儒释本就并行不悖，皆"明明德""止至善"之学，则郭氏虽然归养奉佛，但却等于依然是在尽忠帝王，只不过换了个地方，如孔子所说"《书》云：'孝乎惟孝，友于兄弟，施于有政。'是亦为政，奚其为为政？"（《论语·为政》）在家奉佛即如在庙堂事君一般，以此化解郭氏受到弹劾的危局，一举数得。

既然佛道并行不悖，就应该融合以观，这也正契合明末思想界"三教合一"的大势。然则，儒家之孔子以来，皆强调"仁以为己任"（《论语·泰伯》），"孝悌为仁之本"（《论语·学而》），而佛教讲求出离生死，断绝俗世情缘，两家分明是针锋相对，如何才能相融相通呢？对此，郭子章认为："顾儒与释言则异矣。儒者曰：'父母之恩，无所解于其心；君臣之义，无所逃于天地之间。'是善言忠孝者。而比佛与无父无君，是未知佛忠孝之大者，《四十二章经》云：'凡人事天地鬼神，不如孝二亲，二亲最神也。'恶云无亲？佛之生自言曰：'天上地下，惟我为尊。'西方即事佛为君，恶云亡君？故儒有《孝经》、有《忠经》，佛亦有《孝子经》、《父母恩难报经》。"更进一步，郭子章认为如果不能将儒释两家融通以观，而固执地将它们视为对立，实际上就是不懂得真正的

---

① 郭子章：《禅记》，《传草》卷十，《四库全书存目丛书》，齐鲁书社1997年版，第130页。

② 郭子章：《邹母贺硕人墓志铭》，《传草》卷一，《四库全书存目丛书》，齐鲁书社1997年版，第594页。

儒释真义，"儒非真儒，释非真释"①。

可以看出，郭子章对儒释二教的态度，与其业师胡直如出一辙，但又有不同。胡直更倾向于认为儒释虽相同但本质有异，即"尽心和不尽心"的区别；郭子章则更多倾向于认为儒释二教本质相通相融，互为补充，因为以"王"比喻"佛"，就等于消融了其师坚持的儒释入世出世之别，所以只有兼融二教，才算是真儒真佛。

总而言之，郭子章由儒入佛，有着特定的深刻的历史文化背景，并非只是人生经历使然。

郭子章一生著述丰富，有学者考其有92种，涉及门类之广，世所罕见，其中就有《老解》《易解》《圣门人物志》等重要哲学著作。然本书限于篇幅，无法一一精研，实属遗憾。当然，这并不是说本书关于郭子章的格物说、奢俭思想及对儒释的看法就已经研究透彻。实际上，无论是郭子章的心学思想，还是其治道思想，又或者其佛学思想，都是极为宏深丰富广博的，本书只是借助有限的资源进行有限的力所能及的探索，远远没有研究到位，尚需有志之士进行更深入全面的探索。

此外，明末西学之风盛行，郭子章思想开放，其与西学之关系虽早为学界关注，但尚有研究的余地，如郭子章究竟有无受洗入教？学者对此多有怀疑，但无确凿证据。② 一般认为郭子章没有受洗入教，那么郭子章对西学评价如此之高，却又不入教，其背后的思想根源是什么？是否能代表当时思想界对待西学的态度？或者说能否代表宋明儒学对待西学的认知与立场？这些问题，尚待进一步研究。

郭子章的著述虽然丰富，可惜很多遗失，而没有遗失的某些材料又很难获得，给研究其思想带来了不小的困难，但作为"阳明后第一人"，对其进行深入而全面的研究仍然有着重要的价值，尤其可以通过对他的研究探析晚明中国思想界及其与西学交流的情实。

---

① 郭子章：《赐额大慈忠孝禅寺记》，《传草》卷十，《四库全书存目丛书》，齐鲁书社1997年版，第135—136页。

② 如台湾学者黄一农先生就十分疑惑郭子章与西学的关系，他说："郭子章虽对西学和西教颇为认同，且不曾娶妾，但他似乎并未入教，否则以他的名望和地位，应会被教会中人提及才对。"见黄一农《两头蛇：明末清初的第一代天主教徒》，上海古籍出版社2006年版，第99页。这种疑惑亦可见方豪《中国天主教史人物传》一书。

附录一　郭子章生平事迹

1542 年（嘉靖二十一年壬寅）

嘉靖二十一年十二月二十五日子时，郭子章出生。他的父亲请祖父为其取名，名子章，字相奎。

据记载，郭子章出生时有几大异象：一是郭母萧夫人怀胎十二月才分娩。二是其祖父梦到身负弓箭，从东方射日怀归，占卜后得"震"卦。祖父认为这是长子之象，祖母认为黄州公是十二月二十五日出生的，这个孩子和黄州公同月同日生。三是郭父也做了不同寻常的梦：婴孩的两只手文了两个"世"字，一只脚上有一颗黑痣，郭父由此认为这个孩子绝非凡类。四是祠堂中有白鹊飞来筑巢，朱草和青芝十分繁盛，这在传统文化里是吉祥、富贵、美好、长寿的象征。

1548 年（嘉靖二十七年戊申），六岁

秋八月，郭子章在池边嬉游，忽见堂兄郭子京落水，立即奔回家向家童呼救，把堂兄救上了岸。这件事初步显示出少年郭子章的反应迅速、灵敏机智。

1552 年（嘉靖三十一年壬子），十岁

年十岁，父亲抄写《周易》《程传》《朱义》教郭子章，他全部读完无一遗漏。（邹元标为封公所作《墓志铭》六云："封公年十六，从刘先生基学易，弗解，授程正公《场传》，乃日是详解于理而略于数，私披焦氏易林读之，因旁通数学业举子业学焉。公二十而得司马，司马自四五龄颖慧即异常儿，手抄《程朱合传》，督课之曰：'儿习《易》不通

《程传》者非其至道.' 绪绅闻而壮之。"①)

1553 年（嘉靖三十二年癸丑），十一岁

年十一，已经通晓经学要旨。祖父告诉其父："此子可教，当择师课之。"于是，家里从巷口书院将堂兄郭子祯招请过来，郭子章就此师从郭子祯学习。郭子祯是县里的廪生，誉响四方，追随其学习的人全都聚集到馆下，郭子章因而得以完成学业。（焦竑作《序》说："见公头角崭然，读书至生子当如孙仲谋。语辄拊其背：'吾儿竟如何'。公自是读书益勤。封公始一解颐。"②)

1554 年（嘉靖三十三年甲寅），十二岁

春正月，跟随老师郭子祯游览学堂洲严宅。他靠着几案睡觉，梦见神告诉他说："请出席。"他醒来后，不久便离开几案。忽然，梁上一块砖坠落到几案上四分五裂。郭子章认为他能够免于被砸死，是因为得到了神明庇佑。（郭子章在砚台后写道："余年十二时，于宅隙地中得金星异石，扣之，座然有声，制为砚，题其右：天汉连珠之图。又书现后：可怜光彩一片石，万里青天何震震。此老杜诗也，似为此石作。命工镌之，无墼池，无琐墨，令金波王绳长留几席间。"③)

1555 年（嘉靖三十四年乙卯），十三岁

年十三，其祖父说："孺子虽幼，令其出试，从先生长者游，遇不遇无心也。"三月，郭父带着他参加县试，县里的冯侯以之为奇，录取了他并送到郡里，当地诸侯都会集于此。冯侯让他面见一众诸侯："此泰和奇童也。"永丰的凌侯尤为赞赏："是儿貌清瘦古奇，异必为伟器，不独工文字。"凌侯认为郭子章相貌清瘦古奇，他日必成大器。并告诉冯侯："是儿勿令速化，当呼其父携之归读书，以期大就。"让冯侯不要对

---

① 郭孔延：《资德大夫兵部尚书郭公青螺年谱》，北京图书馆编《北京图书馆珍本年谱丛刊》第 52 册，北京图书馆出版社 1998 年版，第 498 页。
② 郭孔延：《资德大夫兵部尚书郭公青螺年谱》，北京图书馆编《北京图书馆珍本年谱丛刊》第 52 册，北京图书馆出版社 1998 年版，第 499 页。
③ 郭孔延：《资德大夫兵部尚书郭公青螺年谱》，北京图书馆编《北京图书馆珍本年谱丛刊》第 52 册，北京图书馆出版社 1998 年版，第 499 页。

他揠苗助长，应当叫他父亲带他回家读书，以期将来有大成就。又送给郭子章《罗文毅公集》，并说："以是期汝。"于是郭父带他回了家。（郭子章为冯侯作的碑文云："某与友人杨以菽具年十有三，杨太仆义叔年十有一，龙少参杨年十有四，杨副使廷蕴年二十有一，冯侯邑政稍暇，命题课文，手画绩之，刮磨之，求其工而后已。某五人者惟以菽夭，四人后先成进士。播之役某与义叔共筹破贼，冯公闻而喜，遗余书曰：'不意颇牧出吾帷中。'"①)

冬十一月丙午，罗夫人去世。罗夫人将他视如己出，病危时对郭父说："妾不幸中道辞君，儿慧且愿后当亨发第，君亡即娶，俱凌我儿。为儿娶后，君娶未晚。"说完去世，葬在洛坪。

十二月，郭父为他聘娶凤岗处士萧见崖先生之女为妻。

1557年（嘉靖三十六年丁巳），十五岁

年十五参加县试，冯侯将他评为高等；又到郡里、督学处参加考试，成绩均为优秀。祖父训诫说："吾家代岂乏诸生，孺子自多其聘步太常、集贤。"

1559年（嘉靖三十八年己未），十七岁

年十七在祠堂读书求学，和表伯父曾一中，友人王兆魁、汤瑞寀、杨以菽、伍文光每个月都举行多次集会，每次集会上写文五篇，互相切磋，一直到五更天都不疲倦。当时应试文章往往空大而虚浮，他和各位好友约定，认真写好求精、避免散乱支离。这是他文学观的初步形成。

1561年（嘉靖四十年辛酉），十九岁

春正月初五日，举行冠礼并娶萧夫人为妻。（郭子章弱冠之年凭经义科应试中选，非常贫困，游桃江求馆，随身携带五经和《左传》《国语》《国策》《史记》《汉书》等各种书，且都能背诵。有心钻研举子业，知

---

① 郭孔延：《资德大夫兵部尚书郭公青螺年谱》，北京图书馆编《北京图书馆珍本年谱丛刊》第52册，北京图书馆出版社1998年版，第500页。

识广博，笔力雄峭，声名远扬，桃江人士纷纷让子弟拜访他以求学习各经典。）

1562 年（嘉靖四十一年壬戌），二十岁

年二十，开始用"青螺居士"为号。他作为诸生时，来往于郡城之间，见罗文庄在墙壁上写了"白鹭青螺之会"六个字，说有发奋之人在白鹭山和青原螺山之间，他于是借用这两座山名作为自号。

1564 年（嘉靖四十三年甲子），二十二岁

春正月初一，祖父率全家人前往祖庙祭拜，闻到桂花飘香，四株树全都开花了。祖父说："甲子岁始，元月月始，元日始，际三始，天幸嘉况，六十年内，吾家将大兴。"后来郭子章成为进士、官至司马，都在几十年内发生，一如祖父所言。

秋七月，督学何公科考，郭子章名列一等补增。

1566 年（嘉靖四十五年丙寅），二十四岁

年二十四，督学徐公科考，他列一等第二名。

1567 年（隆庆元年丁卯），二十五岁

夏六月，补选为廪生。七月参加省试，未中选。郭父说："予曾梦见乡书，汝名列十八下，为国子生，岂名不列江西乡书耶，第输粟纳监，贫儒难办，候贡入监，岁月尚赔，未来测，绩学俟之可也。"[1]

穆宗皇帝即位后，诏告天下廪生，郡选送两人，州县选送一人，名叫"恩贡"，用以为朝廷补充人才，以备他日不时之需。那时郭家庐舍栽了一株凤尾草，已经毁坏了七年，到这时却又复苏了，枝繁叶茂。郭子章特意修建了一座亭子养这株凤尾草，祖父则用酒浇灌它，并说："草木得气之先，吾家时至矣。"[2]

---

[1] 郭孔延：《资德大夫兵部尚书郭公青螺年谱》，北京图书馆编《北京图书馆珍本年谱丛刊》第 52 册，北京图书馆出版社 1998 年版，第 503 页。

[2] 郭孔延：《资德大夫兵部尚书郭公青螺年谱》，北京图书馆编《北京图书馆珍本年谱丛刊》第 52 册，北京图书馆出版社 1998 年版，第 504 页。

1568 年（隆庆二年戊辰），二十六岁

冬十一月，修葺了母亲萧夫人的攒室。有两只白鹊飞来筑巢，园中桃子、石榴、瓜类、茄子都是一蒂结四五个果实，竹皆同本，竹笋鲜红，就像朱草一样。赠公见此对封公说："吾家春桂华祠凤，草茂亭园中，白鹤来巢，朱草应时并生，吾孙其将兴乎。"

第二年，他如赠公所言入选恩贡生。同月，他前往求仁书院读书求学，师从胡直先生，先生教导他说："圣学始于求仁，而求仁要在无欲，语学无欲，克伐怨欲不行，不得为仁，有所恐惧、忧患、忿愤、好乐则心不在，有所未无不行未尽无，何以名仁。孟子论养心在寡欲，养浩然之气在无害，故曰无适、无莫。君子也，无意、无必、无固、无我；圣人也，无声、无臭；天也，至于无，则道心微而执中，是乃所谓仁。"[①]郭子章每日自省，有所感悟。

1569 年（隆庆三年己巳），二十七岁

夏四月，作为恩贡生到了京师，江西的恩贡生有一百名，郭子章名列第三十七。

冬十一月，参加廷试，天下恩贡生上榜十人，他排名第一。"四书"题为：尊贤使能，俊杰在位；"易经"题为：出门同人又谁咎也；"论"题为：拊髀思颇牧。阅卷总裁决兴化李春芳（文定公）、江陵张居正、本房赵志皋（文懿公）批阅："此卷如汉高御韩、彭类倒，豪杰英测端倪，所谓天授，非人力也。"考试过程中，郭子章答卷答到一半，忽然狂风大作，将他的答卷刮到大殿一角的丹墀台边，内使捡起来还给他说："先生一定是第一。"放榜后果真如内使所言。

他曾在燕京的旅舍读书，环境寂静如僧庙。友人送来一位歌妓，他不为所动，人们都佩服他的刚正严毅。

十二月，写成《燕草》。（郭子章著述总目云："《燕草》，隆庆己巳恩贡入燕所作，经书时艺也，久，亲为弁髦，友人部南皋言当留以传子

[①] 郭孔延：《资德大夫兵部尚书郭公青螺年谱》，北京图书馆编《北京图书馆珍本年谱丛刊》第 52 册，北京图书馆出版社 1998 年版，第 504—505 页。

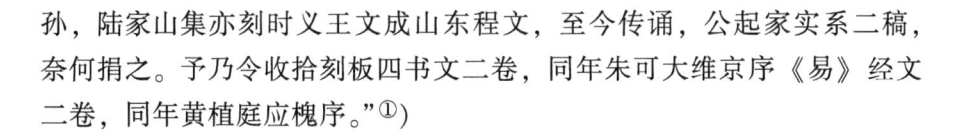

孙，陆家山集亦刻时义王文成山东程文，至今传诵，公起家实系二稿，奈何捐之。予乃令收拾刻板四书文二卷，同年朱可大维京序《易》经文二卷，同年黄植庭应槐序。"①）

1570 年（隆庆四年庚午），二十八岁

秋八月，参加顺天乡试，主试官丁士美（文恪公）、申时行（少师公）、本房连江教谕王一岳。王一岳最初将他的试卷评为第一、李廷机的试卷评为第二。交给丁、申二公评判，他们认为李卷较为平正，而郭卷剑走偏锋，因此把郭卷评为本房第二，因此总排名第十八。丁公对郭子章说："顺天，首善地，勿令天下议我好奇。"但将郭子章写的文章选入程文，因而《程策》第四篇刻上了郭子章的名字。

冬十月，张居正招请他为儿子讲授经典。郭子章性情正直不阿，不喜欢和居高位者相处，故推辞不接受。后来张居正再次招请他，还是推辞不去。

1571 年（隆庆五年辛未），二十九岁

春三月，参加会试顺利中选，名列第十九；参加殿试进入三甲等次，名列第二十四。主试官为张居正、吕调阳、本房赵志阜。（赵志阜赠予郭子章的文大略如下："穆皇帝御极之二年，思得精敏强励之士资宏化理，诏贡天下郡县生试之于廷。余承乏分校，郭生卷奇丽古雅，尤邃于理，知为不凡士。既而少师李石簏公深嘉悦之，遂为第一。今年春，分校礼闱，初得一嘉卷，出视之，和声击赏曰：此真才也，揭榜聚公堂，开卷则郭生也。众愕然，谓是士之遇知己，余亦叹其非偶。"②）郭子章两次考试都在赵志阜门下，俩人似有夙缘。又据《永昭编年》所云：隆庆五年辛未，三百余人中榜，里面有邓以赞、郭子章、冯时可、刘台、张元朴、管志道、赵用贤、吴中行、黄洪宪、韩绍、涂杰、周宪、傅应祯、彭应时、周嘉谟、王象干、夏良心、王一干，都以文章理学和忠允

---

① 郭孔延：《资德大夫兵部尚书郭公青螺年谱》，北京图书馆编《北京图书馆珍本年谱丛刊》第 52 册，北京图书馆出版社 1998 年版，第 505—506 页。

② 郭孔延：《资德大夫兵部尚书郭公青螺年谱》，北京图书馆编《北京图书馆珍本年谱丛刊》第 52 册，北京图书馆出版社 1998 年版，第 507 页。

亮直显扬于朝廷,都有冠世之美德、治世之气量,由此可以推想郭子章的人品声望如何为当时名流所称道。

四月,始任礼部观政。

夏六月,被任命为建宁府推官。即将上任之际,郭父教导他说:"当官三事:清、慎、勤,备矣,建俗侈,汝效其侈焉得检,不检靡财焉得清,故愿汝检以助清也。建俗崇饮剧戏,此二者销精损神,又焉得勤,故愿汝远酒色以助勤也,能俭、能清、能勤,便是慎,何必别寻慎理。"①

1572 年(隆庆六年壬申),三十岁

年三十,赴任建宁推官途中,经过峻岭,见一猿扳着车,拉着役使的衣襟将他带到一处山坑,在那个地方指点比画,似有怨恨气愤。役使回去报告他,他于是命人在猿指点比画的地方开挖,最后挖出一具尸体。到任后,他通过侦查找出了凶杀者并使其服法,那位被害人是猿的饲主。经此一事,当地百姓称其为神明。他到任后数月,冤抑伸张,强霸敛迹,百废俱兴,因而讼堂清闲。他著有《论读史》,其中包括《评汉》《论郑侯》《孙仲谋》《谯周》《陆机》《唐太宗》《宋孝宗论》七篇,还有《读史断如》《武乙》《汉文帝》《汉唐二宣》《人豕》《人猫》《清吏樊晔》《冯异取蜀汉》《王晏寇牛弱》《改元世相阋候》《荀陈王谢》《雪夜》《易有太极》《房杜子孙》《汾阳北门》《论语》《河清》《丙午丁未耶律神山庙》共二十五则,一起刻成了《闽草》。

1573 年(万历元年癸酉),三十一岁

春正月十八日,祖父赠尚书公去世。

三月乙未,长子在建州出生,郭父为其起名"孔建"。

秋八月,郭子章批阅苏濬的试卷,于卷上写道:"气截虹霓。"并奏请刘柱史,判为第一,由他录取选送的六个人最后都脱颖而出、榜上有名。癸酉贤书和程文多出自他之手。

---

① 郭孔延:《资德大夫兵部尚书郭公青螺年谱》,北京图书馆编《北京图书馆珍本年谱丛刊》第 52 册,北京图书馆出版社 1998 年版,第 507—508 页。

冬十月，批改闽中地区的试卷，诸生竞相拿自己的文章请他删改提点，一时之间都称他得人心。(他为刘公文稿作序云："甚矣，刘生之言似君禹也已，国征起家如君禹，尧叟成进士，及读二生古文词，尝窃评：国征文如干将莫邪，不可响迩；尧叟清厉峭急，如丝弦登焦相，听之爽耳，其易绝。"又为魏赠公作墓志铭云："辛未予司理建州，明年署松溪事，季试得今魏中丞禹，敛卷署第一；癸酉入闽乡闱，得晋江苏宪长君，属卷第一。二君俱讳潘。比会试后先成进士，比官俱为督学使者，文名士品正相伯仲，于是闽中有'郭门二潘'语。"①)

1574 年（万历二年甲戌），三十二岁

春正月，将父亲接到建州侍奉。

三月癸卯，次子出生。当时郭子章正好代理延平的事务，郭父于是为其起名"孔延"。同月，写成《闽草》六卷，都是管理建州时所作，故曰"闽草"。治理建、瓯两县时，修建了洗冤亭并撰文记录。

四月，管理建安北苑，免除百姓的茶税。运使张存义、茶户陈钜等人立碑纪念其德政，详见《三省祠录》。(《茶录》云："考丁谓贡茶之始，建州一老人献此山茶，老人死，遂以为山神。由宋元入明，每岁府官先祭老人，然后采茶，景德以后山不产茶，茶户百余家，岁出百金，易延平茶以贡。老人之祭如故。比公司理建州时，茶户止二十余家。赔金如故。公闽之以闻于两院。乃以百金分派建安一县。毁老人庙，革其祭。茶户始生。顷之，里人锄得一残碑，诗云：凤山宛转青螺晓。数百年之弊，始自丁谓至公乃革。此诗殆谶耶。"②)

1575 年（万历三年乙亥），三十三岁

春三月，修葺了建州的二君子轩并为之写记，收录在《闽草》中。

五月，凭借官员考核优秀成绩使妻子萧夫人获得敕封，封号"萧孺人"，此记录在《家谱·恩纶纪》中。

---

① 郭孔延：《资德大夫兵部尚书郭公青螺年谱》，北京图书馆编《北京图书馆珍本年谱丛刊》第 52 册，北京图书馆出版社 1998 年版，第 509 页。

② 郭孔延：《资德大夫兵部尚书郭公青螺年谱》，北京图书馆编《北京图书馆珍本年谱丛刊》第 52 册，北京图书馆出版社 1998 年版，第 510 页。

六月，升为南京工部虞衡清吏司主事，其母也获敕封"萧孺人"。回家祭祖扫墓，此时母亲与继母罗夫人已相继去世。他追忆当日情形，上坟时悲切不已。圣恩初降，感激圣主隆恩，不胜忧伤。

1576 年（万历四年丙子），三十四岁

春三月，督榷芜湖，著《芜关则例》三卷。（郭子章当时主管芜阴，住在吴地上游，处于楚蜀豫章之下而控制其关口，凡竹箭、箘簵、梗楠、杞梓类物品都要征十分之一的税以供国赋。但路途有远近，木材有优劣，他谨慎辨别、名示为例，使芜湖商贾不敢欺诈诳骗、官吏不敢狼狈为奸。）

秋七月癸丑，三子出生。当时他主管太平府，郭父于是为其起名"孔太"。

冬十一月，著《萧夫人行状》。（《状》略云："夫人不得于天，不寿于世，而容与五属之梁，独得之主上，永贯玄扃，而不邀长者一言，令主光遏佚，彤管不流，某也谓何曹娥十四夭矣，托于中郎之八字，文伯薄长者仲尼，贤其母而母重长者有意乎？某为母，尼父中郎也。"[①]）又著《罗夫人行状》（《状》略云："夫人场时某年十二，后二年，补弟子员帐，夫人所遗布一缕一泣，触处长噫，又十四年，某始释褐，谨笥初服以存乎泽。"[②]）其后人郭孔延等人读了行状后咨嗟泣涕，感触颇深。

十二月，公题虞部，后署淡板轩。

1577 年（万历五年丁丑），三十五岁

春正月，写成《瓜仪志》十卷。（南京工部故有榷司在仪真兼榷瓜州，郭子章辑录治理之事并做志。同月，他离开秣陵到仪真县为政，重修了大忠祠，祭祀宋代丞相文天祥（信国公），真州守苗再成，通判、副都统姜牙三人。）

五月，在秣陵向父亲致信，又谈到用谷赈济贫民之事。高祖父唯翁

[①] 郭孔延：《资德大夫兵部尚书郭公青螺年谱》，北京图书馆编《北京图书馆珍本年谱丛刊》第 52 册，北京图书馆出版社 1998 年版，第 511 页。

[②] 郭孔延：《资德大夫兵部尚书郭公青螺年谱》，北京图书馆编《北京图书馆珍本年谱丛刊》第 52 册，北京图书馆出版社 1998 年版，第 511—512 页。

曾仿照朱熹的社仓法拿出五百石粮食分发给百姓。贫者每年五月借、十月还，不责求利息。(详见刘七星公《义谷记》中记载) 这种方法使用了两代，因粮食消耗太大而作罢。

秋八月，作《衡山歌》为去楚藩的赵南渚公送行。歌云："衡山之高数千丈，宝洞灵台紫气上。铨德钧物衡称平，称来八埏无俯仰。"

1578 年（万历六年戊寅），三十六岁

春三月，分管真州，门生吴鸾、刘崇、程正、程云鹏等前来拜谒，在署左之静观堂考核他们，名叫"雕龙会"，自是说文采斐然者一定会被归入门下。

四月，作《挽刘侍御国基》诗二首，收录于《黔草》的诗歌章节中。

秋九月，其父被敕封为"承德郎南京工部虞衡清吏司主事"，其母萧孺人获赠"安人"之号，同时封其妻萧孺人为"安人"。

冬十月，因考绩北上而将父亲接到金陵奉养。

十一月，在芜江的石矶上建蜀望台祭祀刘豫州、孙夫人。台建成后，亲自写志为记。

1579 年（万历七年己卯），三十七岁

春正月，泗州的祖陵开始动工，明神宗命他管理修缮陵墓一事。大功告成，上疏明神宗，帝喜，颁布诏书赐金加官。[洪武十九年（1386），朱元璋命礼部大臣制作德祖玄皇帝及玄皇后、懿祖恒皇帝及恒皇后、熙祖裕皇帝及裕皇后的衮服和冠冕，命皇太子到泗州盱眙县修缮祖陵，下葬先皇衣冠。万历七年（1579），郭子章任虞衡郎将，督建陵墓时遍游淮泗蟆城之北，三座祖陵都建于此，号称"基运山"，是圣子神孙储存祥瑞之地，祭祀完毕，恭敬地赋诗赞颂山川灵秀、福泽无疆。]

二月初四，四子出生，其父说："而父方督工祖陵，命名曰孔陵。"

冬十月，赴任真关，不受瓜州的饭钱、漕州的礼金。御使董光裕对此作了记载。

1580 年（万历八年庚辰），三十八岁

年三十八，夏五月，取虞衡司的残棱和剩铅换了很多书放在公署。

秋八月，迁至杨忠襄公祠，《留草》中有记录。

1581 年（万历九年辛巳），三十九岁

春三月，《留草》写成。从建李升为虞部郎，在位六年，共写了十卷书，取名"留草"。

夏四月，作《汤义仍仪部雍草序》《丁元辅职方诗草序》《吴瑞谷博士雕云馆记》。这时向他求取文章的人接踵而来。

1582 年（万历十年壬午），四十岁

春正月，升为潮州太守。出任后，作教议，用法律约束官吏和庶民。（初到潮州，他以明确统一的法令整顿官吏和民众，不可无教条。原作教条七条，后来根据实际情况增补，有的关于教化风气，有的关于治安防卫，最后形成十议：崇祀名宦议，查渔课议，定惠来县五都赋议，城普宁县议，囚粮议，开盐路议，增盐甲补京银议，南粤程乡议等。收录在《粤草》中。）

其母萧孺人晋赠"安人"称号，封敕于潮阳，他作文祭告祖庙。

二月，祭拜潮州历任名官：摇毋余、史定、杨嗣复、刘宗闵、吴潜、狄青、文天祥、陆秀夫、张世杰、邹泍、萧资、陈龙复、刘子俊、林琦、许浒、徐溱、萧明哲、曾凤、丁聚、虞士龙、王刚、毛吉、王源、刘湛、刘魁、郭春震等。

夏五月，第五个孩子出生，是女儿，郭子章为她起名"贞文"。

秋八月，校士粤闱，赋《秋夜》诗。（这年，罗文野任御史，郭子章批阅了多份试卷，如李延大、黄文炳、林熙春、温可贞、张翼凤、黄琮、姚叔明等，皆才德杰出、文采风流，都是郭门下之士。录文多出自郭手，八月十六夜，郭赋诗云："愿言得佳士，持以报明君。"）

冬十月，他为文告城隍要驱逐独鬼。（万历九年五月，城南有鬼进犯杨氏家族，侵犯了其女儿，自称"独鬼"，女坐鬼坐，女行鬼行，女卧鬼卧，日夜不离，阴魂不散。全家大惊，请巫师作法不能驱除，诉诸城隍之神还是不能驱除。当时郭子章入观次舟三河，听闻其恶行，移文城隍驱赶。独鬼对杨氏女说："郭使君一身正气，发布严驱通牒必要快跑，不能再留在此地。"独鬼就此销声灭迹。相关内容刻于《粤草》中。）

十二月，年满四十。(小除夕，梦见母亲抱怨墓地不佳，写下"滕城铭未勒，燕市梦相催"之句。当时长安黄植庭、钱继山二公经过拜访，又作"半生清吏苦，独有故人知"之句，和二人于燕市双塔寺中酣饮。)

1583 年（万历十一年癸未），四十一岁

夏四月，从观返回粤地，入罗浮，听闻程乡县诸钟贼乱，趋榜人绝龙川，至受郑观察方略，布岭之东四远日缚其戎首，浃旬程大致定。

五月，拜访韩愈庙，庙中竖立着苏轼书写的碑文。[潮州韩文公庙，宋咸平三年（1000）迁到金山；元丰七年（1084），颁布诏书追封韩愈为昌黎伯，赐额忠祐，苏轼为其作记，手书于碑上；淳熙己酉（1189）又迁到韩山庙。碑因时间久远而未能留存。郭子章在潮州任太守时，在厨房炉灶的墙里找到了这块碑，万幸有字的那面没有向着火，于是取出竖在庙中。]

秋七月，有人想向他进献鹦鹉。(他记录道："陈眉公《太平清话》：'成化间，海南进鹦鹉，朱衣翠裳。沈石田图之，予在顺天市上见二红鹦鹉、二白喜鹊，少选，宦官市而进献矣。'在潮州，郑孝廉欲进献一五色鹤鹤，一白鹤鹤，予玩而却之。"[1] 当时，郭子章作了《却鹦鹉》一诗。)

秋八月，校《韩山刻文》三卷，序录载于《粤草》中。

1584 年（万历十二年甲申），四十二岁

春正月，登罗浮山，读先集贤学士的《美公记》。(郭子章诗序云："先宋集贤学士公之美出判惠州，爱罗浮山水之胜，续为山记，自序之文，存家谱，既读文献《经籍考》，载此书为庐陵郭某撰文。及某守潮，托博罗令陈君鸿渐《求仁志》亦载此序。"当时，郭子章赋有"如何集贤之书文且核，长与七二相瀰渚"之句。)

三月，公务不很繁忙，作《侧生槟榔疏》二则。

---

[1] 郭孔延：《资德大夫兵部尚书郭公青螺年谱》，北京图书馆编《北京图书馆珍本年谱丛刊》第 52 册，北京图书馆出版社 1998 年版，第 517 页。

四月，喜于皇太子出生，赋诗表达欢悦之情，诗云："前星横少海，协气丽天潢。元鸟鸣商祀，苍龙梦汉祥。鸾旗纷列仗，奚戟快分行。泛扫文华地，重开大本堂。铜楼通象辂，丙殿锁仓琅。未论标天策，还应戒□囊。丝纶传岭外，歌舞遍炎荒。"①

六月天旱，田野干涸，土地贫瘠，作祈雨太湖的文章，收录在《粤草》中。九日至二十日皆有雨，总共十一天。又向城隍神祷祝，祈求天晴。廿二日营普宁城于安仁，游鲤湖九十九墩赋诗以纪之。

七月初一，派遣程乡的吏目方听致祭潮尉、高仁尉为输，他赋诗后登舟，被告知其祖父落水而亡，有祭文。

十月，潮阳城外，一晚贼人潜入一户人家的书馆掳走了两个孩童，次日放出消息，要求其父亲前来赎人。两位父亲准备了六百金才归还两个孩子。郭子章得知此事，按照贼人拿金子的地方，在东西南北方圆十里内派兵围剿，抓获了贼人，金子也还给了失主。当时大道都藏匿敛迹，害怕被他抓获，其神异到了如此地步。

十二月十五日，第六个孩子出生，是女儿，郭子章为之起名"贞玉"。

1585 年（万历十三年乙酉），四十三岁

春正月，作《潮州象纬解》《沿革考》。《潮州象纬解》说明了著书缘由："余读黄文裕公《广东通志》，纤悉具备，而独缺于分野，毋以天道远而叵测乎？原三才之故，即一郡不可不备也，因作《潮州象纬解》。"《沿革考》亦提及著书缘由："予读《三阳志》，其沿革颇有据，而惜不详于周秦之际，余族大父春震《嘉靖志》又略于宋元之际，黄文裕公图经。是时平晋县末邑，余并采而芟润之，作《沿革考》。"

九月，题潮州知府公署燕息之所曰"廉室"，取韩子"受于室则非廉"之句而倒名之。同月入觐，船行至三河，有《却馈玉砚玉图书》诗。

十月返家途中，惊叹于梧冈墨石之胜景，有感而赋诗云："万里赋归来，闲居避祸胎。园蔬和雨摘，池竹倚云栽。谷口藏吾拙，樗栎愧不材。

---

① 郭孔延：《资德大夫兵部尚书郭公青螺年谱》，北京图书馆编《北京图书馆珍本年谱丛刊》第 52 册，北京图书馆出版社 1998 年版，第 517—518 页。

明明多自负,敢拟二疏回。"所著《粤草》十卷写成。(郭子章在潮州太守任上四年,为政清明,颇得民心。至庚午春,其子郭孔延将其于潮州为官的事迹辑合汇编,以寄哀慕之思。)

1586 年(万历十四年丙戌),四十四岁

夏五月,科考结束后回乡祭祀三大儒,成都太守耿子健在大儒祠增加了对赵贞吉、孙应鳌、胡直三位先生的祭祀。郭子章主持修葺祠堂、制定春秋祭祀典礼,又于祠堂放置大极炉,镌刻铭文以昭显懿德。刻了《戒俗字》,收录于《蜀草》中。

秋七月,试广漠,作《室亭记》,取材于诸葛亮于蜀中称雄以及广汉太守姚伷善用人、能进文武之士,为校文法颜其室曰刚柔并存。室前有亭子,亭左右各栽植了小篁一丛、蕉柏二株,枝干扶疏,昂然挺立,为这个亭子命名"三友",郭子章作记,载录于《蜀草》中。

郭子章因科考选才之事到果州,经过大学士陈文端公的宅邸,陈文端葬于楼乐山山麓。(当时,文端公均已五月长,陈玉垒于垩室服丧,他从陈玉垒处得陈文端公所著《约言》读之,又陈玉垒请他写些东西,于是作碑文辞,略云:"文端公当隆庆初,相昭陵,其丰功骏烈,摹帷幄而耀台阶,至其未髦而悬车,无却而告老,视捐相印如释重负,近世大臣出处之际,未有如公勇决者。"这些碑文辞刻在祠堂的碑上。)

八月,从果州返回成都,途中不曾下雨,赋诗,录于《蜀草》中。

十二月晦日,与诸僚友饯腊月、迎新年,饮酒赋诗为欢,作有《闽中除夕》三首,录于《蜀草》中。

1587 年(万历十五年丁亥),四十五岁

春正月,与二司诸僚长共同在都司赏灯,赋诗皆录于《蜀草》中。

二月望日,成都科考的公务结束,赋诗赠别方伯灵璧、刘节齐公、鹤庆彭绍坪公、观察使荆州傅楚莱公、出试叙马泸三路等人,金沙寺新建成一座楼,临溪而筑,古木参天,蓊蓊郁郁,郭子章流连此中胜景,即兴赋有"僧定栖禅寂,溪流绕寺鸣"之句。适逢乡绅寄书信给刘节,欲将子弟托于其处教导,刘公婉辞:"郭君教伊始,予不敢混。君子弟俱俊才,亦无事先容。"刘公为公言之,终不口其姓氏,公谢之。翌日与刘公同行，当夜宿于双流县中，县令李一夔告诉郭子章县里以养蚕业为主，周商矍是县中的杰出之人。九日戊辰，午时到达新津县，出了成都境后，所见皆是沃野千里。申时至彭山县，此县中有山名曰"象耳山"，传李白曾题字于石上："夜来月下卧醒，花影凌乱，满人襟袖，疑如濯魄于冰壶。"公书而镵之石。县中有老彭、李令伯二墓，郭子章作《令伯论》，惋惜其忠孝难两全。至眉州，寻访苏轼故宅凭吊。（《蜀志》云："子瞻自海南还寓毗陵，子孙因家吴中，不复入眉。祠前古榆传老泉植者，今尚存，公因书杨用修诗'槎牙老干倚云闲'等句于祠壁，祠外池莲传子瞻所植，则南国爱甘棠意也，因语诸生曰：'予郡宋欧阳文忠公知贡举眉州，苏文忠公出其门，到今师弟脍炙千古，予不佞无似欧公一人眉心罨罨然，冀于诸生中寻苏君也。'"①）

三月既望，竣叙马试事，耿子健自成都贻公书曰："闻初校士，夕梦赵文肃公，考公年谱以丁亥出试，试题司马长卿，何如今同题同梦，得无意乎？"②公持成都书示诸生以勉励大家。二十日，马湖林守蛇章以甘露进，甘露洒在马湖山上，士人争相舐舐。这甘露四散如雪花、甘甜如石蜜，弥漫于松枝之间，引《春秋佐助期》之言："武露布，文露沉，兹其武露乎？"之后发生了腻乃之役，马湖林叹服其博识。离叙州之际，乡绅李方伯绍廷、陈比部梅源、樊太守松屏在隗孝子祠为他设宴饯行，当晚泊船于南溪县。次日，取道江安、纳溪两县，夜间泊于泸州。翌日，谒访庙里讲书，内容详见于《蜀草·西试记二》。考试日，吏用鳖招待他，厨子检查后发现只有三条腿，郭子章说："三足鳖谓之龙，不可食也，而上应三台星，故台一作龙。"遂命吏将其投入江中，并作《活龙说》以勉励泸州之士，收入《蜀草》中。

四月初七，泸州科考的公务结束，离开泸州，出川北后夜宿于立市驿，翌日入永川，第三天至大足，皆为重庆属邑。郭子章问诸生大足之义，有人举山中巨人足迹对答，又有人说土肥人富称为"大足"，都是曲解之辞。郭子章解释："考《总志》，唐有'大足'年号，郡邑以年号

---

① 郭孔延：《资德大夫兵部尚书郭公青螺年谱》，北京图书馆编《北京图书馆珍本年谱丛刊》第52册，北京图书馆出版社1998年版，第523页。
② 郭孔延：《资德大夫兵部尚书郭公青螺年谱》，北京图书馆编《北京图书馆珍本年谱丛刊》第52册，北京图书馆出版社1998年版，第525页。

名者种种，如仁寿、崇庆之类，安知大足不以年号名耶？"古昌州之地，海棠独香，所以又叫'棠国'，棠国人如赵昂发夫妇、胡子昭兄弟都是忠烈之人。十一日，抵达石羊公馆。十三日，至遂宁。自永川、大足、安岳而来，每天攀藓踏蹬，路途陡峭崎岖，至此终于平坦开阔。十四日，到达广寒公馆。十五日过射洪，杜甫诗"射洪春酒绿"之句即言此。邑里有陈子昂、邑令进伯王集之墓，他作绝句两首吊唁他们。十六日抵潼川，访谒庙宇，命吏拓庙宫所刻孔子、朱子像及颜鲁公千禄字、鲜于千字文。十八日，有使者自长安而来，携带斋其守潮考绩的诰命。制曰："郡守为朝廷惠宣黎庶，朕既念尔之旧劳，督学为国家作育人才，朕方升尔以新命，尚竭忠贞之力，用酬特达之知。"他三复纶言，感激圣主眷顾，赋诗以示诸生。

五月，从潼川返成都避暑。天气稍凉出试绵州、龙安二路。

六月二十日，自成都始，夜宿于新都，邑令刘文征与之讨论善恶感应的道理，行善却贫贱莫如孔颜，但其子孙百代皆享昌达；行恶却富贵莫如晋宋，但其子孙却自相残杀。因而著四条教条刻于邑中。第二天经过汉川，宿于德阳县。德阳是他的故交许旌阳旧时管辖之地，也是姜孝子诗之乡。《志》称：孝子涌泉，灌田千顷。旌阳的丹井倚靠江边，千江水冲击而井屹然不崩塌，岁旱时江水枯竭而井水满溢如旧。邑令柯铧十分详细地刻写《忠》《孝》二传，并作文送与郭子章。郭子章谒访许祠，并为丹井、孝泉题诗。二十五日，遇雨路滑，二鼓方入绵州。州守万辉迎接他，说自己对于绵州的文献十分熟悉，如杨子云石像、李太白读书台至今留存，又说欧阳修曾于此州为官。郭子章生于廨舍，对于绵州的山川秀丽、草木繁茂可知可感。第二天谒庙讲书，内容详见于《蜀草·西试记三》。

冬十二月，有《圣谕乡约录序》，又著《盐井图说》一卷并作序，皆收于《蜀草》中。

1588年（万历十六年戊子），四十六岁

春三月，在闾里寻访贞洁懿美之妇，寻得岳池三姑、温江三烈及饰橛楔，以此旌扬巴蜀之妇，他作碑序，载录于《蜀草》中。

经过安岳，于何氏孝妇堂柱上题词："婺女明金钟，宇宙中独震离兑

正气；坤维耸玉垒，闺闼内犹见夏商移民。"五日，校士梁山结束后返回绵城，著《易论》《诗论》《春秋论》《宽严论》《宗藩论》《创守论》《妇寺论》《管蔡论》《赵盾论》《子贡论》《申生论》《四君论》《豫子论》《荆卿论》《景帝论》《萧何论》《周勃论》《魏论》《李密论》《路宾王李敬业论》等文论。六月，督学公事完毕，将三年所著序论诗策进行整理，并在成都刻写，名曰"蜀草"，南充陈元忠大学士为之作序。

秋八月，将诸生集合于试院，凡校士所赏识者都名登贤书。

冬十月，与何公典在蜀地武场主持科考事务，武录文多出自其手。

十二月，为长子郭孔建聘张氏为妻，其为万安横塘进士刑部郎中张葛野先生之女。

1589 年（万历十七年己丑），四十七岁

秋八月，擢升为两浙参政，董储领敕封入越，敕书载录于《家谱·恩纶纪》中。

冬十月，受檄督储兼理漕政，分署在藩司南。作《粮道》，题名记载录于《浙草》中。

1590 年（万历十八年庚寅），四十八岁

春正月，负责监管白粮渡淮一事，吴韬庵方伯、蔡念所宪长、夏宗壳宪副、李友卿诸公在湖亭为他饯行，时值春雪初霁，作"亭上飞花疑放鹤，堤边压柳末流莺"之诗。

三月，乘舟达檇李，受陈计部德基招请，往天宁寺喝酒。登上阁楼，看见阁下有一古冢，墓碣云："汉严将军助墓。"他叹息说："安得如将军块千年一丘哉！"俩人一直喝到晚上才分别。月杪舟泊于姑苏，恰遇海阳林公熙春从长安来，他是郭子章任潮州之守时所举荐的士子，带来了明神宗《召四辅臣起居注》。郭子章读罢感叹道："伟哉，此举矣！"

秋八月十六日，蔡见麓、方伯邀请他前往灵竺游览，于洞中饮酒，到了冷泉亭，他寻找白居易在亭中的题字，未能保存下来。山门匾曰："最胜觉场。"寻相传葛洪在此处所题之字而未得。

秋九月，与藩臬诸司相会于忠肃公墓前，著有论文。(《论》略云："钱塘胥涛、西湖岳祠与忠肃之墓鼎立而三，三公之冤千古令人涕泣，

所可惜者俱欠一去耳。"①)

冬十月，有《两浙由票遍览》十一卷，刻成于杭粮道署中，与序文同收入《浙草》中。

十一月，琅琊王凤洲有信至。(《书》略云："自公之操觚管盟秪林，仆即知大名，若流芬委藻散于剞劂金石者，亦得沾饫一二，大集二皆辐轩所著仅粤蜀耳，于锦囊所著不过十之一二，然何其宏博浩汗若此，其盛也，仓卒不能卒业，第尝鼎之味岂真？大抵谈理者略文藻，工事者多直致，此儒林与文苑异传、经济与词章分镳所不能免也。乃公则兼之，且俱诣极矣，老眼何幸，获此大观，诚自跳舞称快然。委以糠秕之尊，则又悚然汗洽，第以公之诚恳所不忍忽，尚容黾勉如命。"②)

十二月，写有《刘晴川先生仁恩录序》《吴瑞谷先生集序》。

1591 年（万历十九年辛卯），四十九岁

春正月，作《奢俭论》《四皓论》《解大绅论》《于忠肃论》《嵇绍论》，刻于《浙草》中。

三月，为友人魏华容所著《史书大全》三百卷作序。(邓定宇太史对魏华容极为推崇，认为他身负逸才、秉持正论，书快要写成眼睛却快瞎了，太史可怜他，写信给郭子章道："君具为编次，而付之梓，时公有事于苕霅，乃谋之郡守沈叔顺，梓以归焉。"）作《名马记》《名剑记》，陈麋公将其收入秘籍，在吴地刻成。

夏五月，作《训二妹镜铭》。

六月，董储事务结束，整编厘草成九项条款：议白粮、议由票、议九年船、议热照、议缺运、议八年改造、议漕运事宜、议遣官修船、议审选。用其整治弊病，计量吴越赋徭，视昔加慗以肃俱重国计上之，当事允行，载录于《浙草》中。

秋八月，入浙闱外帘提调。郭子章在闲暇之时，常与诸生论学于吴山，并且从中甄别选拔出多名士子。这年李廷机主持考试，郭子章为提

---

① 郭孔延：《资德大夫兵部尚书郭公青螺年谱》，北京图书馆编《北京图书馆珍本年谱丛刊》第 52 册，北京图书馆出版社 1998 年版，第 531—532 页。

② 郭孔延：《资德大夫兵部尚书郭公青螺年谱》，北京图书馆编《北京图书馆珍本年谱丛刊》第 52 册，北京图书馆出版社 1998 年版，第 532 页。

调。那些脱颖而出的得力之人，都是他昔日所教之士。

九月督储两浙，为次子郭孔延聘娶庐陵彭氏为妻，其为浙江左方伯彭宜翁年伯的长女。这年，屠仪部赤水、刘司李文卿为其《浙草》作序。

1592年（万历二十年壬辰），五十岁

春二月，于虎林书院讲学，著《讲学说》。

秋八月，其女贞文、贞玉皆因染痘病不幸离世，郭子章作志铭纪念。

九月，督储越地，为三子郭孔太聘娶欧阳氏詹事府录事瞻南先生之女为妻。

冬十月，擢迁晋阳按察使，上疏请辞，具体内容载录于《晋草》中。自浙还家后为两个女儿悲泣，有感而发作赋十首，皆载录于《黔草》中。

冬十一月，葬其母萧夫人于五云石塘狮山，太史李本宁赋《十景诗》，刻于墓碑之上。分别吟咏了石塘开鉴、周潭澄璧、雄猊瞰江、长蛇锁洞、五龟献瑞、双鲤跃灵、带河环玉、靴丘化舄、观山晓日、城州夜月十景。公撮集十景诗文、摘录为韵语，康用光先生也有《十景诗》，都刻写于《晋草》中。

1593年（万历二十一年癸巳），五十一岁

春正月，再次上疏请辞，圣上不允，于是入晋。

五月晦日，作《西征赋》《太行赋》。

秋七月戊午，蒙孙郭承昊出生。

九月十六日，示家书。

冬十月迁楚地，藩司右丞南乐魏见泉中丞留公集《圣门人物志》，自为序。冯宗伯琦作序，刻于《晋草》中。

十一月，太原门人黄庭绶见其所著《晋草》，读来手不释卷，故为其作序。冬日撰《狄仁杰论一》《潘岳论一》《漕论八》，都刻于《晋草》中。（王祥国《尺牍》云："玩诵佳刻，大贝天球，无喻珍重，至《狄仁杰论》，谓昭隐之愚不及梁公，《潘岳论》谓忧施斯高，合而为一，

衮荣钺威，有开世教，思深止远，何独文字足传而已。"①）

1594 年（万历二十二年甲午），五十二岁
春正月，谒显陵赋诗，录于《楚草》中。
二月，吴士良跟从其游览，拿着其父吴国伦的《甔甀集》请郭子章为之作序。
闰二月初五示家书，初七示家书。
九月，在楚王藩地将俸禄数万金分发出去，惩旧额中渔轵以原封面发宗室。各宗室都十分感激，欢舞雀跃，镌刻碑文称颂其德政，全文载录于《初碑阴》中。

1595 年（万历二十三年乙未），五十三岁
夏五月，从鄢地将楚地的四十金俸禄寄回家，买了一块墓地，供其丈人萧氏及其后人作祭祀之用。
冬十月，擢迁闽左方伯，李廷机为他感到高兴，致信表示祝贺。（《书》略云："闽，故公初篮之邦，乃今赐履其地，景所抚循士庶何营赤子久离慈母之乳哺，一复入其怀抱也，隐衷私作尤倍恒情可见，闽绅叹服公懿德大雅，克堪藩臣耳。"②）

1596 年（万历二十四年丙申），五十四岁
春正月，公前往闽属藩地厘正司法规章以端正法体、保障民生，著《公移十九议》。（郭子章到任当天，郡邑解至泉谷出纳不发，全然不收受贿赂，又厘正了解银的宿弊，预定解官请蠲逋榷税勘灾，分别蠲赈，停止纳佃，寺田请改，五年一造继丁册，请留府饷，免解职官领银，禁止无勺，清军缓征，急讼，新铸法码，查参军饷，建常平仓，支给兵饷，禁剖牛胎，游山禁约，捐施药示，申明减汰饷银，入观禁约，捐羨实谷，著十余，都刻录在《闽草》中，其门人李景春和司空林仲山

---

① 郭孔延：《资德大夫兵部尚书郭公青螺年谱》，北京图书馆编《北京图书馆珍本年谱丛刊》第 52 册，北京图书馆出版社 1998 年版，第 535 页。
② 郭孔延：《资德大夫兵部尚书郭公青螺年谱》，北京图书馆编《北京图书馆珍本年谱丛刊》第 52 册，北京图书馆出版社 1998 年版，第 536 页。

都曾撰文记录)。

夏四月,为小儿子郭孔陵聘娶杨氏为妻,其为故大学士文贞公孙太仆卿临翁先生之女。朝廷诰封郭父为通奉大夫福建布政使司左布政使,追赠郭母,又追封先萧恭人为夫人。

冬十月,花了一笔钱买祭田,在凰闪绎思堂祭祀祖母萧孺人外祖,有关于绎思堂的书信文章,详见于《家草》。同年,《楚草》写成。

1597年(万历二十五年丁酉),五十五岁

春二月,将与李孟诚在紫阳书院所商证的内容、和建南诸生肄业所论言语,写成讲义,均载录于《闽藩草》中。同月,右方伯刘滪寰把他在夏地做的梦告诉郭子章,后来郭子章在夜郎为官,全部应验了。

六月,《闽藩草》写成。

七月,刻写《豫章大事记》《郡邑记》,并自作序。

冬十月,郭子章入觐面圣。藩吏斋公俸禄有四百金,相当于长安儗虎的收入,郭子章拒绝了。贮闽库邹师听闻他拒绝了如此待遇,写信询问。(《书》略云:"顷闽中使道丈不受俸,弟心甚喜,此学问印证处,洁行廉约,不减范宣子,妇无裈风。致万一再来,只以此佐军需为名,亦可荣发,不得把酒江头,惟愿此行勋荩常,奠我邦家。"①)

郭子章捐金二百一十九两,呈交两院,请求修缮鼓楼。入觐日,立禁约四条,闽守令官吏遵守约定行事。又捐羡金三百五十两,买谷备账,呈请两院审批。(为使闽中长治久安之计,莫过于谷粮丰足,要使谷粮丰足莫过于将粮仓中所存之粮平价出售,该地长官大力倡导,一时间同心共济,义当会城之中就此建立粮仓,于民方便,并将丰年贮藏的赈灾余粮都改成布政司常平仓,示耒者俾见而兴起,该司不朽之泽在八闽矣,俱如议行。)

这年,他批示林尚书郑侍郎赠谥的仪节要重新再审议。

1598年(万历二十六年戊戌),五十六岁

春正月,北上考绩,当时闽省官员中多有贤者被诬陷,蔡冢宰以此

---

① 郭孔延:《资德大夫兵部尚书郭公青螺年谱》,北京图书馆编《北京图书馆珍本年谱丛刊》第52册,北京图书馆出版社1998年版,第538页。

问郭,他极口称杨维直善类,不自以为是德也。

三月,公入觐后归家,上疏自请辞官,疏见于《家草》中。

夏四月,砍树为墙,修了一座园子,李鹏池方伯书曰:"寄园摘庄生亦直寄马之义,题柱云:对客云中邀白鹳,看儿池上揭黄庭。"郭子章从闽藩入觐面圣,归返则病倒,筑层溪上山房数楹,邹师题字"坚晚以晓节"来称扬他,郭题诗百韵。著《读史》《卜祷》《韩非》《司马相如》《久姻》《汉书》《会梓书》《忍段思》《平陵名裕遗诏有五人世家》《孤寒》《蛇医》《管子》共十二篇,又作《饶娥》《谢娥》二传。

五月,上书江省公祖议社仓备账。

冬十月初九,长子郭孔建死于家中。诏书命郭子章任贵州巡抚,恰逢贵州用兵讨伐播州,催促其日夜兼程赶赴黔地料理相关事务。

1599年(万历二十七年己亥),五十七岁

五月,与总督李化龙先后抵达贵州境内。诏书严禁泄露讨播之事。

六月,到达贵阳,上疏请求增派兵力、增加军饷,朝廷采纳其建议,疏载于《黔草》之中。上疏请求增加兵饷后,又先后上疏了多项奏议,有《催方面官员到任疏》《铨部更调有司疏》《考核给由县官疏》《报綦江城陷疏》《增设黄平婺参将疏》《考核给由州官疏》《请别处兵饷疏》《请处驲递疏》《类报擒获奸细疏》《报贼囤海龙请增兵疏》《请代安疆臣陈恩疏》《再请兵饷疏》《请借川湖两省库金疏》《参总兵到任违限疏》《报贼袭土官疏》《参五开参将失事疏》《增设库吏疏》《报贼破龙泉土司疏》《请安插夷妇疏》《捐俸助大工疏》,这二十疏都是播州尚未传捷报之前上疏的,都载录于《黔草》中。

秋七月,上阁部院揭并示夷公移、议播剿抚揭、留宋柱史揭、初批播州公移、再批播州公移、三批播州公移、四批播州公移。

八月,朝廷颁布诏书公布了杨应龙的罪状,颁发封赏的形式标准参考采纳了郭子章的上疏请奏。上书台省请多设总戒或督率汉土兵攻打播州。

九月,作《为黔时兵乱疏》请求停止征税,另著有《止榷记》三卷。在黔城听闻綦江陷失守,以自誓书二语于城墙上,语云:"劳苦困衡从动忍后,方知生于忧患,忠信笃敬即参倚前,便是行乎夷狄。"

冬十二月，朝廷颁布诏书用湖广漕粮支援贵州军需。

1600年（万历二十八年庚子），五十八岁

二月，朝廷颁布诏令命郭子章与李司马合师讨伐播州。

三月，登坛誓师，并起草了各类檄文，作《讨播檄》《檄安疆臣母凤氏》《初檄安疆臣防收地方》《再檄安疆臣进兵》《三檄疆臣围囤》《四檄疆臣陇澄攻囤》《檄杨朝栋田一鹏速降》《与疆臣》等盟文。与杨、张二监军统率平越兵攻克四牌、高囤，统率贵阳兵攻克乌江关、渡河关，统率平越兵攻克青丙，统率囤偏桥兵攻克板角关，统率水西兵攻克至阳水、大红洛蒙水等七关，统率平越兵攻克称皮滩关，统率水西兵与贼寇在大水田交战并破敌，统率平越兵攻克黄滩关，统率水西镇雄兵攻克桃溪焚其衙署家庙，统率水西兵攻入播州。

五月，留御史宋兴祖再按贵州从其疏，命他主理平播一事。

六月丁丑播州覆灭，杨应龙自缢而亡，俘获其妻子孩子及其余贼党，他告诉父亲这一消息，郭父大喜："社稷之福，亦吾家之庆也，告庙。"次第上疏奏捷。奏捷后，与总督李化龙上露布之疏。皇帝阅过后说："览露布朕心喜悦。"词载于《全书》。

秋七月，都御史台东围芝生、刘芝阳中丞、康用光先生赋诗。播州平定后，他依然有枕戈之忧，江晴绿先生赋七律五首用以赠郭，郭大喜而揭之屏右。

冬十月，谒访龙场王阳明祠并作诗，有"文光扑汉青藜焰，道脉维凤赤帜翔"之句，又有"偶向宾阳寻古砌，宁须承露俯层轩"之句。

十一月，《濊论》写成，黔守吴来庭为之作序。

十二月，与李司马江中丞俘获朝栋等人献给朝廷，皇上御楼受之，群臣称贺。颁诏补故南京工部尚书孙应鳌谥，从其疏请。著《座右四箴》《寄俸酬海阳太学遣使致书》《上平播善后事宜疏》《考核给由官府疏》《平播乞休疏》《请官经理播地疏》《题经理叙功疏》《议剿皮林寨苗疏》《题永宁土妇仇杀疏》《勘议播界疏》《自陈乞罢疏》《请增易敕疏》，都载录于《黔草》中。

1601年（万历二十九年辛丑），五十九岁

春正月，考虑到军中士气振奋、逆贼俘获，而自身焦苦难以支撑，

于是又上疏自请辞归，圣上回复：地方初定，郭子章着照旧供职，不准辞。

二月，到达镇远与楚师、粤师会师，协同合剿皮林。江晴绿先生撰《黔师平播碑》。

三月，剿灭皮林，班师回朝。杨监军卒，他疏请恤典，疏载录于《黔草》中。

五月戊戌，贵阳大饥，公上疏请求赈济，朝廷诏令赈济贵州万金。又疏请任副使尤锡类为参政，贵阳知府刘冠南为副使，掌管平越府，治理播地。同月，诏令擢拔其为贵州巡抚，兼制湖南及川南四土司地方，改平远、偏桥、平汉、清浪四卫隶属于贵州，贵州兼制湖南、川南自郭子章开始。久旱之后，夜闻雨声，他起床视之，只见桂花纷纷飘落，赋诗一首，又作《桂子说》，都载录于《豫州杂记》中。

六月，开偏桥成。

秋八月，两台东园芝并生，赋诗。

冬十月，改安顺府平越府学，设印江县黄平州新贵县学，改威清卫偏桥卫学，复龙里卫学，广铜仁、思南、黎平、思平、新添学田。上疏留黔人觐官十六员，著《六语》六卷成。六语包括谚语、谣语、谶语、讥语、谐语、隐语。每一语他都亲自作序，门人顾御史造、张御史养正刻于金陵。

1602年（万历三十年壬寅），六十岁

春二月，镇守余庆、湄潭、瓮安、龙泉四县，治理平越府、黄平州城。增援石阡府、月城，治理思南府、铜江府、龙里卫、新添卫、兴隆卫、盛清卫城。（他治理黔地时，没有一座城邑没有城墙，没有一堵城墙不坚固，迄今为止牂牁各郡城都金汤永固，守卫其间民众，由此可知他当年为国家巩固屏障的深谋远虑）。

二月，向皇帝上疏请封；初五日，命下面四诰刻写《家谱·恩纶纪》。

六月望日，皇帝批阅黔地呈上的疏。

秋七月，他停止了对蜀地的争夺。（水西砂溪开始与播州接壤，原载于《黔志》，蜀国想拓宽其封地疆域，上书的章奏堆满了朝廷，惹得四面八方议论汹汹。对此,郭子章有言:"尺地王之尺地,一民王之一民,归黔可,归蜀亦可。"于是撤下檄文,责令安苗认粮来抵充蜀地军饷,战争于是平息。)他举荐梁山举人来知德,被任命为翰林待诏。"来知德学行俱优,仍以待诏致仕,月给米六石。"来知德感恩于此,建优哉阁并赋诗。郭子章闻此而感慨:"来君其不久乎?"没多久来知德便身亡。

冬十月十五日,奉恩诏荫一子进入国子监读书。再次上疏自请辞官,已经听说有召命而留中不下,于是赋诗抒怀,诗都载录于《黔草》中。

十一月,赈济饥荒。

十二月,播州原住民吴洪等人叛变。公征讨水西将他们斩杀,并俘获其余党献给朝廷,他还写了相关诗作。

除夕,他刚度过六十岁,写了《南皋邹公赠公荣寿奏绩序》答谢友人。同年冬天,疆理新设府县土田户口税粮。(《贡赋志》记载:"万历二十八年,平播善后,其题设平越一府黄平一州瓮安湄潭舆情三县丈出田地一十九万四千有奇。岁征银一万五千六百有奇,本色米四千有奇。本年大造黄册,四州县并九股降苗新旧通共五万一千二百一十三户,三十四万四千一百八十丁口,四州县派征秋粮米共四千九百四十六石二升三合。"① 详见于有司田士项下。郭子章上公疏云:"比之遵义,不及十之一,而在黔中稍稍成聚,即一都一州四县官员之俸薪、道路之夫马、皂快之工食、站更之戍饷,仅仅取给。"② 可以得知郭子章当年是尽其所有治理一方,新疆悉数缴纳赋税来报答国家苦心,筹画、招抚、统移孜孜不倦,百姓团结和睦到了如此地步。)

1603 年(万历三十一年癸卯),六十一岁

春正月,带着礼品入蜀祝贺,门人二程兄弟同捷南宫增援河南,两程夫子以此勉励。

夏四月十七日,作《催点道府疏》;二十二日,作《经理叙功疏》;五月,作《城龙泉县记》《二十八奏留入觐官员疏》。

---

① 郭孔延:《资德大夫兵部尚书郭公青螺年谱》,北京图书馆编《北京图书馆珍本年谱丛刊》第 52 册,北京图书馆出版社 1998 年版,第 547 页。
② 郭孔延:《资德大夫兵部尚书郭公青螺年谱》,北京图书馆编《北京图书馆珍本年谱丛刊》第 52 册,北京图书馆出版社 1998 年版,第 548 页。

秋七月，新建盘江重安麻哈三浮桥，作《白下大记成西昌令金明时序》。

八月，普定平越二卫学被改为安顺平越二府，设黄平州新贵县二学。他上书南浦两台停止买卖斌姥石脂。同月，建兴隆平龙桥，他亲自为碑铭作序。

冬十月，建鸟撒野马川干河桥成，他为之作记。

十一月，作《经理销算饷银》。

十二月，自题于平播、经理二图像之上，赞敷石歌黄州公传朝鲜始末忠勋祠记，都载录于《黔草》中。当月，第三个孙子郭承升出生。同月，作《经理善后事宜疏》。

1604 年（万历三十二年甲辰），六十二岁

春正月初七，公以夜郎皮林已经平定且家父身体抱恙为由，上疏请求辞官回家奉养父母。请求未允，疏载录于《黔草》中。上元日作《来太史易注序》《汇雅序》。

三月初三，上催补黔中道府官员缺疏。癸卯，第四个孙子郭承炅出生。

夏四月，建盘江桥、思州、天堂桥，亲自作记。

五月十六日，作《石阡平越知府同知改调加衔疏》。

秋九月，免除铜仁、石阡、平越、余庆四地的借饷银，又免除了黎平苗弓监。（据《条编志》记载，郭子章怜悯黔地兵荒马乱，边民流离失所、愁痛万分，凡是有补金者悉数赦免，遍地都是歌颂之声。）

冬十月辛酉，叙平定播州之功，诏公资政大夫锡之诰命封郭父如公官，赠郭母萧淑人为夫人，封郭妻萧淑人为夫人。（当时，兵部覆叙播功久，留中不下，至十月初七复奉圣旨："朕赖将士之力讨平播逆，以申灵诛闭疆，展土奇勋懋，绩允宜叙，赏郭子章升右都御史兼兵部右侍郎，照旧巡抚给与应得诰命，荫一子锦衣卫指挥佥事，赏银八十两，大红纻丝三表里，钦此。"[①] 诰词载录于《家谱·恩纶纪》中。）

十二月，《吉志》写成。

[①] 郭孔延：《资德大夫兵部尚书郭公青螺年谱》，北京图书馆编《北京图书馆珍本年谱丛刊》第 52 册，北京图书馆出版社 1998 年版，第 550 页。

1605年（万历三十三年乙巳），六十三岁

春正月元日，安攘堂中桂花纷纷飘落，大喜，赋诗，都载录于《黔草》中。

初三，夜里梦到与王元美尚书对坐畅谈。梦醒后，指摘《豫章大事记》文体似表，开本过大，体例像历史大事记。十一日，其孙郭承昊世袭锦衣卫左指挥佥事爵，享受全奉优待。郭子章将此事告知祖庙。

十三日，课文陋贫。（播州平定间隙，他有意发掘学有所成的士子，于是约见城乡诸生，每十人联一会称阳明会、三元会、恩波会、四圣会、扶摇会。月三举，每举必准备蔬果小食，课完笔裁而品第之议，制定赈助法，通查贫生者而人下贫者，每人一石，次者人五斗，每年赠给两次。每次约散米一百二十五石，有希着为令。）

夏四月十四日，郭子章体恤泰邑氏深受粮食短缺之苦，推动自条鞭法、自运法、合征法三法并行。十七日，公同金直指祷告祈雨，得《雨赋》，载录于《黔草》中。十八日，檄二卫修五门恤隐局。十九日，他以雨量仍然不足为由，再次祷告祈雨。二十三日，发银钱给黄平州用于买学田。二十六日，大雨。（自春至夏，旱魃为虐，东作失望，公带领直指诸司在郊外祭坛祷告祈雨，初次祷告时犹存其膏，再次祷告时大雨瓢泼，百姓欢呼。到了秋天收成丰足。黔地百姓民给他起了个外号"郭公雨"。）

秋七月戊申，再次上疏请辞归家，未允，赋诗两首，都载录于《黔草》中。同月，《疾慧编》写成并自序。黄太史推为江门衣钵，潘方伯比为龙场传习录。

冬十月，朝廷下诏征路苗税。十一月，开始征苗税。郭子章以督监军之职，与布政使赵健、几路按察使尤锡类、督冰都司高垣征讨西路苗，得胜；总兵陈璘、监军参政洪澄源征讨水硙山苗获得成功后，郭子章提出设新添参将，设龙场镇，设新添清平守路兵，设兴隆护城三哨，立黄平四哨，设石阡斗产哨，建华关、渔矾、广化三营，立思、南两营，守婺川、赤水二城，设桤木林兵。

1606年（万历三十四年丙午），六十四岁

春正月两戌，率总兵陈璘，监军左布政赵健，参政洪澄源、何伟、

王贻德征讨东路苗，得胜而还。上元日，批阅《杨运同经理新府公移》。二十八日，题写《证路苗捷音疏》，都载录于《黔草》中。

三月初八，再次上奏《讨路苗捷音疏》，载录于《黔草》中。十三日，拿出库银五十两，修铜仁府的龙田桥。

夏五月癸巳，永宁、赤水二卫遭遇水灾，他乞罢并上阁部揭。

秋七月，上奏《征路苗善后疏》，全疏的完整内容载录于《黔草》中。同月，他以父亲病未痊愈为由第三次上疏请辞归家，朝廷的意思是乱苗现象虽已清除，但善后事宜仍然需要辅臣料理，因此依然不允。

九月，改建邹师书院并唤作"归仁书院"，在门楔上书"理学名儒"四字，中为堂颜叫作"敬义"，邹师因此为他取名"谪居室"。置田二十八亩，后又续置田二十亩。

冬十一月，第四次上疏请辞归家，圣旨答复云："览奏用安氏始末，该镇用兵甫定，尚须辅臣安辑，不得遽求引去，即有老亲待善后事完来说。"二十六日，写成《恶宗戕杀抚臣疏》。

十二月，第五次上疏请辞归家，这次依然未得到批复。

1607年（万历三十五年丁未），六十五岁

春正月，撰写《虞解小弁》，载录于《黔草》中。

二月，其父病逝，他第六次上疏请辞归家，这次仍然未得到批复。

夏四月，他第七次上疏请辞归家，还是没有得到批复。

五月，《黔草》三十七卷写成。第八次上疏请辞归家，始终没有得到批复。

六月，第九次上疏请辞归家，得到了圣旨回复："郭子章久习边事，本难听其遽去，但屡疏陈情，词意恳切，准回籍养亲，以俟起用。"[①]

九月，作《安亮臣从役归黔》《乞钦定陇氏疏》，载录于《黔草》中。

冬十月，上疏请求措处黔中《监本》《饷本》《马本》，疏都载录于《黔草》中。

---

① 郭孔延：《资德大夫兵部尚书郭公青螺年谱》，北京图书馆编《北京图书馆珍本年谱丛刊》第52册，北京图书馆出版社1998年版，第556页。

十二月，《豫章书》一百二十二卷写成，其中书目有《豫章大记》《灾祥志》《舆图志》《谥法志》《艺文志》《封建表》《郡邑表》《列传年表》《帝王事记》《宗室列传》《后妃列传》《宦政列传》《乡士列传》《理学列传》《忠义列传》《孝义列传》《隐逸列传》《文苑列传》《寓闲列传》《闺贞列传》《释门列传》《玄教列传》《方技列传》《窃据列传》《叛臣列传》《豫章杂记》。

1608年（万历三十六年戊申），六十六岁

春正月，元思州太守陈梦深报告：黄道司民易绣虎的妻子谭氏一胎诞下了三个男孩，且都存活了下来。他赋诗记录，载录于《黔草》中。

夏五月丙辰，凤嬉池中二株莲花同开。他为之赋诗，诗载录于《黔草》中。

六月上疏请辞归家，承蒙皇恩得以归家休养，遂写数篇举荐之疏，有《进缴敕谕疏》《荐举贵州川湖方面官员疏》《举劾贵州川湖有司官员疏》《荐举贵州川湖迁谪官员疏》《荐举贵州川湖首领官员疏》《荐举贵州川湖地方人才疏》《荐举贵州川湖教职疏》《荐举贵州川湖武职疏》《揭荐贵州川湖有司武职》，悉数载录于《黔草》中。（郭子章《黔草》一半为奏疏，一半为杂记，疏一百三十五篇，奉旨及留中又载录于《圣旨日记录》。）

秋七月，建安顺府，设龙泉县，建安化县设贵定县。

冬十月，奉诏交代遣使函诗上报庭闱，诗载录于《黔草》中。

十一月，题《序剿定番金筑仲贼各官功罪》。《黔记》六十卷写成。篇目有：《大事记上下》《星野志》《舆图志四》《山水志上下》《灾祥志》《群祀志》《止榷志上下》《艺文志上下》《学校志上下》《职官志》《贡赋志上下》《兵戎志、公署志上下》《邮传志》《讨逆志上下》《公侯伯总兵参将都司守备表》《总督抚按藩臬表》《守令表》《移恩表》《帝王事纪》《宦贤列传八》《迁客列传》《寓贤列传》《乡贤列传六》《忠臣列传》《孝子列传》《楼逸列传》《淑媛列传》《方外列传上下》《宣慰列传》《土官世传》《诸夷论》《东南夷总论》。

戊申之冬离开黔地，九次上疏请辞归家，方始得到上谕允许奉诏而归，使父子、兄弟、骨肉能够欢聚一堂、围坐相叙。

1609年（万历三十七年己酉），六十七岁

三月，与贵州巡抚胡桂芳交接工作。

四月初七回到家中，孙子郭承昊凭借荫袭在江西乡试中中选。

十二月二十五日，其父赠尚书两峰公卒。

1610年（万历三十八年庚戌），六十八岁

秋八月，礼部议覆公为郭父卹典，奉圣旨准许照例设一祭坛，建造坟茔安葬郭母萧氏，且准许列名一并祭奠。工部议覆公为郭父卹典，照二品例建造坟茔，共计四百两银钱，二部公移文都详见于《敬哀录》中。

秋九月，建造三溪、句溪、石塘三座桥，都在万安地方，距离郭母萧夫人敕封的葬坟之所大约十里。郭子章为之作记，刻于《传草》中。

冬十月，合葬其父与祖母刘儒人，葬于祖母墓穴左边，墓位于二十八都，地名龙井，距冠朝五里，申庚、山寅、艮向。浙江布政使彭公题词"主光禄卿刘公祠土"。

十二月乙亥，朝廷派遣江西按察司副使兼参议胡公带来圣谕，祭典其父同其母萧夫人，文曰："皇帝遣江西荸处承宣布政使司分守湖西道，按察司副使兼参议胡廷宴谕祭。"都察院右都御使兼兵部右侍郎郭元鸿妻赠夫人萧氏曰："惟尔抱德幽楼，潜辉弗耀，偕于淑媛，启我良臣，建兹不朽之勋。咸本有闻之训成功者，退就养无方，予舍堪娱，倚庐遂戚，宜沾渥典，以慰孝思并祭崇封双灵式贲。"① 其母萧夫人建造的油潭凤凰桥落成。（桥位于凤冈之前、油潭之上，其母归宁凤冈时，往来溪岸不便行走，行人也以之为一大弊害，等到郭子章从黔地归来时，其母萧夫人捐了六十两黄金砌一座石桥。桥砌成，他题名为"凤凰桥"，因其地处凰冈之故。）将祭仪注刻写在《敬哀录》中并自序。同月，《重校圣门人物志》写成，其门人罗文宝在建州刻写完成。

1611年（万历三十九年辛亥），六十九岁

春正月望日，上奏《谢卹恩疏》。

---

① 郭孔延：《资德大夫兵部尚书郭公青螺年谱》，北京图书馆编《北京图书馆珍本年谱丛刊》第52册，北京图书馆出版社1998年版，第562页。

夏五月朔，姪昊将冠，郭子章为其举行冠礼及仪节，并将其婚期告知郭父。

六月乙未，迎娶刘氏，在邑秀溪成婚，三日后入祖庙告知先人。

十二月，亲朋好友前来贺寿，作《生日解》。同月，《大事编》写成，郭子章自序并刻进《苦草》。

1612 年（万历四十年壬子），七十岁

春三月朔日，为其父披麻戴孝。

夏四月，祭告祖庙，守丧期满除服。抚按王太公蒙公、顾桐柏公联合上疏使朝廷知晓此事。同月，他自作《传草序》。

五月丁酉，兵部论功行赏苗功，造公兵部尚书兼都察院右都御使给三代，诰命为原来蒙受恩荫的男子加升一级世袭，赏银四十两、大红飞鱼服一袭。苗功始终未完成。

秋七月，江西巡按御史顾公上疏，举荐地方人才二十八人，由他选送。疏语：前任贵州巡抚都察院右副都御使兼兵部右侍郎郭某统宗正学命世英才，西南彝鼎功高柱史岩廊望重。

八月，还文省祭，访周券金，作诗赠周。（《诗》云："贷金元为母，焚券岂千名。粟釜犹嫌少，麦舟尚可倾。大夫怀意气，财利等浮萍。夜雨潇湘足，良田好自耕。"）

九月丙申，一起上疏请辞恩命。奉圣旨："旨卿勋庸素着，叙劳加恩已有成命，不准辞。"

十一月甲午，在龙井建赠尚书公的行祠，左右各建一处石坊，左谕祭坊，扁曰"纶褒"；右敕葬坊；扁曰"恩造"。小丘上还竖有两块碑，亭左边是"七制诰敕碑"，亭右边是"双灵祭葬碑亭遵制列华表翁仲"等，赠尚书公行祠公自为记，碑竖立在祠中，文章刻于《传草》中。同月戊申，在大宗祠右建赠尚书公小宗祠。二十八日，吏部题"苗功加恩撰述公三代诰命奉旨是"。闰十一月朔庚，在石角堂建成其母萧夫人的飨堂，左右竖二碑，建谕祭敕，葬二坊建狮山凤穴于墓前，遵制列华表、翁仲等石，自写了《飨堂记》，碑竖立在祠堂中，词刻《传草》中。在阳村建了施茶庵。

十一月，首倡建太常集贤二祖读书台。

十二月朔庚寅，《冠朝续谱》写成，公告庙分给子姓。作《墨石宋槐遗迹纪》，详见于家谱。

1613年（万历四十一年癸丑），七十一岁

春正月，镌题《放池碑记》，刻于《传草》中。

二月，上书两台司道郡邑，论及官、解二运。（书略云："顷以下邑兑南官解银数上丐，是时止凭道路之口，未及查卷拓碑，故未有定数。今拓本县仪门石碑，细读一过，然后知今昔之数似确不可易者。"① 论的全文刻于《家草》中。）

秋七月，上书郡邑，论及守江要客。他的门人吴仕训、王美中等人汇编《三省生祠录》以纪念郭子章，三省的士绅和民众都念着他为官仁厚，经久不能忘，命收藏于家中以示子孙后代。

冬十月，《老子通解》写成。

十二月，读书台落成。他在堂上题词"善行"，取太常公及第时所作之诗"今日方知善可行"句。又在柱子上题词："是父是子读九丘八索之书，名冠朝廷；闻祖闻孙毓三顾双凤之秀，文铄墨石。"为前门楼题名"太清楼"，亦取太常公及第时所作之诗"一举飞腾上太清"句。又在楼柱上题词："在宋则发祥，进士继博士学士，祖烈丕振乎汾阳；入明而观政，春官历冬官夏官，孙枝竞爽于江右。"② 同时写下了《重建读书台记》。

1614年（万历四十二年甲寅），七十二岁

丁巳，发放廪谷四十斛赈济贫民。

夏五月，巡道吴正志向他借粮食以赈济饥荒，他与儿孙等人一道拿出百石白米鼎力相助，成人之美。江西巡按御史韩浚复举荐江西地方人才共三十一名，郭子章位居其首。其上疏有溢美之词："前任贵州巡抚加升兵部尚书郭某，瑰奇名世，挺生博大，真人应运，勋高戴，

---

① 郭孔延：《资德大夫兵部尚书郭公青螺年谱》，北京图书馆编《北京图书馆珍本年谱丛刊》第52册，北京图书馆出版社1998年版，第565页。
② 郭孔延：《资德大夫兵部尚书郭公青螺年谱》，北京图书馆编《北京图书馆珍本年谱丛刊》第52册，北京图书馆出版社1998年版，第565页。

望重安攘。"①

秋八月，写成《地舆志郡县释名》。（郭子章足迹遍布大半个天下，凡是经过郡州邑城，必然详询地名由来，久而久之集成了一本书。两浙、河南、秦、晋、楚、蜀、闽、滇、黔都囊括在内、刻于其中，唯有南北直隶、山东、江西、两广至今才写成，合起来共十五册，由王中丞大蒙先生校对并付梓，郭子章自作序。）

九月，《律吕三论》写成，大司马即墨黄梓山公拿着自己所刻写的《王子鱼律品正声》请他代为作序，他于是写出《三论》，刻于《传草》中。

十二月壬子，其母刘夫人过世，他写信婉辞了要上门吊唁祭奠的亲朋好友、门生同僚。他将刘夫人葬在夏篠屋后，庚酉、山卯、甲向，亲自作墓志。其兄建公与蟠塘祖父唯翁合葬，建公墓在右，坤申、山寅、艮向，墓志铭出自春宫洗马嘉定王纯儒毓宗之笔，墓碑出自太原布衣王百谷之笔。

1615年（万历四十三年乙卯），七十三岁

年七十三，在苦次。春三月，《城书解》《利器解》写成，巡道吴正志作序并刻写成书。

闰八月乙巳，五实堂祭祀大典礼成。（他告谕族人："吾郭有大宗祠，冬至祭始祖，立春祭先祖、功祖，道山贤堂二府君有忌祭，具载《家谱》详矣，惟清明、中元各房祭五代于房堂，如吾五实堂以广居府君为太祖，百世不迁者也，屡代主祭者不一人议尚未详，予归田以来与子姓再议之，定为式令，子孙百世可守。"②这些一并记载在《祭田颠末》中，让子孙知晓粢盛祭仪从初创到创立五实堂的源流，详见于《堂记》中。）同月丁未，在南溪大魁堂割田租四十石，用作曾氏三府各家祭祀所需，有《记》为证。（《记》曰："南溪曾氏大魁堂退庵府君祀典本隆，至柱史君益廓大之，今为退庵府君置租十石，稍助好差；为外祖

---

① 郭孔延：《资德大夫兵部尚书郭公青螺年谱》，北京图书馆编《北京图书馆珍本年谱丛刊》第52册，北京图书馆出版社1998年版，第567页。
② 郭孔延：《资德大夫兵部尚书郭公青螺年谱》，北京图书馆编《北京图书馆珍本年谱丛刊》第52册，北京图书馆出版社1998年版，第568页。

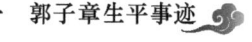

贲轩府君置租十石，为祔食一席之资，其田租付本堂子弟轮收供祭；为舜青府君一忌、贲轩夫妇二忌，置租二十石为忌祭之资，其田租付尚珣专收供祭。二项田赋载录于曾契、收于郭，互不得私市也。"①）

冬十二月除夕，祭告祖庙，为其母刘夫人服丧结束。

1616年（万历四十四年丙辰），七十四岁

年七十四，辞官返乡居住。春正月，邹元标与京兆刘明自、曾祠部金简刘宪副文光、萧郡守观我诸先生及康山人仲杨宴会集在赐养堂，郭子章用《周益公》《访杨文节公》两首诗的韵脚作诗，诗载录于《传草》中。花朝日，刘明自京兆登门探访，他划船十里送别友人，刘明自赋诗一首作别，他又和韵相赠，诗载录于《传草》中。

三月丙辰，上郡侯祁公《论守江要害书》，载录于《传草》中。

夏四月辛丑，建造石陂桥完工。建宁太守罗文实带着重校《圣门人物志》的底板来访。（郭子章最初作《圣门人物志》，魏见泉中丞在太原刻写成书，楚州的门人在随地再次刻写，他自己辞官归养后又重新校订，建宁罗太守又于建地重刻。）

夏天发大水淹没了农田麦禾。（按：父老言："嘉靖丙辰，大水兹。丙辰更过之，枂崩水涌，突入赣江。波及吾吉市城女墙可行船。民屋尽圮，大江水浸入云亭乡至大瑞。两岸田禾尽为水湮。"② 当时泰和县令王公入觐面圣未归，没有执笔者，他于是代里老呈上两院司道与郡公祖。）

秋九月，与九邑大夫在青原集会。当时新安汪君畴编著了《集群贤歌》。（按：歌内有赠郭子章之句，云："诸公衮衮尽风流，郭大司马功已酬。两鬓犹存社稷忧，腹笥充栋压邺侯。理窟深穿海不休。"③）

冬十一月，长至后一天，邹元标与曾明甫、汪君畴、康仲扬一起拜访，郭子章与他们促膝谈心，留他们用饭才别。君畴出所书乾、坤二卦，解题辞赠予郭子章，留宿至第二天，他为君畴题写《复山汪氏家政寥廓

---

① 郭孔延：《资德大夫兵部尚书郭公青螺年谱》，北京图书馆编《北京图书馆珍本年谱丛刊》第52册，北京图书馆出版社1998年版，第568页。

② 郭孔延：《资德大夫兵部尚书郭公青螺年谱》，北京图书馆编《北京图书馆珍本年谱丛刊》第52册，北京图书馆出版社1998年版，第570页。

③ 郭孔延：《资德大夫兵部尚书郭公青螺年谱》，北京图书馆编《北京图书馆珍本年谱丛刊》第52册，北京图书馆出版社1998年版，第570页。

斋》七篇。君畴为他作《老子通解序》，二人相得甚欢。

1617 年（万历四十五年丁巳），七十五岁

三月，给其父写信，合议胡直先生谥典。

夏五月，在宜春钱石楼赋诗三十韵，叙写其终养归田之事。

秋九月哉生明日戌时，其母萧夫人过世。冬王中丞大蒙公祖晋总河侍郎特意上疏举荐郭子章，荐语如下："文通诸子百家，武谙六韬三略。功成平播，悬车望系苍生；威震苗夷，铸鼎勋垂社稷。"① 其父获赠兵部尚书两峰府君，其母萧夫人神主于石角塘飨思堂；将其妻葬于蟠塘凤阿山，与高祖唯翁合葬，坟位于其左，并作墓志铭，新都汪洪蒙先生赋诗叙述其平生经历。

1618 年（万历四十六年戊午），七十六岁

春正月上日，写成《日省录》；二月朔日有食之，他惧省焚香苍天，捐金施谷。

三月上巳，汪野史受难来归，将《解囊中秋鸿草》拿给他看并问询是否可以付梓校对。郭子章喟喟悲叹，为其作序后付梓，馆谷园中的书商修订《青原志》。

夏月，陈中素举荐他时有言："柱下五千文字，腹中数万甲兵，定乱勋高，济川望重。"又令郡侯赠给他一块匾，上书"正学元勋汪公题"。匾下有一副对联："定圣门人物志书明明正学，关西考亭还上师承尼皋统接千古；净夜郎播夷献馘矫矫元勋，方叔召虎更前祖武汾阳业复两京。"② 他又和汪君畴品评古乐府，剖析格物论诸什疑难。汪君畴赋诗三十六韵，为《传草》写序作为答酬。（当时，郭子章兴致悠然，与汪君畴遍访境内各种名胜，登上太虚观，在新吴寺休憩，啜饮龙井茶，因每天吃绿豆而感觉胸胃不佳，于是未能游览顾山便败兴而回，他的病由此而起。杜门绝客一月有余，犹脱《四书》解释《左氏春秋》，写成《易

---

① 郭孔延：《资德大夫兵部尚书郭公青螺年谱》，北京图书馆编《北京图书馆珍本年谱丛刊》第 52 册，北京图书馆出版社 1998 年版，第 571 页。
② 郭孔延：《资德大夫兵部尚书郭公青螺年谱》，北京图书馆编《北京图书馆珍本年谱丛刊》第 52 册，北京图书馆出版社 1998 年版，第 572 页。

解》，病情渐重，精神萎靡，卧床不起，求医无方。)

六月十七日辰时在家中病逝。讣告传遍四方，宗族同胞皆在卧榻前掩面涕泣，乡里乡亲则于其家门前悲泣，文学太学之士数百人前来吊唁。最后他被葬在龙井山上，此乃所赐东园秘器的地方。

附：郭子章著述一览表

四部	子目	书名	版本
经部	易	《易解》十五卷	
	四书	1.《四书颇解》四卷	
		2.《书释汇编》十卷	
	五经总义	1.《经书类解》十四卷	
		2.《诗传书例》四卷	
史	杂史	1.《平播始末》二卷/三卷	有丛书本
		2.《纲鉴标题要选》十二卷	有馆藏善本
	政书	1.《羌关则例》三卷	
		2.《瓜仪志》三卷	
		3.《盐井图说》一卷	
		4.《两浙由票便览》十一卷	
		5.《官释》十卷	
	传记	1.《圣门人物志》十二卷	有丛书本
		2.《家谱恩伦记》	
		3.《瀛论》六卷	
		4.《眉寿五封录》八卷	
		5.《眉寿六封录》八卷	
		6.《赐养恩记》七卷	
		7.《敬哀录》十卷	
		8.《旌懿录》二卷	有丛书本
		9.《赠司马云塘先生年谱》一卷《行状》一卷	
		10.《西南三征记》一卷	

续表

四部	子目	书名	版本
史	传记	11.《兴国四贤传》一卷	
		12.《欧阳文庄年谱》	
		13.《苗功始末》	
		14.《抚黔功移》四卷	
		15.《乡贤传补》	
		16.《人形志》六卷	
	诏令奏议	1.《圣旨日记》五卷	
		2.《圣谕乡约录》二卷	
		3.《黔中奏议》二十卷	
	地理	1.《吉志补》二十五卷	
		2.《豫章书》一百二十四卷	
		3.《黔记》六十卷	有丛书本
		4.《郡县释名》二十六卷	有丛书本
		5.《广豫章郡邑记》十卷	
		6.《豫章杂记》六卷	
		7.《白下记》四十卷	
		8.《古今郡国名类》四卷	
		9.《黔小志》二卷	
		10.《潮中杂记》四十卷	有馆藏善本
		11.《古迹考》六卷	
		12.《校定天玉经六注》十卷	
		13.《阿育王山寺志》十卷	有丛书本
		14.《阿育王山寺志续志》六卷	有丛书本
		15.《云南通志》十七卷	有丛书本
		16.《广豫章灾祥记》六卷	
		17.《黔中指榷记》一卷	
		18.《豫章新记》八卷	
		19.《太洋洲萧侯庙志》六卷	有馆藏善本
	目录	1.《著述总目》二卷	
		2.《郭氏世读堂著述书目》一卷	
		3.《大明三藏圣教目录》二卷	

续表

四部	子目	书名	版本
子部	诸子	1.《老子集解》二卷	万历精刊本，有馆藏善本
		2.《四十二章经》辑注四卷	
	兵	1.《城书》四卷	
		2.《利器解》二卷	
	天文历法	1.《支干释》七卷	
		2.《年岁纪》十卷	
		3.《先天九曜图》一卷	
	谱录	1.《蠙衣生马记》四卷	有丛书本
		2.《蠙衣生剑记》二卷	有丛书本
		3.《泉志》八卷	
	杂家	1.《六语》三十一卷	有丛书本
		2.《生禁篇》五卷	
		3.《梦征录》十八卷	
		4.《博集稀痘方论》二卷	有馆藏善本
		5.《痘书》四卷	
		6.《赌诫》二卷	
		7.《鼎锲青螺郭先生注释小试论觳评林》六卷	有馆藏善本
		8.《牛禁集》五卷	
		9.《士令》一卷	有馆藏善本
子部	类书	1.《潮州府季考录》四卷	
		2.《韩山校士录》三卷	
		3.《黔台校艺录》二卷	
		4.《书程汇编》六卷	
		5.《吉安科甲名贤理学考》	
		6.《黔台校艺录》二卷	
		7.《黔类》十八卷	有丛书本、馆藏万历刻本
		8.《新刊举业利用六子拔奇》六卷	有馆藏善本
	别集	1.《燕草》四卷	
		2.《闽前草》六卷	
		3.《留草》十卷	有馆藏善本

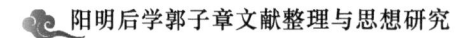

续表

四部	子目	书名	版本
集部	别集	4.《粤草》十卷	有丛书本
		5.《蜀草》十卷	有丛书本
		6.《浙草》十六卷	
		7.《晋草》十卷	有馆藏善本
		8.《楚草》十三卷	有馆藏善本
		9.《闽藩草》九卷	有馆藏善本
		10.《家草》八卷	有馆藏善本
		11.《黔草》三十七卷/二十四卷本	有二十四卷丛书本
		12.《传草》二十六卷/二十三卷本	有二十三卷丛书本
		13.《苫草》六卷	
		14.《养草》七卷	有馆藏善本
		15.《越草》	
		16.《疾慧编》二卷	
		17.《郭子章集》一卷	有馆藏善本
		18.《郭青螺集》一百卷	
		19.《青螺公遗书合编》三十五卷	有馆藏善本
	总集	1.《四贤朝语》四卷	
		2.《蜀余录》十卷	
		3.《蒙童初告》六卷	
		4.《王郭两先生崇论》十五卷	有馆藏善本
集部	诗文评	1.《豫章诗话》六卷	有多种丛书本
		2.《续豫章诗话》十二卷	
		3.《二贤诗传》	

附录二 《四库全书总目》郭子章著述提要

经部

《蠙衣生易解》十四卷（江西巡抚采进本）

明郭子章撰。子章字相奎，号青螺，又自号曰蠙衣生，泰和人。隆庆辛未进士。官至兵部尚书。是编成于万历丁巳，其归田以后所作也。卷一为《易论》六篇。卷二至卷九，六十四卦各为《总论》，少者一篇，多者至八篇。《总论》之外，又标举文句，发挥其义。自《师》《谦》《噬嗑》《复》《颐》《大过》《咸》《恒》《损》《萃》《革》《鼎》《旅》《节》《中孚》《未济》十六卦无所标举外，余卦少者一条，多者至五条。十卷至十四卷，则杂论《系辞》《说卦》，而《序卦》以下不及焉。其《易论》以《系辞》"生生之谓《易》"一句为本。而以人性当生生之理。其诸卦所论，乃皆不归此义，往往牵合时事，或阑入杂说。如论《谦卦》云："汉文、宋仁皆谦德之君也。尉佗自王，元昊自帝，皆非挢谦之臣，故佗、昊后俱削弱。王导、刘裕皆勋劳之臣也。周顗之不顾导，刘毅之不敬裕，皆非拗谦之友，故顗、毅终见诛戮。"其论已不切当日情事。至论《遁卦》谓："怀、愍不遁，故青衣行酒。徽、钦不遁，故献俘金朝。当时固执死社稷之说，为晋、宋大臣不学之过。"尤纰缪不足与辨。他如论《震卦》而及于雷之击人，已非《经》义。又谓雷之所击皆治其宿生之业，孔氏之门安得是言哉！

史部

《平播始末》二卷（江西巡抚采进本）

明郭子章撰。子章有《蠙衣生易解》，已著录。万历间，播州宣慰使杨应龙叛。子章方巡抚贵州，被命与李化龙同讨平之。化龙有《平播全书》，备录前後进剿机宜。子章亦尝有《黔记》，颇载其事。晚年退休家居，闻一二武弁造作平话（案：《永乐大典》有平话一门，所收至夥，皆优人以前代轶事敷衍成文而口说之），左袒化龙，饰张功绩，多乖事实。乃仿纪事本末之例，以诸奏疏稍加诠次，复为此书，以辨其诬。

《圣门人物志》十二卷（江西巡抚采进本）

明郭子章撰。子章有《蠙衣生易解》，已著录。是书则子章官晋阳时所辑。凡游于圣门与私淑而得从祀庙庑者，各为之小传，附以赞论。首《孔子世家》，次《先贤》，再次《先儒》，而以有明之会典祀仪终焉。其中杂以周汝登、罗汝芳诸人之论。其时心学横流，故子章多主张其说。《孟子传论》谓孔子之学，以从心所欲不逾矩为的。颜子从之末由，而孟子云能者从之。又云：心之官则思，即孔子从心之旨。犹主持门户之见也。

《豫章书》一百二十二卷（江西巡抚采进本）

明郭子章撰。是书盖江西之总志，全用史体为之。分《大记》二十卷、《志》二十二卷、《表》十卷、《事纪》二卷、《列传》六十八卷，前无《序》而有《总目》。其《总目》以为《列传》六十六卷，刊本误也。其体例盖本诸《华阳国志》。然冗杂太甚，去常璩所撰远矣。

《郡县释名》二十六卷（浙江鲍士恭家藏本）

明郭子章撰。子章有《蠙衣生易解》，已著录。其书以郡县地名一一诠释其文义，文义可通则略为训诂。如福州则云取百顺之名，永清则云取边境永清之类，皆固陋之甚。至不可解者则置而不言，亦何取于释名乎？

《阿育王山志》十卷（两淮马裕家藏本）

明郭子章撰。子章有《蠙衣生易解》，已著录。阿育王山在浙江宁波府，去府治四十里。山有阿育王寺舍利塔，相传为地中涌出，因以名寺，遂因以名山。盖缁流梵笈有是异闻，年祀绵远，亦无从而究诘也。是志凡分十类。揆其大旨，主於阐释氏之显应。故标兹灵迹，以启彼信心，原不以核订地理、考证古今为事也。

《郡县释名》十六卷（明万历原刊本）[1]

明郭子章撰。是书以省为目，北直、南直、浙江、山东、山西、河南、陕西、江西、湖广、四川、云南，凡十一省，皆分上下两卷，福建、广东、广西、贵州，凡四省，皆一卷，都为十六卷。

案此编网罗古籍、敷叙今制。考证既甚精详，文笔尤极雅洁，宜为明代地方诸志所依据也。而于地理之关系与山川之险要，时时发抒伟论，不妄作颂扬谀美之词，则尤足重者。如于京师一条，历述河间、保定达兵之犷悍，霸州、武清奸宄之伏匿。又云赋繁民困，户口流亡，虽畿甸同风，而顺天之马政河间之水潦患尤烈焉。凡此诸论皆切中当时之隐患，能言之所不敢言者。故郭氏此稿甫就，而四明王中丞佐亟取而校正付梓，复为之序，推美甚至。今观其书，有益于治道者良多，未可弟目为地理考据之作也。

子部

《蠙衣生剑记》一卷（两江总督采进本）

明郭子章撰。子章有《蠙衣生易解》，已著录。是编皆记剑事，分上、下二篇。前有自序，谓上篇据剑之实者纪之。下卷则纪其寓言，如《庄子》所谓天子剑、诸侯剑之类是也。

《蠙衣生马记》一卷（两江总督采进本）

明郭子章撰。子章有《蠙衣生易解》，已著录。是编摭载籍中所记马事，分上、下二篇。援引颇博，皆著所采书名，较明人他说部，颇有根据。唯以宛马为晋泰始时所献，不知汉时已有之；又以果下马为出于《魏志》，不知亦载于《汉书》，捃拾未免稍略耳。

《黔类》十八卷（安徽巡抚采进本）

明郭子章撰。子章有《蠙衣生易解》，已著录。是编为其巡抚贵州时所辑，故曰《黔类》，实隶事之书，非《黔志》也。凡分三十六门。自序称取古今逸事僻事类之，经书人所共读者略，类书已载者略。然皆耳目习见，殊罕异闻。且多引《玉海》《太平御览》，辗转稗贩，割裂失真，并迷其本书之出处。而云类书已载者略，岂其然乎？

---

[1] 此一版本提要见《续修四库全书总目提要》，齐鲁书社1996年版。

明郭子章编。子章有《蠙衣生易解》，已著录。是编凡谣语七卷，谚语七卷，隐语二卷，谶语六卷，讥语二卷，谐语七卷。皆杂采诸书为之，颇足以资谈柄。而所录明代近事，往往猥杂。盖嗜博之过，失于剪裁也。

集部

《粤草》十卷、《蜀草》七卷（江西巡抚采进本）

明郭子章撰。子章有《蠙衣生易解》，已著录。其平生所作之文，皆每官一地即为一集，此《粤草》，其官广东潮州知府时作；《蜀草》，其官四川提学佥事时作也。前有万历庚寅周应鳌《序》，称子章没於庐山，《粤草》先出；越若干年，《蜀草》乃出。盖作于诸草之前，而刻则在子章身后；其标题皆曰《自学编》，则子章诸草之总名云。

《晋草》九卷、《楚草》十二卷、《家草》七卷（江西巡抚采进本）

明郭子章撰。是集以《晋草》《楚草》《家草》合为一编。《晋草》，乃其由浙江参政迁山西按察使时所作，在万历二十一年；《楚草》乃其由山西迁湖广布政使时所作，在万历二十二年；《家草》则由福建布政使入觐，归而乞休时作，在万历二十六年也。此后即接《黔草》矣。是集钞本，讹脱甚多，并佚其《家草》之第六卷。考其总目所阙，凡尺牍十八首。故原目八卷，今以七卷著录焉。

《黔草》二十一卷（浙江汪汝栗家藏本）

明郭子章撰。是集自为一编，乃其巡抚贵州时作，总目虽题二十一卷，而第八卷分九子卷，第九、第十、第十一、第十二、第十七卷，皆分二子卷；卷十四分三子卷，实三十四卷，不明其例。至卷十四后，既曰卷又十四，又曰卷又又十四，尤创见也。案《千顷堂书目》，子章所著尚有《闽草》十六卷，《留草》十卷，《浙草》十六卷，《闽藩草》九卷，《养草》一卷，《苦草》六卷，《传草》二十四卷，今皆未见。而《粤草》十卷，黄虞稷乃不著录，盖当时随作随刻，又随意并数种为一帙。多寡分合，初无一定，故所见参差不一耳。

《豫章诗话》六卷（江西巡抚采进本）

明郭子章撰。子章有《蠙衣生易解》，已著录。是编论其乡人之诗，与诗之作于其乡者。上起古初，下迄于明。然多据郡县志书所采，未免芜杂。如惠远七言绝句，子章能辨其伪。然寻真观玉简天篆，决非秦代语。岩下老人武帝问答，决非汉人语，乃以为四言之祖，何耶？又如房璘妻高氏碑刻之类，无与于诗话。而卢仝、韩愈用龙锺、躘踵字之类，亦无与豫章。均有爱奇嗜博之失。

（以上均录自《四库全书总目》中华书局1965年版）

参考文献

白钢主编：《中国政治制度史》，天津人民出版社2012年版。
白化文、张智主编：《中国佛寺志丛刊》，广陵书社2006年版。
白新良：《中国古代书院发展史》，天津大学出版社1995年版。
北京图书馆编：《北京图书馆古籍善本书目》，书目文献出版社1983年版。
蔡镇楚：《诗话学》，湖南教育出版社1990年版。
陈宝良：《明代儒学生员与地方社会》，中国社会科学出版社2005年版。
陈宝良：《明代社会生活史》，中国社会科学出版社2004年版。
陈宝良：《明代士大夫的精神世界》，北京师范大学出版社2017年版。
陈大康：《明代商贾与世风》，上海文艺出版社1996年版。
陈国球：《明代复古派唐诗论研究》，北京大学出版社2007年版。
陈来：《有无之境——王阳明哲学的精神》，人民出版社1991年版。
陈时龙：《明代的科举与经学》，中国社会科学出版社2018年版。
陈寿祺：《福建通志》，清道光九年修，同治七年刊本。
陈书录：《明代诗文创作与理论批评的演变》，凤凰出版社2013年版。
陈书录：《明代诗文的演变》，江苏教育出版社1996年版。
陈万益：《晚明性灵文学思想研究》，（台湾）文津出版社1987年版。
陈文新：《明代诗学》，湖南人民出版社2000年版。
陈文新：《明代诗学的逻辑进程与主要理论问题》，武汉大学出版社2007年版。
陈子龙等选辑：《明经世文编》，中华书局1997年版。
定祥修，刘绎纂：《吉安府志》，清光绪元年刊本。
杜继文：《佛教史》，中国社会科学出版社1991年版。
杜泽逊：《四库存目标注》，上海古籍出版社2007年版。

鄂尔泰、宴斯盛、靖道谟等：《贵州通志》，商务印书馆 2005 年版。
樊树志：《晚明史》，复旦大学出版社 2003 年版。
方玉润撰，李先耕点校：《诗经原始》，中华书局 1986 年版。
方志远：《明代国家机构及其运行机制》，科学出版社 2008 年版。
福建师范大学图书馆编：《福建地方文献及闽人著述综录》，福建师范大学图书馆 1987 年铅印本。
高平：《南社诗学研究》，河南文艺出版社 2016 年版。
高寿仙：《变与乱：明代社会与思想史论》，人民出版社 2018 年版。
葛兆光：《中国思想史》，复旦大学出版社 2001 年版。
龚鹏程：《晚明思潮》，商务印书馆 2005 年版。
谷应泰：《明史纪事本末》，中华书局 1977 年版。
顾起元：《懒真草堂集》，《四库禁毁书丛刊》补编第 69 册，北京出版社 2005 年版。
顾炎武著，黄汝成集释：《日知录集释》，上海古籍出版社 2006 年版。
贵州省文史研究馆点校：《贵州通志 土司土民志》，贵州人民出版社 2008 年版。
郭春震：《潮州府志》，明嘉靖二十六年刻本。
郭桂：《冠朝郭氏续谱》，清道光十六年修，现藏于江西省泰和县冠朝镇冠朝村。
郭厚安：《明实录经济资料选编》，中国社会科学出版社 1989 年版。
郭孔延：《资德大夫兵部尚书郭公青螺年谱》，北京图书馆出版社 1998 年版。
郭培贵：《明代学校科举与任官制度研究》，中国大百科全书出版社 2014 年版。
郭培贵：《明史选举志考论》，中华书局 2006 年版。
郭子章：《蠙衣生剑记》，齐鲁书社 1997 年版。
郭子章：《蠙衣生马记》，齐鲁书社 1997 年版。
郭子章：《潮中杂记》，香港潮州商会 1993 年影印万历刻本。
郭子章：《传草》，《四库全书存目丛书》，齐鲁书社 1997 年版。
郭子章：《郡县释名》，齐鲁书社 1996 年版。
郭子章：《名马记》，上海古籍出版社 1995 年版。

郭子章：《明州阿育王山志》，齐鲁书社1997年版。

郭子章：《黔草》，《四库全书存目丛书》，齐鲁书社1997年版。

郭子章：《黔记》，书目文献出版社1998年版。

郭子章：《黔类》，齐鲁书社1997年版。

郭子章：《圣门人物志》，上海古籍出版社1995年版。

郭子章：《蜀草》，《四库全书存目丛书》，齐鲁书社1997年版。

郭子章：《豫章诗话》，齐鲁书社1997年版。

郭子章：《粤草》，《四库全书存目丛书》，齐鲁书社1997年版。

郭子章、郭孔延、郭孔建撰，郭孔太辑，郭子仁刻：《青螺公遗书合编》，清光绪八年镌于冠朝三乐堂，上海图书馆藏。

郭子章、黄寓庸：《士令》，齐鲁书社1997年版。

郭子章编：《大洋洲萧侯庙志》，新淦萧恒庆堂民国二十一年重刻本，上海图书馆藏。

郭子章辑：《六语》，齐鲁书社1997年版。

郭子章著，赵平略点校：《黔记》，西南交通大学出版社2016年版。

郭子章撰，王琦珍点校，傅义审订：《豫章诗话》，江西教育出版社2007年版。

韩大成：《明代社会经济初探》，人民出版社1986年版。

何文焕辑：《历代诗话》，中华书局1981年版。

何宗美：《明末清初文人结社研究》，南开大学出版社2003年版。

侯绍庄、史继忠、翁家烈：《贵州古代民族关系史》，贵州民族出版社1991年版。

侯外庐：《中国思想通史》，人民出版社1947年版。

胡寄窗：《中国经济思想史》，上海财经大学出版社1998年版。

胡晓明：《江南诗学》，上海书店出版社2017年版。

黄仁宇：《万历十五年》，中华书局1982年版。

黄一农：《两头蛇：明末清初的第一代天主教徒》，上海古籍出版社2006年版。

黄虞稷：《千顷堂书目》，上海古籍出版社2001年版。

黄仲昭：《八闽通志》，福建人民出版社1990年版。

黄卓越：《佛教与晚明文学思潮》，东方出版社1997年版。

黄卓越：《明永乐至嘉靖初诗文观研究》，北京师范大学出版社 2001 年版。

黄卓越：《明中后期文学思想研究》，北京大学出版社 2005 年版。

黄宗羲著，沈芝盈点校：《明儒学案》，中华书局 1985 年版。

黄宗羲撰，沈善洪等编校：《明儒学案》，浙江古籍出版社 1994 年版。

黄佐：《广东通志》，影印明嘉靖四十年刻本，（香港）大东图书公司 1977 年版。

嵇文甫：《晚明思想史论》，东方出版社 1996 年版。

简锦松：《明代文学批评研究》，（台湾）学生书局 1989 年版。

焦竑：《澹园集》，中华书局 1999 年版。

孔颖达撰，郑玄注：《十三经注疏》，上海古籍出版社 1990 年版。

李东阳著，周寅宾点校：《李东阳集》，岳麓书社 1984 年版。

李圣华：《晚明诗歌研究》，人民文学出版社 2002 年版。

廖可斌：《明代文学复古运动研究》，商务印书馆 2008 年版。

林金水：《利玛窦与中国》，中国社会科学出版社 1996 年版。

刘玉光：《清代选清诗与清代诗学》，中国社会科学出版社 2017 年版。

刘毓庆：《从经学到文学——明代诗经学史论》，（上海）商务印书馆 2001 年版。

陆永胜：《心、学、政：明代黔中王学思想研究》，中华书局 2016 年版。

罗宗强：《明代后期士人心态研究》，南开大学出版社 2006 年版。

罗宗强：《明代文学思想史》，中华书局 2013 年版。

梅新林：《中国古代文学地理形态与演变》，复旦大学出版社 2006 年版。

孟森：《明清史讲义》，中华书局 1981 年版。

南炳文、何孝荣：《明代文化研究》，人民出版社 2006 年版。

南炳文：《明史》，上海人民出版社 1991 年版。

南怀瑾：《中国佛教发展史略》，复旦大学出版社 1996 年版。

聂欣晗：《清代女性诗学与文化》，世界图书出版公司 2017 年版。

牛建强：《明代人口流动与社会变迁》，河南大学出版社 1997 年版。

潘颐龙、林镰：《万历福州府志》，《日本藏中国罕见地方志丛刊》，书目文献出版社 1990 年版。

钱杭、承载：《十七世纪江南社会生活》，浙江人民出版社 1996 年版。

钱谦益：《列朝诗集》，生活·读书·新知三联书店1989年版。

卿希泰、唐大潮：《道教史》，江苏人民出版社2006年版。

邱进春：《明代江西进士考证》，中国社会科学出版社2015年版。

饶龙隼：《明代隆庆、万历间文学思想转变研究（诗文部分）》，西南师范大学出版社1995年版。

沈德孚：《万历野获编》，中华书局1980年版。

沈定平：《明清之际中西文化交流史——明代：调适与会通》，商务印书馆2001年版。

沈庠修，赵瓒等纂：《贵州图经新志》，影印文渊阁《四库全书》本。

史小军：《复古与新变——明代文人心态史》，河北教育出版社2001年版。

释慧皎著，汤用彤校注：《高僧传》，中华书局1992年版。

四库全书存目丛书编纂委员会编：《四库全书存目丛书》，齐鲁书社1997年版。

宋瑛修，彭启瑞纂：《泰和县志》，清光绪五年刊本。

孙应鳌著，赵应昇编校：《孙应鳌集》，人民出版社2016年版。

汤志波：《明永乐至成化间台阁体诗学思想研究》，上海古籍出版社2016年版。

万明：《晚明社会变迁问题研究》，商务印书馆2005年版。

汪维真：《明代乡试解额制度研究》，社会科学出版社2009年版。

王红蕾：《憨山德清与晚明士林》，中国社会科学出版社2010年版。

王宏林：《乾嘉诗学研究》，百花洲文艺出版社2017年版。

王家范：《明清江南史丛稿》，生活·读书·新知三联书店2018年版。

王健：《中国明代思想史》，人民出版社1994年版。

王士禛：《渔洋诗话》，影印文渊阁《四库全书》本，（台北）商务印书馆1983年版。

王世贞、郭子章：《新刻重校增补圆机诗学活法全书》，海南出版社2001年版。

王守仁：《王阳明全集》，上海古籍出版社1992年版。

王亚南：《中国官僚政治研究》，中国社会科学出版社1981年版。

文徵明著，周道振辑校：《文徵明集》，上海古籍出版社1985年版。

邬国平：《竟陵派与明代文学批评》，上海古籍出版社2004年版。

吴承学、李光摩：《晚明文学思潮研究》，湖北教育出版社 2002 年版。
吴琦：《明清社会群体研究》，中国社会科学出版社 2009 年版。
吴文治主编：《明诗话全编》，凤凰出版社 1997 年版。
吴宣德：《中国教育制度通史·明代卷》，山东教育出版社 1999 年版。
笑峰大然编撰，段晓华、宋三平校注：《青原志略》，江西人民出版社 1998 年版。
谢铎著，林家骊点校：《谢铎集》，浙江古籍出版社 2012 年版。
谢国桢：《明清之际党社运动考》，中华书局 1982 年版。
谢旻、陶成、恽鹤生撰：《江西通志》，清雍正十年刊本。
谢肇淛：《五杂俎》，上海书店出版社 2001 年版。
谢肇淛：《小草斋集》，《四库全书存目丛书》，齐鲁书社 1997 年版。
徐光启著，王重民辑校：《徐光启集》，中华书局 1963 年版。
徐泓：《明清社会史论集》，北京大学出版社 2020 年版。
徐林：《明代中晚期江南士人社会交往研究》，上海古籍出版社 2006 年版。
荀子著，安继民注译：《荀子》，中州古籍出版社 2006 年版。
杨一清著，唐景绅、谢玉杰点校：《杨一清集》，中华书局 2001 年版。
杨幼炯：《中国政治思想史》，上海书店 1984 年版。
杨遇青：《明嘉靖时期诗文思想研究》，三秦出版社 2013 年版。
永瑢等：《四库全书总目》，中华书局 1965 年版。
袁震宇、刘明今：《明代文学批评史》，上海古籍出版社 1991 年版。
岳进：《明代古诗、唐诗选本与诗学论争》，中国社会科学出版社 2019 年版。
张国刚、吴莉苇：《中西文化关系史》，高等教育出版社 2006 年版。
张金奎：《明代卫所军户研究》，线装书局 2007 年版。
张日郡：《明代台阁体及其诗学研究》，（台湾）花木兰文化出版社 2017 年版。
张廷玉等：《明史》，中华书局 1974 年版。
张显清、林金树主编：《明代政治史》，广西师范大学出版社 2003 年版。
张秀明：《中国诗话史》，上海人民出版社 1989 年版。
张英聘：《明代南直隶方志研究》，社会科学出版社 2005 年版。
赵靖：《中国经济思想史述要（上）》，北京大学出版社 1998 年版。

赵平略：《王阳明居黔思想及活动研究》，中华书局 2017 年版。
赵园：《明清之际士大夫研究》，北京大学出版社 1999 年版。
郑家治、李咏梅：《明清巴蜀诗学研究》，巴蜀书社 2008 年版。
郑晓江主编：《江右思想家研究》，中国社会科学出版社 2003 年版。
郑珍、莫友芝：《遵义府志》，四川出版集团、巴蜀书社 2013 年版。
中研院历史语言研究所校勘：《明神宗实录》，上海古籍书店 1983 年版。
周明初：《晚明士人心态及文学个案》，东方出版社 1997 年版。
周群：《儒道释与晚明文学思潮》，上海书店出版社 2000 年版。
周维德：《全明诗话》，齐鲁书社 2005 年版。
周雪香编：《多学科视野中的客家文化》，福建人民出版社 2007 年版。
邹守益：《东廓先生文集》，《四库全书存目丛书》，齐鲁书社 1997 年版。
邹元标：《愿学集》，影印文渊阁《四库全书》本，（台北）商务印书馆 1986 年版。
左东岭：《明代心学与诗学》，学苑出版社 2002 年版。
左东岭：《王学与中晚明士人心态》，人民文学出版社 2000 年版。
查郎阿：《四川通志》，清乾隆元年刻本。
查清华：《明代唐诗接受史》，上海古籍出版社 2006 年版。

后　　记

本书是贵阳孔学堂招标项目"阳明后学郭子章文献整理与思想研究"的结项成果。

2015年底，笔者看到贵阳孔学堂文化传播中心发布的招标公告，很是赞同他们"推动中华传统文化的弘扬、传播与研究，实现中华传统文化创造性转化和创新性发展"的研究宗旨，加上郭子章是江西文化名人，于是和几位南昌大学的同仁选择了这个论题申报，并很荣幸地获批了。

虽然准备充分，并因地缘关系，获取资料便利，但本书写起来还是不太容易，主要是郭子章著作丰富，广涉政治、经济、哲学、文学、地理等方面，将这些进行初步整理以及发掘他的文学、哲学等思想，是非常不容易的，本书只能说是一个初步的展示，希望能起到抛砖引玉的作用。

项目研究期间，各骨干成员各司其职又协同作战，是非常难忘的一次合作。具体分工如下：

邱美琼：总负责，撰写了绪论，第一章中的第四节、第五节，第三章，附录一；罗春兰：撰写了第一章中的第一节、第二节、第三节，第二章，附录二；王小虎：撰写了第四章。

感谢协助查找资料并撰写了部分初稿的研究生刘雨婷、兰健同学！

本书出版过程中，刘艳女史热心帮助、细心审阅、认真编校，在此亦致谢忱！

邱美琼

2023年3月